Alois Lacher

Joh. 16,23

»Wenn ihr dann den Vater in meinem Namen um etwas bittet ...«

Alois Lacher

Joh. 16,23

*»Wenn ihr dann den Vater in meinem
Namen um etwas bittet ...«*

Roman

Bibliografische Information der Deutschen Nationalbibliothek:

Die Deutsche Nationalbibliothek verzeichnet diese Publikation in der Deutschen Nationalbibliografie;

detaillierte bibliografische Daten sind im Internet über http://dnb.dnb.de abrufbar.

© 2019 Alois Lacher

Herstellung und Verlag: BoD – Books on Demand, Norderstedt

ISBN: 9783749464692

Inhaltsverzeichnis

1   Die Diagnose

Grell und kalt leuchtet das Licht der Neonröhre von der Decke des abgedunkelten Untersuchungszimmers. Dr. med. Brunner steht vor seinem Ultraschallgerät und starrt entsetzt auf den Monitor. Üblicherweise unterhält sich der Arzt während einer solchen Routineuntersuchung fast pausenlos mit dem Patienten, aber was sich hier auf dem Bild darstellt, verschlägt ihm geradezu die Sprache. Leicht vorgebeugt und die Stirn in Falten gelegt studiert er ungläubig die Strukturen, die sich auf dem Bildschirm abzeichnen.

»Was ist, stimmt etwas nicht?«

Beunruhigt über das Schweigen des Arztes, dreht Diana Hartmann ihren Kopf zu ihm und blickt ihn fragend an.

Nervös und tief betroffen bewegt sich der Mann von dem Monitor weg und blickt die Patientin mit ernster Miene an.

»Hm, Frau Hartmann, ich fürchte, es gibt keine guten Nachrichten für Sie!«

Neugierig und erschrocken auf weitere Ausführungen wartend, richtet sich Diana auf der Untersuchungsliege ein Stück auf.

»Ja, sehen Sie hier!«

Der Arzt bewegt den Bildschirm leicht in Richtung der Liege, sodass auch die Patientin einen Blick auf das Bild werfen kann.

»Hier, dieser ovale Fleck deutet auf einen Tumor in Ihrer Leber hin. Er ist nicht nur recht groß, sondern er sitzt auch extrem ungünstig, direkt hier vorne am Ansatz. Diese weiteren dunklen Stellen«, dabei zeigt der Mediziner auf mehrere Flecken in dem Bild, »dürften aller Wahrscheinlichkeit nach bereits Metastasen darstellen. So zeigt sich hier in der rechten Niere eine größere und da an mehreren Knochen kleinere, aber deshalb keineswegs ungefährlichere Wucherungen. Das sieht wirklich gar nicht gut aus!«

Tief durchatmend richtet sich der Arzt auf und dreht sich wieder der Patientin zu. Er kennt das Urteil bereits ganz genau, wagt es aber nicht, der Frau die letzte Hoffnung zu nehmen.

»Wir werden noch eine Blutuntersuchung veranlassen, aber der Befund erscheint mir ziemlich eindeutig: Ihre Leber und eine Niere sind jeweils von einem Tumor befallen und so wie ich es mit meinen Möglichkeiten darstellen kann, sind wohl auch schon andere Organe betroffen. Aber ... «

»Was sagen Sie da? Krebs? Sind Sie sicher?«, unterbricht ihn die Patientin entgeistert und voller Angst.

Erschrocken und mit entsetztem Gesichtsausdruck setzt sie sich auf.

»Ja, leider! Die Blutwerte werden dies bestimmt auch bestätigen. Aber«, setzt der Mediziner jetzt seinen vorhin begonnenen Satz fort, »ich kenne den zuständigen Stationsarzt im Klinikum Großhadern recht gut und werde ihn gleich konsultieren, damit Sie einen zeitnahen Termin bekommen. Dort kann man genauere Diagnosen stellen und Sie auch weiter behandeln. Meine Möglichkeiten hier sind leider erschöpft. Ziehen Sie sich bitte an, ich telefoniere nur kurz und bin gleich wieder bei Ihnen.«

Damit dreht sich Dr. Brunner um und verschwindet in einem Nebenzimmer, wo er Professor Mauerberger telefonisch zu erreichen versucht. Dieser sei aber momentan mit einer schwierigen Operation beschäftigt und könne frühestens in drei bis vier Stunden zurückrufen. Allerdings wäre es möglich, sofern es sich um einen wirklich dringenden Fall handeln sollte, noch heute Nachmittag um 15.30 Uhr einen Termin einzuschieben. Der hierfür vorgesehene Patient sei am Morgen überraschend verstorben.

Nachdem Dr. Brunner Dianas Fall ausführlich geschildert hat, wird ihr der Termin tatsächlich zugeteilt.

»Wissen Sie«, erklärt er der Sekretärin abschließend, »ehrlich gesagt, sehe ich keine große Hoffnung mehr. Die Frau hat aber zwei kleine Kinder und ist allein. Möglicherweise gibt es ja bei Euch noch eine Chance. Ich jedenfalls, bringe es nicht übers Herz, ihr meine ehrliche Meinung zu sagen. Aber, wie gesagt, vielleicht gibt es ja doch noch eine kleine Hoffnung. Ich würde sie ihr jedenfalls wünschen. Grüßen Sie bitte Ihren Chef von mir und besten Dank für die prompte Unterstützung!«

Zurück im Untersuchungszimmer stößt er auf eine völlig aufgelöste Diana. »Aber was soll denn aus meinen Kindern werden? Ich kann sie doch nicht so einfach allein lassen!« Weinend steht sie vor dem Arzt und sieht ihn flehend an.

»Es tut mir aufrichtig leid! Aber sehen Sie, wir haben unverschämtes Glück«, versucht er sie etwas zu trösten. »Sie haben bereits heute Nachmittag einen Termin bei Professor Mauerberger im Klinikum. Um 15:30 Uhr sollten Sie sich dort melden. Da wird man Sie näher untersuchen und Ihnen auch mögliche Behandlungen unterbreiten. Dort sind Sie wirklich sehr gut aufgehoben!«

Während er noch mit der Patientin spricht, meldet sich sein schlechtes Gewissen, weil er es nicht fertigbringt, klar und deutlich zu erklären, dass sie sterben wird. Verschämt will er ihr einen letzten Hoffnungsschimmer geben, obwohl er selbst vom Gegenteil fest überzeugt ist. Wenn er an die beiden kleinen Kinder denkt, wird ihm regelrecht übel. Zwar sollte er als Arzt solche Befindlichkeiten wegstecken können, aber er kennt die Kinder persönlich und leidet jetzt bereits mit ihnen.

»Bitte nehmen Sie den Termin wahr«, setzt er noch eindringlich hinzu.

Geistesabwesend und weinend nickt die Patientin nur, schlüpft in ihre Schuhe und wendet sich zur Türe.

»Also dann, alles Gute«, versucht der Arzt sie noch einmal aufzumuntern, »hier, nehmen sie die Adresse von Prof. Mauerberger, wo sie sich melden sollten.« Er drückt Diana einen Zettel in die Hand und will der Patientin zum Abschied die Hand reichen. Abwesend nimmt diese den Zettel entgegen und geht bereits leicht schwankend zum Ausgang, ohne den Arzt weiter zu beachten.

2   Eine schicksalhafte Bekanntschaft

Drei Jahre früher.

Irritiert richtet sich Leo Mitterndörfer auf, als ihn ein kleiner Ball am Unterschenkel trifft. Auf einer Parkbank sitzend und die Sonne genießend, war er tatsächlich eingenickt. Jetzt blickt er leicht verdutzt um sich und sieht einen kleinen Jungen von etwa drei Jahren auf sich zu laufen.

»E-ent-schuldigung«, stottert der kleine Mann, während er Leo ansieht. »Ball h-h-hat f-f-falsche R-Richtung - wischt.«

Er sieht den aufgeregten und leicht verschwitzten Buben an und beginnt zu lächeln.

»Das ist wohl ein recht ungeschickter Ball, dem du erst noch beibringen musst, wohin er fliegen soll!«

»Ja, ungesch-sch-schickter B-ball«, antwortet der Bub und hebt das Spielgerät, das zu Leo's Füßen liegt, auf.

Hinter dem Jungen taucht jetzt auch noch ein Mädchen auf und bleibt vor den beiden stehen.

»Das ist mein Bruder Moritz und ich bin die Sabine. Mein Bruder stottert ein wenig, aber sonst ist er ganz lieb!«

»Na gut, dann bin ich der Leo. Was spielt ihr denn?«, erkundigt er sich.

»F-Fußb-ball -türlich«, stottert Moritz schnell, bevor seine Schwester antworten kann.

»Moritz, Sabine, wo seid ihr denn?«

Eine Frau, um die fünfunddreißig, kommt auf die Parkbank zu und entdeckt erfreut ihre beiden Kinder.

»Haben sie wieder etwas angestellt? Bitte entschuldigen Sie, wenn etwas passiert sein sollte«, wendet sie sich an Leo.

»Aber keineswegs, liebe Frau, wir unterhalten uns gerade über Fußball! Da haben Sie ja zwei ganz rührige Knirpse.« Er lächelt zu den beiden Kindern hin, die ihn immer noch neugierig anblicken.

»Ich hatte nur kurz telefoniert und die beiden aus den Augen gelassen, da waren sie schon verschwunden«, versucht sich die Mutter zu entschuldigen. »Aber ein Sack Flöhe ist leichter zu bewachen, als diese beiden.«

Freudig lächelnd nimmt sie die Kinder in die Arme, als ihr Handy klingelt.

Genervt nimmt sie den Anruf entgegen und bewegt sich ein paar Schritte zur Seite.

»Darf ich bei euch mitspielen«, meint Leo zu den Kindern und erhebt sich gleichzeitig von der Bank.

»Klar doch«, freut sich Sabine und Moritz schießt den Ball gleich ein Stück in die Wiese. Alle drei laufen hinterher und schieben sich den Ball immer wieder gegenseitig zu. Hin und wieder wirft Leo einen Blick zu der Frau hinüber, die sich inzwischen auf die Bank gesetzt hat. Aufgrund der Lautstärke und am heftigen gestikulieren, vermutet er, dass das Telefonat wohl ziemlich unerfreulich verläuft.

»So, jetzt gibt es aber eine kurze Pause«, meint Leo, als er sieht, dass die Mutter das Telefon wieder weggesteckt hat.

»Na, die beiden halten einen ganz schön auf Trab«, wendet er sich lachend der Frau zu.

»Ja, da haben Sie schon recht, die sind kaum zu bremsen, wenn sie erst einmal mit einem Spiel so richtig beschäftigt sind. Aber es ist eben nicht so leicht, immer genügend Zeit und Nerven für sie zu haben, bei all dem Stress«, gibt sie enttäuscht und leicht frustriert zur Antwort.

Ein seltsames Mitgefühl überkommt Leo, als er meint, einen bitteren Ausdruck im Gesicht der Frau zu erkennen. Spontan setzt er sich neben sie auf die Bank, während die Kleinen wieder hinter dem Ball herlaufen.

Schweigend blickt er zunächst hinter den Kindern her, bevor er sich an die Frau wendet.

»Es ist wohl heutzutage nicht so ganz einfach, sich mehrere Kinder zu leisten. Das beginnt ja schon bei der Wohnung, bei den Mietpreisen heute.«

Gerne würde er Näheres erfahren, will aber auch nicht als neugierig erscheinen und wartet deshalb erst einmal auf eine Antwort.

»Ach, wissen Sie, es kommt noch viel mehr zusammen. Da gibt es Nachbarn, die sich darüber aufregen, dass die Kinder weinen oder mal etwas lauter sind. Der Eigentümer, der immer mehr Geld will und ich nicht weiß, wo ich es hernehmen soll. Es ist zum Verzweifeln, nur Ärger und nur Ärger!« Umständlich kramt sie in ihrer Handtasche herum, als ob sie dort die Lösung ihrer Probleme finden könnte.

»Ich hatte Sie vorhin beim Telefonieren kurz beobachtet und den Eindruck bekommen, dass es wohl kein besonders erfreuliches Gespräch war. War das etwa der Vermieter?«

Jetzt wird er doch neugierig! Aus irgendeinem Grund ist ihm plötzlich an dem Wohl der beiden Kinder und der Frau gelegen.

»Nein, diesmal war es die Frau vom Sozialamt, die uns auch ständig drängt, eine kleinere und damit günstigere Wohnung zu suchen. Aber ich bemühe mich ja schon die ganze Zeit und finde einfach nichts. Einmal heißt es, dass Kinder nicht erwünscht sind und ein anderes mal ist die Wohnung dann plötzlich schon vergeben. Es ist zum Verrücktwerden! Dabei würde ich gerne umziehen, denn ich sehe durchaus ein, dass die Wohnung auf Dauer zu groß und zu teuer ist. Wissen Sie, seit uns vor fünf Monaten mein Mann verlassen hat, leben wir hauptsächlich von staatlicher Unterstützung. Das ist mir sehr peinlich, aber ich kann mit den beiden Kindern nicht arbeiten gehen. Mein Mann ist bei einer Flughafenspedition angestellt und verdient einfach zu wenig, um eine anständige Unterstützung leisten zu können.«

»Mami, Mami, bekommen wir ein Eis?«, ruft die heranstürmende Sabine ihrer Mutter entgegen.

»Aber nur ein kleines, ihr wisst doch, dass wir nicht viel Geld haben«, erwidert ihre Mutter leicht verschämt. Moritz hebt den Ball vom Boden auf und hält ihn fest. Dabei blickt er Leo an und stottert ein »Leo a-a-auch Eis?« hervor.

Doch der wehrt sofort ab: »Nein, nein, lieber Moritz, ich brauche heute kein Eis. Schade nur, dass ich auf meine Joggingtour kein Geld mitgenommen habe. Das nächste Mal lade ich euch alle ein. Versprochen!«

»Kommst du dann morgen wieder?«, möchte Sabine wissen, während sie ihren Bruder an der Hand nimmt. Ihre Mutter ist bereits aufgestanden und will gehen.

»Ich ganz bestimmt«, antwortet er lächelnd. »Aber ich weiß ja nicht, ob ihr auch da sein werdet. Geld bringe ich jedenfalls mit.«

»Wir kommen beinahe jeden Nachmittag her«, mischt sich jetzt die Frau in das Gespräch ein, »aber morgen wahrscheinlich erst gegen vier Uhr. Vorher sind wir mit Moritz beim Logopäden und dann müssen wir noch etwas einkaufen. Anschließend, falls nichts Besonderes dazwischen kommt, werden wir sicher hier sein. Aber jetzt, Kinder, müssen wir los, die Dame vom Sozialamt wartet nicht gerne.«

Sie nimmt den Ball und steckt ihn in eine mitgebrachte Tasche.

»Ich heiße übrigens Diana, Diana Hartmann. Wenn Sie von den Kindern schon beim Vornamen gerufen werden, möchte ich mich auch gerne vorstellen. Also dann, bis morgen, Herr Leo!«, meint sie verschmitzt lächelnd und geht mit den beiden Kindern Richtung Siedlung zurück.

Nachdenklich steht Leo neben der Bank und blickt ihnen nach. Ein seltsames Gefühl sagt ihm, dass dies alles andere als ein Abschied gewesen sein dürfte. Vor sich hin grübelnd setzt er sich wieder und plötzlich schießt ihm ein Gedanke in den Kopf. Rasch erhebt er sich, um seinen unterbrochenen Jogginglauf fortzusetzen. Er möchte jetzt aber möglichst schnell heimkommen und läuft deshalb ohne Umwege zu seinem Haus.

Nach einem kurzen Duschgang setzt er sich sofort an seinen Computer und durchforscht alle möglichen Wohnungsbörsen. Es muss doch etwas zu finden sein! Sicher hat die arme Frau für solche Recherchen gar keine Zeit und wohl auch nicht die Nerven. Kurz überlegt er, welche Wohnung er denn eigentlich suchen will, schließlich soll sie bezahlbar, nicht zu groß, aber auch nicht zu klein sein. Drei Zimmer sollte sie auf jeden Fall beinhalten und wenn möglich, sogar irgendwo in der Nähe liegen.

Seit dem Tod seiner Frau vor zwei Jahren lebt er in dem Haus mit dem großen Garten ganz allein. Ihre Tochter war bereits vor vier Jahren mit ihrem Freund nach England gezogen und kurz darauf musste auch der Sohn mit den beiden Enkelkindern beruflich nach Hamburg ziehen. Ein paar Telefonkontakte und der Besuch zu Weihnachten sind die einzigen Verbindungen zu ihnen geblieben. Wehmütig denkt er an seine beiden Enkel, zwei Buben, die jetzt schon acht und zehn Jahre alt werden. Der Spielplatz im Garten, die Schaukel und das Baumhaus sowie viele Erinnerungen daran, sind immer noch vorhanden. Aber es ist still geworden im Haus. Seine Familie fehlt ihm sehr. Wenn jetzt diese Frau mit den beiden Kindern in seiner Nähe wohnen würde, könnte er sich ja vielleicht mit ihnen anfreunden und so wäre ihm auch etwas geholfen. >Seltsam<, überlegt er, >wieso gehen mir die drei nicht mehr aus dem Sinn?<

Von den tatsächlichen Wohnungsmieten hat er allerdings keine rechte Vorstellung, denn er wohnt seit Jahrzehnten in seinem eigenen Haus, am nördlichen Stadtrand von München und hat von den Mietpreisen nur immer in der Zeitung gelesen. So überschlägt er zunächst, wie viel denn eine Frau mit zwei kleinen Kindern so zum Leben brauchen wird. Essen, Kleidung, Auto, Kindergarten für Sabine und dann noch Versicherungen und die Miete. Er beginnt die Suche mit 650,- € für drei Zimmer und wundert sich, dass es keine Angebote gibt. Er erhöht auf 750,- € und bekommt wieder nur ein einziges Angebot in einem Altbau im Münchener Westend. Kinder und Haustiere sind aber unerwünscht!

Langsam beginnt Ärger in ihm hochzusteigen. Das kann es doch nicht geben, dass in dieser großen Stadt kein bezahlbarer Wohnraum für alleinerziehende Menschen vorhanden sein soll!

Erst als er sein Gebot auf 900,- € erhöht, findet er ein paar Angebote. Einige der Wohnungen liegen aber so ungünstig und abgelegen, dass sie schon allein deshalb nicht infrage kommen. Bei anderen wird gleich darauf hingewiesen, dass für Kinderwägen kein Stellplatz in den Eingängen zur Verfügung steht und die Mittags- und Feierabendruhe strikt einzuhalten ist. Die restlichen Wohnungen fallen jeweils so klein aus, dass lediglich drei Zimmerchen darin Platz hätten. Je länger er sucht, umso besser kann er den Ärger der jungen Frau verstehen. Wie soll sie eine solche Miete bezahlen und nebenbei noch sich und zwei Kinder ernähren können, wenn sie nur geringe Unterstützung von ihrem Ehemann bekommt? Das Sozialamt bezahlt verständlicherweise auch keine Luxusmieten.

Verärgert schaltet er den Computer aus und zieht sich noch einmal für einen Abendspaziergang an. Zwar beginnt bereits die Dämmerung einzusetzen, aber er möchte einfach noch mit seinen Gedanken ins Reine kommen.

Nachdenklich und in sich gekehrt marschiert er ohne konkretes Ziel los. Als er an seiner ehemaligen Firma vorbeikommt, sieht er Licht in der Pförtnerloge brennen. Er hatte diese Firma zusammen mit seiner Frau aufgebaut und nach deren Tod verkauft. Von den Kindern wollte sie niemand übernehmen. Es handelt sich dabei um ein Versand- und Vertriebslager für verschiedene Münchener Firmen, die sich keine eigene Lagerhaltung mit Versand leisten wollten. Zum Zeitpunkt des Verkaufs hatte der Betrieb immerhin zwölf Mitarbeiter angestellt. Außerdem war im Einfahrtsbereich eine Hausmeisterwohnung integriert, die in den letzten Jahren aber wenig belegt war. Die anfallenden Tätigkeiten inklusive Bewachung des Geländes waren einer Fremdfirma übergeben worden.

Mit gemischten Gefühlen geht er auf den Eingang zu. Der Pförtner erkennt ihn sofort und kommt erfreut aus seinem Büro, um den früheren Chef mit Handschlag zu begrüßen.

»Ach, Herr Mitterndörfer, das freut mich, dass ich Sie wieder einmal treffe. Wie geht es denn immer, ich hoffe, Sie sind gesundheitlich wohlauf! Haben Sie Sehnsucht nach ihrer Firma oder was treibt Sie hierher?«

»Oh, mir geht es blendend, Herr Schuster. Ich kam gerade zufällig hier vorbei und dachte: Na, schau doch einfach mal rein. Außerdem würde mich interessieren, ob die Hausmeisterwohnung immer noch unbelegt ist. Ich hätte möglicherweise einen Interessenten.«

»Ja, man sieht, dass Sie schon länger nicht mehr hier waren. Diese Wohnung gibt es nicht mehr. Sie wurde gleich nach der Übernahme umgebaut und ist heute Lagerfläche für den Versand. Wissen Sie, wir platzen schon bald aus allen Nähten. Schade, ich hätte Ihnen gerne eine andere Auskunft gegeben.«

Enttäuscht verabschiedet sich Leo und setzt seinen Weg fort. Es war eine schöne Zeit gewesen, damals, als er mit Mathilde zusammen die Firma gründete und die Kinder in der großen Lagerhalle herumtoben konnten. Nach dem Verkauf erlosch auch das Interesse an dem Betrieb und so kam es, dass er seitdem nicht mehr dort gewesen war. Er hatte genug Geld verdient, um sich nach dem Tod seiner Frau das 'Privatisieren' leisten zu können. Sinnierend schlendert er wieder nach Hause. Kurz vor seinem Haus bemerkt er, dass er das Licht im Hausflur hatte brennen lassen, denn es ist im Eingangsbereich bis unter das Dach beleuchtet. >Wahnsinn<, denkt er bei sich, >wie groß das Haus doch ist, wenn es so beleuchtet aus der Dunkelheit heraussticht.<

3   Die Idee

Innerlich leicht aufgekratzt, betritt er sein Heim und holt sich eine Brotzeit als Abendessen aus dem Kühlschrank. Im Vorbeigehen schaltet er den Fernseher ein, um nebenbei die Abendnachrichten anzusehen. Während der Sprecher von einem erneuten Flüchtlingsstrom Richtung Deutschland berichtet, fällt ihm ein Zeitungsaufruf von letzter Woche ein, bei dem die Bevölkerung gebeten wurde, nicht benötigten Wohnraum für Flüchtlinge zur Verfügung zu stellen. Damals hatte er nicht viel darüber nachgedacht und die Zeitung weggeworfen. Jetzt aber meldet sich sein Gewissen und es erfasst ihn eine erregende Unruhe. Nachdenklich erhebt er sich vom Tisch und räumt den Rest des Essens weg.

>Wieso Flüchtlinge,< überlegt er dabei, >ich hätte da doch schon jemanden.<

Aufgeregt geht er über die Treppe in das Obergeschoss, indem die beiden Kinderzimmer und das frühere Schlafzimmer, das er gemeinsam mit seiner Frau bewohnt hatte, liegen. Die einzelnen Räume sind alle immer noch komplett eingerichtet, aber schon lange nicht mehr bewohnt. Gleich nach dem Tod seiner Frau war er mit seinem Schlafraum in das Untergeschoss gezogen. Im ehelichen Schlafzimmer gab es einfach zu viele Gedanken, die ihn an die gemeinsame Zeit erinnerten. Einen Raum hatten sie, als die Kinder größer wurden, geteilt und ein kleines Duschbad mit WC eingebaut. Der Rest war als Abstellkammer genutzt worden.

Seine Gedanken arbeiten intensiv, während er mehrmals durch die Räume geht. Eigentlich viel zu viel vergeudeter Raum! Für die paar Nächte, in denen seine Kinder und Enkel übernachten, ließe sich auch unten genug Platz finden. Gut, man müsste vielleicht etwas umbauen und renovieren. Vielleicht eine kleine Küche in die Abstellkammer integrieren. Groß genug wäre sie. Ein Wohnzimmer gäbe es dann aber noch immer nicht! Auch das Bad stellt nicht mehr als einen Notbehelf dar. Er überlegt und plant hin und her. Was wohl seine Kinder zu einer Vermietung ihrer Zimmer an Fremde sagen würden?

Sinnierend schleicht er langsam die Treppe hinunter und setzt sich wieder vor den Fernseher. Seine Gedanken kreisen aber nach wie vor um die Zimmer im Obergeschoss. Es muss doch eine Möglichkeit geben, mehr aus den Räumen herauszuholen, als sie leer stehen zu lassen! Vermutlich müsste man aber so richtig umbauen, um eine anständige Wohnung hinzubringen, denn die Treppe nach oben liegt mitten im unteren Wohnbereich. Schließlich wurde das Haus nur für eine Familie gebaut und er hatte bisher nie die Absicht gehabt, fremde Menschen zu sich in das Haus aufzunehmen. Ergebnislos und unzufrieden schließt er zunächst mit diesen Gedanken ab. Lieber will er sich in den nächsten Tagen noch mal in Ruhe gründlich damit auseinandersetzen. Es wäre sicherlich eine große Umstellung und bestimmt gewöhnungsbedürftig, wenn plötzlich noch andere Menschen hier ein und aus gingen!

Als Leo am nächsten Morgen auf seiner Joggingrunde an der Parkbank vorbeikommt, sieht er in Gedanken die beiden Kleinen mit dem Ball spielen. Kurz bleibt er stehen und lächelt vor sich hin. Na ja, heute Nachmittag hat er ein Eis für jeden versprochen. Vielleicht hat die Frau ja zwischenzeitlich auch eine Wohnung gefunden oder es hat sich sonst wie alles zum Guten gewandelt. In seiner Hoffnung schwingt gleichzeitig ein leichtes Bedauern mit. Schade, wenn die nette Bekanntschaft gleich wieder verloren ginge.

4 Der Vorschlag

»Hallo Leo«, ruft Sabine, als sie ihn auf der Bank sitzen sieht. Er war schon eine knappe halbe Stunde früher gekommen, um den Treff ja nicht zu versäumen.

»L-Leo, Eis f-f-für M-M-Moritz!«, stottert der Kleine lauthals und mit erwartungsvollem Gesicht.

»Hallo Moritz, hallo Sabine, schön, dass ihr kommen konntet. Natürlich gibt es heute das versprochene Eis.«

Inzwischen ist auch Diana bei den Dreien angekommen. »Hallo Herr Leo«, lacht sie. »Na, die beiden haben sie ja schon ganz schön in Beschlag genommen.«

»Ja, das haben sie, übrigens ich konnte mich noch gar nicht vorstellen: Mitterndörfer heiße ich, Leo Mitterndörfer. Aber es würde mich freuen, wenn Sie einfach, wie ihre Kinder, Leo zu mir sagen könnten.«

»Freut mich Leo, ich bin dann die Diana.« Dabei reicht sie ihm freundlich die Hand. Warm und weich fühlt sich diese an und Leo beschleicht plötzlich das Gefühl, dass er sie schon etwas zu lange festhält. Hastig lässt er die Hand los und zieht seine etwas linkisch zurück. Leicht irritiert darüber schüttelt Diana lächelnd den Kopf.

»Gibt es jetzt ein Eis oder nicht?«, will das Mädchen vorlaut wissen.

»Aber Sabine, du kannst doch nicht ...«, will ihre Mutter das Kind zurechtweisen, als ihr Leo aber schon zuvor kommt.

»Selbstverständlich gibt es jetzt das Eis für euch. Gleich da vorne, bei dem kleinen Biergarten mit Spielplatz. Da gehen wir jetzt hin und dann bekommt jeder ein Eis. Habt ihr den Fußball auch dabei, wir könnten ja anschließend ein wenig kicken.«

» t-t-türlich!«, meldet sich Moritz, »Mama in d-d-der Tasche!«

»Hier«, erklärt seine Mutter und zeigt auf den Stoffbeutel, den sie an ihrer Seite trägt. »Hier drinnen befindet sich alles, was wir brauchen.«

»Ist ja super«, freut er sich, »wollen wir gehen?« Dabei dreht er sich in Richtung Biergarten und die beiden Kinder laufen sofort los.

»Es bereitet einem richtig Freude, den beiden zuzusehen, wie sie so voller Tatendrang laufen«, meint er, während auch die beiden Erwachsenen in Richtung Wirtschaft losmarschieren, »da ist dieser Park hier schon richtig Gold wert!«

»Da gebe ich Ihnen absolut recht! Leider wird es bald damit vorbei sein. Wir haben nämlich gestern noch ein Wohnungsangebot in Ramersdorf bekommen. Morgen Nachmittag sollen wir die Wohnung besichtigen und wir werden sie wohl nehmen müssen. Es ist wirklich schade, denn dann sind wir einfach zu weit entfernt. Aber vielleicht finden wir dort auch so etwas. Ehrlich gesagt, kenne ich mich da draußen überhaupt nicht aus. Heute Vormittag habe ich schon versucht, mit Kindergärten Kontakt aufzunehmen, aber es sieht nicht gut aus. Vor September gibt es auf keinen Fall einen Platz und wir kämen eben auf eine Warteliste. Zudem bräuchten wir ja gleich zwei Plätze, natürlich in einem Kindergarten. Aber da haben mir bisher alle drei, die in der Nähe der Wohnung lägen, abgesagt. Ich weiß gar nicht, was ich dann mit den beiden machen soll. Die Frau vom Amt hat mir zwar zugesichert, dass sie sich noch mal bei den Kindergärten für uns einsetzen will, aber dann müssen andere Kinder dafür zu Hause bleiben. Das will ich eigentlich auch nicht. Ach, es geht einfach kein Ende her.«

Aufmerksam und still hat Leo zugehört. Es schmerzt ihn regelrecht, zu hören, dass die schöne Bekanntschaft schon wieder ein Ende finden soll.

Als sie den Biergarten erreichen, erwarten die Kinder sie schon fieberhaft.

»G-g-großes Eis f-f-für M-Moritz«, stellt der Kleine klar und seine Schwester hängt sich sofort an die Forderung an.

Leo lacht. »Na, was für ein Eis möchtet ihr denn gern, eins am Stiel oder eines im Becher?«

Beide entscheiden sich für einen Becher. »Für mich bitte lieber einen Kaffee«, bittet Diana.

»Kein Problem, mir ist momentan auch erst mal ein Kaffee lieber. Darf es auch ein Stück Kuchen sein?«

»Gerne, welcher ist egal.«

Während die Kinder bereits ihr Eis probieren, geht Diana zusammen mit ihnen zu einem kleinen runden Tisch neben dem Kiosk, an dem sich vier freie Stühle befinden. Leo bringt auf einem Tablett die beiden Kaffee und zwei Kuchenstücke heran. Seine Stimmung ist leicht gedrückt, aber die Gedanken arbeiten dafür umso fieberhafter.

»Na, an was denken Sie denn gerade?«, möchte Diana lächelnd wissen. »Hinter Ihrer Stirn scheint es ja ziemlich zu arbeiten. Sie müssen sich wegen uns aber keine Sorgen machen. Wir kommen schon irgendwie zurecht!«

»Entschuldigung, ich war tatsächlich in Gedanken«, erklärt er. „Wissen Sie, oder waren wir nicht schon beim Du? Ich finde es wirklich schade, dass ihr hier wegziehen sollt. Ich habe mich gestern auch ein wenig hier in der Gegend umgesehen. Aber es ist wirklich schlimm, es gibt so gut wie keine bezahlbaren Wohnungen.«

»Ja, ich finde es auch sehr schade, gerade weil es den Kindern hier so gut gefällt. Außerdem hätten wir hier ab Herbst auch zwei Plätze im Kindergarten bekommen. Aber es darf wohl nicht sein! Übrigens sind wir schon beim Du, Leo.«

Sabine, die den beiden aufmerksam zugehört hat, meldet sich in der kurzen Gesprächspause zu Wort:»Ich will aber nicht weg und Moritz bestimmt auch nicht, oder?« Sie blickt dabei ihren Bruder an und dieser schüttelt nur den Kopf, denn sein Mund ist mit einem Batzen Eis gefüllt.

»M-Moritz n-nicht w-w-weg!«, äußert er sich, nachdem er den Mund wieder leer hat. Anschließend beschäftigt er sich wieder mit seinem Eisbecher.

»Und das mit der Wohnung verhält sich tatsächlich so, dass ihr sie nehmen müsst?«

»Ja, ansonsten würden uns Zuschüsse gestrichen und dann bekämen wir bald ernsthafte Probleme.« Frustriert blickt Diana zur Seite.

Leo überlegt und seine Gedanken wandern hin und her. Soll er oder soll er lieber nicht? Nach dem letzten Bissen Kuchen und einem Schluck Kaffee fasst er sich ein Herz.

»Könntet ihr euch vorstellen, statt in Ramersdorf, hier in einer Wohngemeinschaft zu leben?«

Jetzt ist es raus und Leo fühlt sich befreit. Der Ball liegt jetzt nicht mehr bei ihm.

»Wie meinst du das? Eine WG, wie sie Studenten haben? So mit mehreren verschiedenen Menschen in einer Wohnung? Ich weiß nicht, ob das gut ginge.« Leichte Enttäuschung ist aus den Worten herauszuhören. Sie hatte gehofft, dass er einen Vorschlag bringen würde, den sie tatsächlich auch hätten annehmen können.

»Sorry, ich fürchte, ich habe mich etwas unbeholfen ausgedrückt«, korrigiert er seinen Vorschlag. »Weißt du, seit dem Tod meiner Frau vor zwei Jahren, wohne ich in einem Haus, das für mich allein viel zu groß ist. Einige Zimmer sind vollkommen ungenutzt. Möglicherweise könnte das ein Platz für euch drei werden. Jeder hätte sein eigenes Zimmer und einen eigenen Wohnbereich. Lediglich die Küche müssten wir miteinander benutzen. Für die Kinder wäre auch ein schöner Garten mit Spielplatz vorhanden und zudem läge es gleich hier um die Ecke.«

»Aha«, macht Diana mit großen Augen und sieht ihn fragend an, »und was würde das kosten? Außerdem gibt es doch sicher auch noch einen Haken dabei.«

Froh darüber, nicht gleich eine Abfuhr zu erhalten, setzt er sein Gedankenspiel fort: »Wir könnten uns mit der Miete ja darauf einigen, dass ihr mir im Garten und im Haus etwas zur Hand geht. Ich mag nämlich die Hausarbeiten nicht so gerne. Eben wohnen gegen Hilfe. Eine kleine monetäre Miete für das Finanzamt könnten wir ja zudem ansetzen. Tragbar würde sie auf jeden Fall sein.«

»Da bin ich jetzt natürlich etwas überfahren«, gibt Diana aufgeregt und interessiert zu bedenken, »aber grundsätzlich könnte ich mir so etwas schon vorstellen. Man müsste sich die Sache aber erst mal anschauen. Viel Zeit bleibt uns allerdings nicht mehr, denn schon morgen muss ich mich entscheiden.«

»Ja, habt Ihr noch ein halbes Stündchen, dann könnten wir es gleich noch besichtigen? Außerdem würde dir die Entscheidung morgen bestimmt etwas leichter fallen.«

Neugierig geworden, willigt Diana in die Besichtigung ein und sie machen sich auf den Weg Richtung Haus, als Moritz Fußball spielen möchte.

»Du h-hast v-v-verspochen«, wendet er sich fordernd an Leo.

»Wir gehen bloß schnell zu meinem Haus, dann spielen wir dort Fußball, ganz großes Ehrenwort!«

»Warum gehen wir zu deinem Haus?«, meldet sich Sabine neugierig.

»Weil wir sehen wollen, wie der Leo wohnt«.

»Aber wieso?«, lässt das Mädchen nicht locker.

»Ach du mit deiner Fragerei. Vielleicht gibt es bei ihm einen Platz für uns zum Wohnen. Das wollen wir jetzt anschauen.«

»Leo w-w-wohnen! G-gut!« Juchzend vor Freude stößt Moritz die Worte beinahe ohne zu Stottern heraus.

»Na, da hast du schon mal einen Punkt gewonnen! Dann wollen wir doch mal sehen, ob sich noch weitere Punkte gewinnen lassen.«

Langsam steigern sich Neugierde und Spannung. So ganz genau kann sie sich ein solches Zusammenleben mit jemandem, den sie noch kaum kennt, nicht vorstellen, will aber die Möglichkeit trotzdem nicht ungeprüft ausschließen.

»So, gleich da vorne, das Dach kann man schon sehen!« Leo zeigt mit dem Finger die Straße entlang.

»Ich bin ja schon gespannt, was Du uns zeigen wirst«, meint Diana lächelnd.

»M-Moritz auch s-s-spannt!«

Lachend nimmt Leo den Buben an die Hand. »So junger Mann, wir sind da. Hier wohne ich, ganz allein in diesem großen Haus.«

Mit einem leichten Kribbeln im Bauch betrachtet Diana das Gebäude und es gefällt ihr auf Anhieb. Zumindest von außen.

Leo öffnet die Gartentür und bittet sie und ihre Tochter einzutreten. Er selber und Moritz schließen sich an.

»Gleich hier nach rechts geht es in den Garten. Aber den schauen wir dann später an.«

In der geöffneten Haustür bleibt er stehen und fordert mit einem galanten Winken seinen Besuch auf, das Haus zu betreten.

»Also, hier geht es zu meinem Bereich und hinter der nächsten Tür erwartet uns die Küche, die wir uns teilen müssten. Gehen wir doch zuallererst eure Wohnung begutachten. Hier die Treppe nach oben, bitte.«

Sabine und Moritz stürmen voran die Treppe hinauf um dort auf die Erwachsenen zu warten.

5 Die Entscheidung

Nicht ganz ohne Stolz zeigt Leo ihnen die einzelnen Zimmer und meint zum Schluss: »Gut, das Bad ließe sich durchaus etwas vergrößern. Dadurch würde zwar der Abstellraum noch etwas kleiner, aber das wäre ja egal. Zur Not ließe sich dort sogar eine winzige Küche einbauen, aber dann würde es schon etwas eng hier oben werden. Was meint ihr dazu?«

Die Kinder haben sich aufgrund der Einrichtung sofort geeinigt, welches Zimmer jeweils für sie infrage käme. Schließlich befindet sich dort auch noch Spielzeug, Puppen und die ganze Ausstattung von Leo's Kindern und dies ist für die Wahl ausschlaggebend.

»Darf ich die Puppen dann behalten?«, kommt Sabines aufgeregte Frage. Nachdem er dies bejaht hat, will das Mädchen das Zimmer gar nicht mehr verlassen. Stattdessen begutachtet es gleich die anderen Gegenstände im Raum sehr intensiv.

Hellauf begeistert beginnt Moritz, im offensichtlichen Bubenzimmer, gleich die vorhandenen Spielsachen hervorzukramen. Das große Bett, das einem roten Ferrari nachempfunden wurde, würde er am liebsten gleich beziehen.

»Die Kinder haben wohl schon entschieden«, meint Diana lächelnd, »aber ich würde mir gerne erst noch den Rest anschauen und die Bedingungen genauer besprechen.«

»Natürlich, gehen wir doch wieder hinunter«, bittet Leo und ruft die Kinder. »Hallo ihr zwei, kommt ihr mit, wir wollen den Garten inspizieren. Dort gibt es auch noch einiges zu entdecken.«

Sofort kommen die beiden aus den Zimmern und laufen hinter den Erwachsenen her, die Treppe hinunter.

Dort hat Leo bereits die Tür zu Küche und Esszimmer geöffnet.

»Also, das hier wäre unser Gemeinschaftsbereich. Küche und Esszimmer. Mein Wohnzimmer hier, kann ich mit dieser Schiebetür leicht abtrennen, sodass wir uns nicht unnötig in die Quere kommen müssten.«

Anschließend führt er den Besuch durch den Essraum zur Terrassentür. »Hier geht es dann in den Garten und zur Terrasse. Kommt ruhig mit!«

Den Kindern hätte er dies gar nicht erst zu sagen brauchen, denn sie sind schon draußen und laufen auf dem Rasen umher.

»Da, eine Schaukel, dürfen wir darauf schaukeln?«, ruft das Mädchen begeistert Richtung Leo.

»Natürlich, dafür wurde sie gebaut!«, ruft er freudig zurück. Dann blickt er angespannt zu Diana, die sich auf einem kleinen Rundgang durch die Küche und den Essraum befindet. Als sie bemerkt, dass er an der Terrassentür stehen geblieben ist, um einerseits die Kinder im Blick zu haben, andererseits aber immer wieder zu ihr hinschaut, geht sie zu ihm.

»Wow, die Räume sind ja mindestens so groß wie unsere jetzige Wohnung! Eine Kochnische oben einzubauen ist bestimmt nicht nötig. Dies hier benutzen zu dürfen, wäre toll und wir hätten oben wirklich genügend Platz. Jeder bekäme ein schönes großes Zimmer und ich würde meinen Schlafplatz in den Abstellraum verlegen. Der reicht absolut aus für ein Bett. Das große Zimmer könnten wir dann sogar als gemeinsames Wohnzimmer benutzen. Kochen und Essen hier! Also, ich bin begeistert. Aber mich drücken noch ein paar kleine Bedenken, so beispielsweise, dass wir Dir schnell lästig werden könnten. Schließlich ist bei uns nicht immer nur eitel Sonnenschein. Die Kids können schon mal ganz schön laut werden und Ärger bereiten. Mit der beschaulichen Ruhe hier wäre es auf alle Fälle vorbei. Hoffentlich bist du dir darüber im Klaren!«

»Das freut mich, dass es dir auch gefällt. Wir haben selber zwei kleine Rabauken groß gezogen und somit kenne ich deren Verhalten recht gut. Ehrlich gesagt, geht mir der Trubel sogar ab! Aber lass das ruhig meine Sorge sein. Ich halte mich in meinem Bereich auf und wenn es mir einmal wirklich zu laut werden sollte, gehe ich einfach aus dem Haus. Ich habe Möglichkeiten genug, um eventuellem Ärger aus dem Weg gehen zu können. Also, mein Angebot steht. Natürlich würde oben alles ausgeräumt und neu gestrichen werden. Gehen wir doch hinaus zu den Kindern.«

Diese durchsuchen gerade den Garten nach Brauchbarem.

»Mama, schau, eine so große Schnecke habe ich gefunden.« Dabei streckt das Mädchen ihre rechte Hand vor, auf der eine große Weinbergschnecke sitzt.

»Oh«, meint Leo lachend, »von der Sorte gibt es hier bestimmt noch mehr. Aber kommt mal mit, da hinten unter den Sträuchern gibt es Walderdbeeren. Die schmecken ganz süß! Leider sind sie etwas klein, aber zum Naschen ganz ausgezeichnet.«

Er zupft ein paar Erdbeeren ab und reicht sie ihnen zum Kosten.

»Mmm, g-gute E-e-erdbeer!«, schwärmt der Bub und beugt sich zu Boden, um selber auf die Suche zu gehen. Seine Schwester hat schon eine kleine Beere gepflückt und bringt sie ihrer Mutter zum Kosten.

»Hier Mama, probier mal, die schmecken wirklich ganz süß!«

Sofort begibt sich das Mädchen auf eine neue Suche.

»Ja, so wie es aussieht, ist die Sache wohl klar. Wir müssten nur noch ein paar Einzelheiten besprechen, bevor ich endgültig zusagen kann.«

Mittlerweile geht es auf achtzehn Uhr zu und die Kinder sollten bereits zu Abend essen. Diana möchte zwar gerne schnell nach Hause kommen, aber auch die Chance, alle Einzelheiten und Unwägbarkeiten besprochen zu haben, nicht versäumen.

»Wir müssten uns aber etwas beeilen, die Kinder brauchen bald etwas zu essen, denn es ist schon spät geworden.«

»Natürlich, setzen wir uns doch und unterhalten uns darüber.« Dabei zeigt er auf zwei Gartenstühle. Doch bevor er sich setzt, kommt ihm eine neue Idee.

»Was essen denn die Kinder gerne, was schnell und einfach zubereitet werden kann. Mögen sie Pfannkuchen? Das war die Lieblingsspeise unserer Kinder.«

»Mit Pfannkuchen triffst du immer ins Schwarze. Die beiden lieben Süßspeisen! Willst du etwa welche backen oder kommen lassen?«

»Wir könnten so gleich einmal unseren Gemeinschaftsraum ausprobieren, indem wir zusammen unser Abendessen kochen. Ihr seid herzlich eingeladen. Salat habe ich auch und Marmelade oder Puderzucker für die Pfannkuchen befinden sich im Vorratsraum. Was meinst du, wollen wir?«

Ganz begeistert rückt er den Stuhl etwas zur Seite und fordert Diana auf, mit in die Küche zu kommen.

»Du legst vielleicht ein Tempo hin«, bemerkt sie schmunzelnd. »Aber gut, probieren wir es aus! Komm und zeige mir, wo sich die ganzen Sachen befinden und ich backe. Um den Salat darfst du dich kümmern! Geht das so in Ordnung?«

»Aber sicher, du bist der Chef!«

Fröhlich schmunzelnd zeigt er ihr, wo sich die Zutaten befinden. Zum Abschluss holt er noch das Rührgerät für den Teig aus der Speisekammer.

Neugierig von Leo beobachtet gibt Diana routiniert die Zutaten nach Augenmaß in eine Schüssel und verquirlt den Teig, bis er schön sämig wird. Er ist mit ihrem Vorgehen ganz zufrieden und putzt nebenbei den Kopfsalat, bevor er ihn zerkleinert und ein Dressing anrührt.

»Du kannst schon mal die Teller und das Besteck zum Tisch bringen«, meint Diana, »und dann rufe bitte die Kinder herein. Die Pfannkuchen sind gleich so weit.« Mit viel Gefühl wendet sie gerade den ersten davon, um ihn auch auf der Rückseite schön anzubacken.

Leo holt die Kinder und zeigt ihnen im Gäste-WC, wo sie ihre Hände waschen können.

»Mmm, Pf-pfannk-k-k-kuchen!«, freut sich Moritz und schnuppert mit hochgereckter Nase in die Luft.

Kaum haben die Kinder am Tisch Platz genommen, bringt Diana schon für jeden einen frischen heißen Fladen an. Während Sabine lieber Erdbeermarmelade darüber streicht, mag ihr Bruder nur Puderzucker darauf.

»Gleich gibt's einen neuen«, tröstet sie Leo mit einem Lächeln im Gesicht.

Gut gelaunt sieht er ihr bei der Arbeit zu.

»Ich habe ganz den Eindruck, dass dir das Kochen richtig Spaß macht! Früher habe ich auch gerne gekocht, aber für einen allein, lohnt es sich eben nicht.«

»Das kann ich gut verstehen«, meint Diana, während sie neuen Teig in die Pfanne schöpft. »Aber es stimmt schon, ich koche wirklich gerne. Ich freue mich immer, wenn ich sehe, dass es anderen schmeckt. So, aber jetzt musst du auch essen, sonst wird er kalt. Ich komme dann gleich nach.«

Leo setzt sich zu den Kindern und Diana bringt ihm den heißen Pfannkuchen hinterher.

Nachdem alle am Tisch sitzen, fragt Leo in die Runde: »Was meint ihr, wäre es nicht schön, wenn es alle Tage so sein könnte und ihr hier wohnen würdet?«

Zwar weiß er schon von Diana, dass sie die Wohnung tatsächlich beziehen möchte, aber er will das Thema einfach noch einmal aufgreifen.

»Klar, super«, ruft Sabine sofort laut. »Mama, bleiben wir gleich hier?«

Moritz ist noch mit dem Kauen eines viel zu großen Stücks Pfannkuchen beschäftigt.

»Nein, mein Schatz, so schnell geht es leider nicht. Erst muss oben ausgeräumt und neu gestrichen werden. Auch müssen wir unsere Möbel hierher bringen und aufbauen. Das dauert noch einige Zeit. Was meinst du Leo, wann könnte ich mit dem Malern beginnen?« Diana ist plötzlich so begeistert, dass sie am liebsten sofort starten würde.

»Ja möchtest Du das denn das alles selber streichen? Ich könnte doch auch einen Maler bestellen. Außerdem muss das Bad oben auch renoviert werden. Selbst wenn es nicht vergrößert zu werden braucht, aber neue Fließen und so kommen schon rein. Ich werde mich gleich morgen nach einem Handwerker umsehen, der mir das möglichst bald erledigen kann. Mit dem Ausräumen kann ich auch gleich am Vormittag anfangen. Wahrscheinlich werden wir einen Container brauchen, um unnützes Zeug wegzubringen. Falls ihr irgendetwas gebrauchen könnt, noch gibt es freie Auswahl.«

»Das wäre prima, denn ein paar Sachen hätte ich schon gesehen und Moritz will bestimmt auch gerne das Ferraribett behalten. Warte bitte noch mit dem Ausräumen. Vielen Dank für das Essen und ich melde mich dann morgen gegen Mittag, wegen des weiteren Vorgehens. Ich freue mich schon richtig, wieder einmal etwas Handwerkliches arbeiten zu können und denke, dass wir ganz gut miteinander zurechtkommen werden. Aber jetzt müssen wir heim, es ist spät geworden.«

»G-genau, sch-schon spät, M-Moritz m-m-morgen w-wieder kommen!«, kommentiert der Kleine den Sachverhalt.

»Ich könnte euch aber auch fahren«, meint Leo, »aber Kindersitze habe ich leider keine mehr. Wie weit müsst ihr denn marschieren?«

»Ach, zu Fuß wären es etwa fünfundzwanzig Minuten, aber wir nehmen die Straßenbahn, die fährt ja gleich vorne am Park ab. Das ist kein Problem.«

Sie wendet sich den Kindern zu, die schon wieder Richtung Garten unterwegs sind. »Hallo, hier lang bitte! Es geht nach Hause«.

Sabine dreht sich um, nimmt ihren Bruder an der Hand und kommt in das Esszimmer zurück.

»So, jetzt verabschiedet euch recht artig und dann verschwinden wir auch schon!«

Brav geben die beiden Kinder Leo die Hand und sagen auf Wiedersehen. »B-b-bis m-morgen!«, ergänzt Moritz noch, bevor er sich seiner Mutter zuwendet.

Auch Diana verabschiedet sich und dann ziehen die drei los. Etwas wehmütig blickt ihnen Leo von der Gartentüre aus nach, bis sie um die nächste Ecke verschwinden.

Während er das Geschirr abwäscht und aufräumt, denkt er darüber nach, was heute Nachmittag geschehen ist. Er hat einen Teil seiner Wohnung vermietet und drei fremde Menschen zu sich in das Haus geholt! Irgendwie ist er überrascht über sein spontanes Handeln, weil er nie andere Menschen in seinem Haus haben wollte. Zugleich verspürt er ein wahnsinnig gutes Gefühl dabei, das ihn befriedigt und ihm große innere Freude bereitet. Er ist dabei, zufällig kennengelernten Menschen zu helfen! Und es bereitet ihm große Freude! Beim Frühstücken nicht mehr alleine am Tisch zu sitzen und endlich wieder einmal die Küche und den Herd anständig benutzen zu können, sinniert er so vor sich hin. Dabei sieht er die Kinder voller Freude am Esstisch sitzen und er richtet zusammen mit Diana das Essen her. Fast wie eine richtige Familie! Je mehr er an die Zukunft denkt, desto aufgewühlter wird er. Nachdem der letzte Teller wieder an seinem Platz ist, hört er auf zu träumen und überlegt nüchtern, wie es weitergehen soll. Er braucht dringend einen Handwerker für das Bad. Es soll möglichst schnell gehen, denn er spürt in sich einen Drang und eine Erwartungsfreude, dass er am liebsten heute noch mit dem Ausräumen beginnen würde.

So vor sich hin grübelnd, kommt ihm der Gedanke, dass er möglicherweise doch einige Sachen weiter behalten möchte. Beschwingt geht er hinauf in das Obergeschoss und sieht sich nochmals in den Zimmern um. Im Schlafzimmer, in dem er mit seiner Frau viele Jahre glücklich war, öffnet er den Schrank und sieht die Kleider und die Wäsche von Mathilde. Erinnerungen an eine ganz andere Zeit kommen dabei in ihm hoch. Die Kleider soll die Kleiderkammer abholen, überlegt er, zum Wegwerfen wären sie doch zu schade. Wegen der Sachen in den Kinderzimmern will er lieber erst noch seine Kinder anrufen und fragen. Hoffentlich gibt es mit denen keine Probleme! Die werden ganz schön Augen machen!

Wieder in seinem Wohnzimmer sitzend, sucht er im Telefonbuch nach einem Handwerker für das Bad. Gleich der zweite Bäderinstallateur will morgen am Vormittag vorbeikommen und sich die Sache genauer ansehen. Die Telefonnummer von der Kleiderkammer legt er sich auf den Tisch, um am Vormittag anzurufen.

Leicht nervös wählt er zunächst die Nummer von seinem Sohn Alex.

»Hier bei Mitterndörfer, Michael am Apparat. Guten Tag!«

»Hallo Michael«, begrüßt er seinen Enkel freudig, »hier ist dein Opa, wie geht es dir denn?«

»Oh Opa«, meldet sich das Kind erfreut und Leo hört, wie er seiner Mutter ruft: »Mama, der Opa ist dran!« »Der Opa? Ist etwas passiert?«, ruft seine Mutter aufgeregt zurück.

»Ist etwas passiert?«, meldet sich jetzt der Enkel wieder am Telefon.

»Nein, nein, keine Angst, ich wollte bloß wieder einmal mit euch ein wenig reden.«

»Grüß Dich Leo«, ist jetzt die Schwiegertochter zu hören. »Was gibt es denn und wie geht es Dir?«

Nach einigem höflichem Hin und Her, kommt Leo schließlich auf den Kern seines Anrufes zurück. »Weißt du Christa, ich werde die oberen Zimmer vermieten und da wollte ich fragen, ob Alex oder auch ihr noch irgendetwas brauchen könntet, bevor ich es entsorge. Es muss ja alles ausgeräumt werden.«

»Oje, da kann ich nicht viel dazu sagen und der Alex arbeitet noch. Ich sage ihm Bescheid und er soll dich zurückrufen. Aber ich glaube nicht, dass wir etwas brauchen werden. Erzähl doch näheres über deine Mieter. Hast du dir ein älteres Ehepaar ins Haus geholt? War es dir langweilig geworden, so ganz alleine!«

»Also, deine zweite Vermutung trifft tatsächlich zu. Mit dem älteren Ehepaar dagegen liegst du komplett falsch. Im Gegenteil, es handelt sich um eine junge Familie, bzw. um eine junge Frau mit zwei ganz lieben Kindern, die eine Wohnung suchen.«

»Oh, oh«, kommt es aus dem Hörer zurück, »du wirst doch nicht etwa ...?« Lachend verkneift sich Christa die weiteren Worte.

»Ach Quatsch! Die Frau ist maximal 35 und damit doch wirklich um einiges zu jung. Nein, wir haben uns zufällig kennengelernt und sie suchten ganz dringend eine Wohnung. Na ja, da habe ich eben gedacht, ich hätte doch Platz genug und wir haben uns so geeinigt, dass auch kein großer Umbau nötig wird. Die drei wohnen oben, gekocht und gegessen wird unten. So bilden wir praktisch eine Art Wohngemeinschaft. Verstehst du?«

»Das ist ja ein ziemlicher Hammer, aber ich vergönne es dir von Herzen und wenn wir wieder einmal vorbeischauen, werden wir schon ein Plätzchen finden. Na, da wird der Alex staunen! Ich finde die Idee aber wirklich gut! Dann kommt wenigstens wieder Leben in die Bude und so alt bist du ja nun auch noch nicht!«

Die letzte kleine Bemerkung kann sich die Schwiegertochter dann doch nicht verkneifen, denn sie würde ihm von Herzen eine neue Lebensgefährtin gönnen.

»Glaub mir«, antwortet er lächelnd, »es ist nicht so, wie du denkst! Ganz einfach eben eine Zweckgemeinschaft. Ob es tatsächlich auf längere Zeit funktionieren wird, werden wir später ja sehen. Jetzt jedenfalls wollen wir es einfach mal so probieren.«

Als sie sich verabschiedet und Leo den Hörer aufgelegt hat, überlegt er, ob er es auch seiner Tochter gleich noch erzählen soll. Vermutlich wird sie jetzt aber ebenfalls noch arbeiten und er möchte mit ihr lieber in Ruhe darüber reden. Bei ihr hat er gewisse Bedenken, dass sie es gutheißen wird und deshalb will er sich auch noch seine genaue Vorgehensweise überlegen.

Voller Unruhe steigt er zum wiederholten Male die Stufen hinauf und geht durch die Zimmer. Dabei stellt er sich vor, wie es sein wird, wenn sie ausgeräumt und neu eingerichtet sind und zudem andere Menschen darin ein zu Hause gefunden haben. Die Böden müssten wohl auch erneuert werden, fällt ihm bei seiner Besichtigungstour auf. Somit wird die ganze Renovierung bestimmt etwas länger dauern. Aber er bleibt zuversichtlich, dass alles innerhalb von drei oder vier Wochen zu erledigen sein dürfte.

Mit einem Glas Rotwein setzt er sich vor den Fernseher, um den Abend ausklingen zu lassen. Lediglich das Telefonat mit Bettina liegt ihm noch im Magen, dennoch will er es heute auf jeden Fall noch hinter sich bringen.

Die Nachrichten plätschern so nebenbei dahin, als ihn das Telefon aus seinen Gedanken reißt und seine Tochter sich ganz aufgeregt meldet.

»Hallo Paps, sag mal, stimmt das, was mir Christa da erzählt. Du hast eine Neue und die zieht schon bei dir ein? Meinst du nicht, dass du uns etwas früher hättest Bescheid geben müssen, oder uns um unsere bescheidene Meinung fragen sollen?« Ohne große Einleitung fällt sie gleich mit der Tür ins Haus. Aber so ist sie eben, denkt er, der Mund immer den Gedanken voraus.

»Hallo Bettina, ich sehe schon, die Buschtrommeln funktionieren! Ich hätte dich heute noch angerufen, wollte nur warten, bis du zu Hause und etwas zur Ruhe gekommen wärst. Aber jetzt weißt du es eben schon.«

Langsam und deutlich versucht er ihr den Sachverhalt zu erklären. Aber sie hört gar nicht richtig zu, sondern unterbricht ihn einfach: »Hör zu, die Frau ist jung und hat zwei Kinder. Die sucht ein Nest! Lass dich doch nicht für blöd verkaufen! Es wird bestimmt nicht lange dauern und dann liegst du bei ihr im Bett. Aber denk daran, du hast eigene Kinder! Du musst dir nicht noch weitere zulegen! Seit wann kennst du die denn eigentlich schon?«

Leo hatte schon mit Ähnlichem gerechnet und hält den Hörer einfach zur Seite, bis er merkt, dass Bettina ihr Reden unterbrochen hat.

»So, jetzt hörst du mir einfach mal zu und hältst deinen Schnabel. Ich glaube nicht, dass ich dich um irgendeine Erlaubnis fragen muss! Außerdem kennst du die Frau überhaupt nicht und kannst ihr deshalb auch keine solchen Absichten unterstellen. Und keine Angst um dein Erbe! Ich werde schon dafür sorgen, dass du auch noch etwas bekommst.«

»Aber du bist doch total naiv, typisch alter Mann eben. Die Frau wickelt dich doch um den Finger und nutzt dich nur aus. Übrigens, wo soll ich dann schlafen, wenn ich mal vorbeischaue? Hast du daran auch gedacht?«

Langsam ärgert er sich über den Verlauf des Gesprächs und will es deshalb möglichst schnell beenden.

»Also, dass ich ein alter naiver Mann sein soll, reicht mir jetzt. Überlass das getrost mir. Ich mache das schon! Der Rest braucht dich nicht zu interessieren. Übrigens frage ich nicht um Erlaubnis, sondern setze dich nur in Kenntnis! Einen Schlafplatz werden wir für dich ganz bestimmt finden, notfalls wird dir die Frau ihren Platz freimachen! Also, mach es dann gut und bleibe gesund. Ärgere dich nicht zu sehr über deinen alten Vater. Bis zum nächsten Mal!«

Damit legt er den Hörer auf und setzt sich wieder zu seinem Glas Wein, von dem er sich jetzt einen größeren Schluck gönnt.

>Ein alter naiver Mann<, überlegt er leicht genervt. >Ich glaube nicht, dass ich mit 56 Jahren schon zu den Alten gehöre und ganz naiv bin ich wohl auch nicht!< Verärgert stellt er sein Glas wieder ab und lehnt sich auf der Couch zurück. Im Grunde kann er seiner Tochter gar nicht böse sein, denn er weiß ja, dass sie spätestens übermorgen anruft, um alles wieder klarzustellen. Sie ist nun mal so, impulsiv und immer etwas voreilig. Aber er mag sie trotzdem und freut sich jedes Mal auf das Ver-

söhnungsgespräch. Dann kann sie so nett und zutraulich sein, dass man es nicht für möglich halten möchte.

Der im Fernseher laufende Spielfilm geht an ihm vorüber, da er immer noch in Gedanken versunken, sich die Zukunft vorstellt. Er hofft und wünscht sich sehr, dass alles reibungslos klappen wird und sie keinen Ärger miteinander bekommen werden.

Erneut holt ihn das Klingeln des Telefons in die Realität zurück.

»Hallo Pa«, meldet sich sein Sohn lachend, »Du machst ja Sachen. Gibt es schon einen bestimmten Termin? Du weißt ja, ich muss frühzeitig planen!«

»Ihr spinnt doch alle miteinander!«, antwortet Leo ebenfalls lachend. Ruhig erklärt er dem Sohn ausführlich sein Vorhaben.

»Das finde ich ehrlich gesagt, gar nicht schlecht«, meint dieser jetzt wieder sachlich. »Die Zimmer stehen ja doch bloß leer und modern vor sich hin. So ist gleich mehreren geholfen. Übrigens, die Idee mit der Gemeinschaftsküche finde ich ganz toll. Du brauchst nicht viel umzubauen und außerdem begegnet ihr euch automatisch regelmäßig. Endlich kannst du wieder richtig aufkochen. Für dich allein war es doch langweilig. Also meinen Segen bekommst du auf jeden Fall, und was die Frauen schon wieder daraus machen wollen, kann dir egal sein. Mach es so, wie du es für richtig hältst. Eines ist ja auch klar: Zurechtkommen musst allein du mit der Bande. Aber ich habe da keine großen Sorgen, denn Kinder waren dir ja schon immer ans Herz gewachsen und die beiden werden dich bestimmt in kürzester Zeit als ihren Opa in Beschlag nehmen.«

»Schön, dass wenigstens einer zu mir hält«, freut sich Leo. »Willst du übrigens noch irgendetwas aus deinem Zimmer haben oder kann ich alles einfach weggeben? Das Ferraribett hätte schon einen begeisterten Abnehmer und einige Spielsachen sind auch schon sehnsüchtig begutachtet worden. Also richtig wegwerfen, werden wir wohl nicht allzu viel.«

»Du Papa, wir brauchen nichts mehr davon. Aber schön wäre es schon, wenn gerade das Bett, auf das ich so stolz gewesen bin, einen netten neuen Bewohner bekäme. Die Spielsachen und Bücher kannst du gerne weitergeben. Es freut mich, wenn damit wieder jemand spielen und in den Büchern schmökern wird. Noch einmal, ich finde die Idee schlichtweg genial und bin ehrlich voller Freude. Da müssen wir unbedingt demnächst vorbeikommen. Ich werde schon richtig neugierig.«

Nachdem sich Axel regelrecht in eine Begeisterung hinein geredet hat, kommt auch Leo in Redelaune und erzählt die ganze Geschichte vom ersten Moment bis zum gemeinsamen Pfannkuchen essen vor wenigen Stunden.

Lachend und mit frohem Herzen verabschieden sich die beiden und Leo setzt sich wieder in seinen Sessel und schenkt Rotwein nach. Beschwingt und regelrecht aufgedreht nach dem Gespräch mit seinem Sohn, geht er gleich noch einmal in den oberen Stock. Jetzt will er Axels ehemaliges Zimmer einer genaueren Inspektion unterziehen. Er setzt sich auf das Bett und sieht sich langsam im Zimmer um. Auf dem Schreibtisch befinden sich immer noch Schreibutensilien und die Schubladen sind bestimmt auch noch gerappelt voll, überlegt er. Er blickt auf das Regal über dem Schreibtisch, wo sich Modellflugzeuge und Fahrzeuge aus Legosteinen befinden. Wo ist die Zeit bloß hingegangen, sinniert er wehmütig, als wir diese, teils recht komplizierten, Modelle gemeinsam zusammengebaut haben? Ja, es wäre wirklich schön, wenn ich dies alles noch einmal erleben dürfte.

Nachdenklich erhebt er sich und öffnet den Schrank. Sauber aufgereiht stehen Jugend-, Schul- und Studienbücher im oberen Teil. Sogar einige Kleidungsstücke finden sich, noch von seiner Frau zusammengelegt und eingeräumt. Ganz in Gedanken nimmt er wehmütig einen Pulli in die Hand und schnuppert daran.

»So, jetzt ist aber Schluss«, sagt er laut zu sich selber, »ich werde ja ganz schwermütig! Wir werden die Sachen noch einmal gemeinsam und in Ruhe durchgehen. Sicher muss einiges entsorgt werden, aber die eine oder andere Erinnerung wird bestimmt hier bleiben«, freut er sich und geht wieder zu seinem Rotwein hinunter.

6   Der Einzug

Am Morgen ist Leo schon früh unterwegs, um frische Semmeln und Brot einzukaufen. Zukünftig will er wieder regelmäßig frische Semmeln zum Frühstück holen. Schließlich macht es dann auch wieder viel mehr Spaß, wenn er nicht mehr allein da sitzen muss.

Bevor er aber wieder in Gedanken versinken kann, klingelt es an der Haustür und der Installateur steht vor der Tür.

»Guten Morgen Herr Schubert, Sie sind aber früh dran«, begrüßt Leo den Handwerker. »Aber kommen Sie nur herein, ich bin ja froh, dass etwas vorangeht.«

Er geleitet den Handwerker zu dem kleinen Bad im oberen Stockwerk und erklärt ihm, dass hier praktisch alles neu gemacht werden soll.

»Also Boden- und Wandfliesen weg und neue hin«, meint Herr Schubert geschäftig. »Waschbecken und Dusche, sowie Toilette sollen auch erneuert werden? Haben Sie da besondere Wünsche von der Form oder vom Hersteller her? Preislich gibt es da nämlich gewaltige Unterschiede.“

Unsicher überlegt Leo und meint: »Könnte ich da erst mal mit den neuen Mietern reden, ich weiß nämlich gar nicht so recht, was ich nehmen soll? Mit den Fliesen verhält es sich übrigens genauso. Ich habe da ehrlich gesagt, überhaupt keine rechte Vorstellung. Die Entscheidung über die Vermietung fiel erst gestern, und zwar ganz plötzlich, so bin ich noch gar nicht zu diesbezüglichen Überlegungen gekommen.«

»Naja, das ist kein Problem. Sie können sich gerne bei mir ein paar Ausstellungsstücke ansehen, vielleicht fällt Ihnen dann die Entscheidung leichter. Für die Arbeit selber, denke ich, dass ich sie in drei Tagen schaffen könnte. Falls die Anschlüsse und Abläufe alle in Ordnung sind.«

Leo ist begeistert und meldet sich gleich für Nachmittag bei dem Handwerker an, um sich Inspirationen zu holen.

Nachdem Herr Schubert das Haus wieder verlassen hat, nimmt er den Zettel mit der Nummer von der Kleiderkammer zur Hand. Eine sehr nette Frauenstimme erklärt ihm, dass in etwa einer Stunde jemand vorbeikommen würde, um sich die Sachen anzusehen und zu entscheiden, was davon zu gebrauchen sein wird.

Er ist zufrieden, dass alles scheinbar gut anläuft. Obwohl im Hintergrund leise Wehmut mitschwingt, wenn er an das Schlafzimmer und die Kleider von seiner Frau denkt. Das wird dann wohl der endgültige Abschied werden!

Während er die hereingeholte Post durchsieht, kommt ein Herr von der Kleiderkammer. Leo schildert ihm kurz die Situation und führt ihn in das Schlafzimmer im Obergeschoss. Dort zeigt er ihm den Kleiderschrank und meint: »Wenn Sie wollen, können Sie den gesamten Inhalt mitnehmen. Ich hoffe, dass Sie einiges davon noch gebrauchen können. Schließlich sind alles Qualitätssachen!«

Der Mann nickt verstehend und sieht sich kurz im Zimmer um. »Was wird aus den Möbeln, dem Bett, dem Schrank hier? Wollen Sie die behalten oder entsorgen?«

»Die werden wohl zu entsorgen sein«, meint Leo überrascht. Daran hatte er noch gar nicht gedacht. Aber Diana wird sicherlich ihr eigenes Bett mitbringen, überlegt er und fügt noch einmal ein: »Ja, das wird entsorgt!« hinzu.

»Aber die sind doch zum Großteil aus massivem Holz! Das schmeißt man nicht so einfach weg! Also, ich würde diese Teile gerne abholen lassen, denn bei uns geht so etwas reißend weg. Was meinen Sie dazu?«

Ohne zu überlegen, stimmt Leo dem Vorschlag zu. Eigentlich freut er sich darüber, dass diese, doch teuren Möbel, noch jemand nutzen wird. Kurz denkt er daran, als er und seine Frau sich damals sich für diese Möbel entschieden und wie glücklich sie damit waren.

»Gut«, meint Leo, »dann räumen Sie dieses Zimmer komplett aus. Sie können wirklich alles mitnehmen, ohne noch einmal rückzufragen.«

Der Mann telefoniert und bestellt einen Lkw. »In fünfzehn Minuten kommen ein Kollege und eine Frau her. Sie bringen einen Lieferwagen mit, dann laden wir gleich ein. Die Frau soll sich die Kleidung ansehen, die kennt sich damit besser aus als ich.« Schmunzelnd blickt er dabei zu Leo.

Der nickt nur und geht Richtung Türe. »Kommen Sie doch mal mit, vielleicht können Sie ja da auch noch etwas gebrauchen.«

Er führt den Mann durch die übrigen Zimmer und dieser zeigt sich geradezu euphorisch.

»Allerdings müssen wir da erst noch genau aussortieren«, bremst Leo dessen Hoffnungen etwas ein. »Ich gebe Ihnen einfach wieder Bescheid, wenn wir soweit sind.«

In der Zwischenzeit ist unten der Lieferwagen vorgefahren und Leo geht hinunter, um die beiden Mitarbeiter in das Haus zu lassen. Die Frau stellt sich als Frau Walther vor und erklärt, dass sie die Fachfrau für Damenbekleidung in der Kleiderkammer sei. Begeistert holt sie ein Kleid nach dem anderen aus dem Schrank, um es zu begutachten, während die beiden Männer bereits damit beginnen, die Betten zu zerlegen. Langsam wird Leo etwas flau im Magen und er verschwindet deshalb lieber nach unten, um sich eine Tasse Kaffee zu gönnen.

»Jetzt ist es also soweit, Mathilde«, brummelt er leicht schwermütig vor sich hin. »Jetzt gehst du endgültig. Aber keine Angst, in meinem Herzen bist du ja sowieso immer da. Schau, mit deinen Sachen können wir noch anderen Menschen eine Freude bereiten. Das ist doch genau das, was du immer wolltest. Und auf die Zimmer freuen sich auch schon drei. Schade, die beiden Kinder würden dir sicher auch gefallen. Aber ich bin ja überzeugt, dass du immer hier bist und alles genau mitbekommst!« Ein leichtes Schmunzeln zieht sich dabei über sein Gesicht, als er daran denkt, dass seiner Frau ja niemals auch nur das Geringste entgangen war.

In diese Grübelei hinein ruft Diana an und erkundigt sich, ob sie eventuell schon jetzt vorbeikommen könnte, weil Sabine heute früher aus dem Kindergarten kommt. Erfreut sagt er zu und überlegt, dass dies eine gute Gelegenheit darstellt, die anderen Zimmer gleich miteinander durchzustöbern. Die Leute von der Kleiderkammer müssten dann auch nicht extra noch einmal zu kommen.

Kurz entschlossen geht er wieder nach oben, um nachzusehen, wie gut die Ausräumarbeiten vorankommen. Das Bett und die Nachtschränkchen sind bereits verladen. Die Frau verpackt die Wäsche sorgfältig in große Kartons, welche die beiden Männer dann hinunterschleppen.

»Na, haben Sie etwas Brauchbares gefunden?«, stellt er, zu den Kartons hin nickend, die Frage.

»Das ist ja alles beste Kleidung und Wäsche, viel zu schade zum Wegwerfen. Solch gute Sachen bekommen wir nur selten. Wirklich, das war eine gute Idee, uns zu verständigen. Die Sachen werden schnell unter den Leuten sein«, antwortet die Frau erfreut. »Sie meinten zwar, wir könnten alles ohne weitere Nachfrage mitnehmen, aber bei diesem Kleid hier möchte ich Sie trotzdem noch einmal fragen. Sehen Sie, ich glaube, das ist das Hochzeitskleid Ihrer Frau! Wollen sie das wirklich weggeben?«

Überrascht nimmt Leo den Plastikkleidersack, den ihm die Frau jetzt hinhält, entgegen. Er öffnet den Reißverschluss und staunt.

»Tatsächlich«, stammelt er plötzlich von Wehmut erfüllt, »ich wusste zwar, dass sie es aufgehoben hat, aber ich dachte eher an eine Truhe auf dem Speicher. Danke für Ihre Aufmerksamkeit, das bleibt natürlich hier!«

Ergriffen nimmt er das Kleid und bringt es hinunter in sein Wohnzimmer, wo er es ganz auspackt und sorgfältig auf dem Tisch ausbreitet. Mit pochendem Herzen erinnert er sich an die Zeit damals, als sie jung und verliebt waren. Die Hochzeit war ein Traum gewesen und die ersten Jahre trug sie dieses Kleid jeweils am Hochzeitstag zum Abendessen. Später, als sie dann die Kinder hatten, war es ihr zu schade gewesen, und zudem klemmte es wohl auch an einigen Stellen. Schmunzelnd denkt er daran, wie er sie dann abends immer auskleiden durfte und wie schön die Zeit mit ihr zusammen gewesen war.

Das Läuten der Türglocke reißt ihn aus seinen melancholischen Träumen. Diana steht mit den beiden Kindern vor der Tür.

»Hallo, ich hoffe, es passt dir jetzt schon«, beginnt sie gleich loszureden. »Ich habe es kaum noch erwarten können, nachdem ich der Frau von der Wohnungsstelle abgesagt hatte. Weißt du, ich hab mir auch schon überlegt, wie ich die Zimmer anstreichen werde.«

Leo beschleicht leise ein seltsames Gefühl. Geradeso, als ob ihm jetzt doch alles etwas aus der Hand gleiten würde. Noch sind seine Gedanken noch viel zu aufgewühlt, aber er reißt sich zusammen und bittet die drei herein.

»Ach, es passt ganz gut, denn die Leute von der Kleiderkammer räumen gerade das Schlafzimmer aus. Wenn wir gleich damit beginnen und die anderen Zimmer nach Brauchbarem durchsehen, könnte der Rest eventuell jetzt schon mitgenommen werden. Meine Kinder haben keinen Bedarf mehr angemeldet, somit steht alles zur freien Verfügung und Moritz kann sein Ferraribett gerne in Beschlag nehmen.«

»Oh, ja F-F-F-Ferrarii, f-f-für M-Moritz! S-s-super!« Schon stürmt der Kleine die Treppe hinauf und geradewegs in sein zukünftiges Zimmer, wo er sich sogleich auf das mit einer Plastikfolie abgedeckte Bett wirft.

»Gut, dann wollen wir mal nachsehen. Wir bringen ja auch noch eigene Möbel mit, aber die sind nicht so besonders und das eine oder andere Stück hätte ich tatsächlich auch schon im Auge.« Diana geht mit Sabine an der Hand hinter Leo her.

»Ach, da fällt mir gerade noch ein«, meint er, als sie am Bad vorbeikommen, »wir sollten hernach noch eine Bäderausstellung besuchen, wegen der Fliesen und der Waschbecken. Der Installateur war nämlich heute Morgen schon da und hat gemeint, dass er die Arbeiten in ein paar Tagen schaffen könnte.«

»Wie«, fragt Diana überrascht zurück, »darf ich die Sachen sogar aussuchen? Aber es bleibt doch immer noch dein Haus!«

»Ich habe mein Bad unten, das übrigens auch einmal renoviert werden sollte. Weshalb sollte ich euch dann vorschreiben, womit ihr leben sollt? Außerdem habe ich einen fürchterlichen Geschmack und deshalb müsstest du das schon selber aussuchen. Sollte es zu teuer werden, na ja, dann werde ich mich schon melden.«

»Wahnsinn, mehr kann ich einfach nicht sagen.« Kopfschüttelnd geht Diana weiter in das Mädchenzimmer.

»Sabine, du kannst dir gerne von den Puppen und den Spielsachen etwas aussuchen. Schau, da unter dem Bett und dort im unteren Schrankfach gibt es noch mehr Sachen aus Bettinas Kindheit.«

Freudig zeigt er dem Mädchen die einzelnen Sachen und die Augen des Kindes beginnen zu leuchten. Vor dem, mit einem Moskitonetz ausgestatteten Bett, bleibt Sabine stehen und sucht den Einstieg. »Darf ich das behalten?«, ruft sie Richtung Leo und verschwindet bereits darin, ohne eine Antwort abzuwarten.

»Wenn du es möchtest, gerne. Das war immer die Höhle, in die sich unsere Tochter verkriechen konnte, wenn sie mal nicht so gut drauf war oder einfach nur alleine sein wollte. Hier drinnen durfte sie nicht gestört werden!«

Diana steht bereits bei ihrem Sohn im Zimmer und schaut sich um, als Leo nachkommt.

»Du Leo, ich glaube, da müssen wir warten und in Ruhe noch einmal alles durchgehen. Lass bitte einfach mal alles da. Ich kann so schnell nicht entscheiden. Es ist so viel, das wir gerne behalten möchten und ich muss mir erst überlegen, wie wir alles stellen wollen, damit wir auch unsere Möbel noch unterbringen. Die Kinder sollen sich auch erst mal alles genau anschauen und dann entscheiden. Wir fühlen uns momentan beinahe wie an Weihnachten!«

»Genau, so machen wir es. Zur Not ist ja auch noch ein Keller und ein Speicher vorhanden, wo wir einige Sachen unterstellen können, wenn es gar nicht anders geht.«

Insgeheim ist er ganz froh und zufrieden damit, wenn nicht alles an einem Tag wegkommt.

Sorgfältig entfernt er die Plastikfolie von dem Bett und Moritz kuschelt sich sofort hinein. Zwar handelt es sich dabei um ein Erwachsenenbett und wirkt somit für ihn noch zu groß, aber er will es nicht mehr hergeben. Anschließend holt Leo noch zwei Kisten mit Kinderspielsachen aus dem Schrank, die zwar teilweise beschädigt, aber immer noch zu gebrauchen sind. Der Bub strahlt vor Begeisterung.

Diana beginnt zu lachen und meint: »Na, ich glaube die beiden können wir getrost erst einmal allein lassen. Wird das Schlafzimmer total ausgeräumt, so alle Möbel und alles?«

»Ja, es sind einfach zu viele Erinnerungen daran und ich möchte auch nicht, dass diese Möbel im Haus weiter benutzt werden. So, wie es aussieht, sind die Kammerleute bereits fertig.«

Die Frau kommt ihnen auf dem Gang entgegen, um sich zu verabschieden. »Noch einmal vielen Dank für die vielen schönen Sachen, da können wir unseren Laden wieder prächtig auffüllen.«

Auch die beiden Männer verabschieden sich, aber nicht ohne den Hinweis, dass sie jederzeit gerne wieder kommen würden, sollten sie benötigt werden.

Leo und Diana gehen nach unten und bereiten sich Kaffee zu.

»Ich habe ein paar Brezeln mitgebracht.«

Diana nimmt eine Papiertüte aus ihrem Korb und legt sie auf die Arbeitsplatte in der Küche. Aus dem Kühlschrank holt Leo die Butter und stellt sie zusammen mit den Brezeln auf den Tisch. Während Diana nach den Kindern sieht, bereitet er schnell noch Kakao zu. Voller Freude und Übermut stürmen die Kinder herunter und nehmen sich von den Butterbrezeln. Dazu gibt es den kalten Kakao.

»Ich würde gerne morgen mit den Malerarbeiten beginnen«, verkündet Diana. »Unser Wohnzimmer ist ja schon leer, da könnte ich auf alle Fälle schon mit den Vorarbeiten anfangen. Die anderen Zimmer kommen dann eben nach und nach an die Reihe. Was meinst Du, Leo?«

»Ich hatte gedacht, dass auch neue Böden verlegt werden sollten. Die alten sind zwar nicht schlecht, aber wenn wir schon renovieren!«

»Du, ich glaube, es ist besser, wenn wir mit den Böden warten. Ich fürchte nämlich, dass neue Böden schnell von den Kindern ramponiert würden. Außerdem sehen die alten noch nicht schlecht aus. Lass es gut sein! Das ist schon in Ordnung«, meint Diana und beginnt den Tisch wieder abzuräumen und den Geschirrspüler zu füllen.

Leo, der sie heimlich beobachtet, freut sich über Diana's Unkompliziertheit. Anscheinend fühlt sie sich hier schon so richtig zu Hause.

Herr Schubert berät sie ruhig und unaufdringlich beim Aussuchen der Sanitäreinrichtung und der Fliesen, sodass sie schnell fündig werden. Anschließend fahren sie noch an einem Baumarkt vorbei, wo sie die benötigten Malerutensilien und zwei große Eimer weiße Farbe, sowie drei Tuben mit verschiedenen Abtönfarben besorgen.

»Schade«, meint Diana, als sie wieder zu Hause sind, »ich würde am liebsten schon mit dem Abkleben beginnen, aber wir müssen heim, weil hernach mein Mann vorbeikommen will. Wir müssen noch etwas klären, damit es mit der Scheidung endlich weiter geht. Vielleicht kann er von unseren Möbeln auch noch etwas gebrauchen. Wenn es passt, komme ich dann morgen früh, nachdem ich Sabine im Kindergarten abgeliefert habe, vorbei und fange schon mal an.« Fragend blickt sie zu Leo hin, der gerade die Farbeimer im ehemaligen Schlafzimmer abstellt.

»Klar, komm einfach vorbei. Vielleicht kann ich ja auch schon etwas vorbereiten und zu Mittag seid ihr alle zum Essen eingeladen!«

Er freut sich sichtlich darauf, wieder einmal richtig kochen zu können.

»Aber Leo, du hast doch sowieso schon so viele Unkosten wegen uns, da musst du uns nicht auch noch zum Essen einladen«, versucht Diana zu widersprechen, obwohl sie sich durchaus darüber freut. Zudem kann sie dann mehr arbeiten und kommt schneller voran.

Der Widerspruch wird abgelehnt und somit ist alles geregelt.

Wieder alleine, geht er nach oben und schlendert gedankenverloren durch die Zimmer. Langsam und verträumt beginnt er im ehemaligen Schlafzimmer mit dem gekauften Klebeband die Fensterrahmen abzukleben. Eigentlich wollte er nur noch einmal die Zimmer durchgehen, aber plötzlich hat ihn eine regelrechte Arbeitswut gepackt. Aus dem Keller holt er sich Werkzeug und entfernt die Sockelleisten und Steckdosen. Nachdem auch der Türrahmen geschützt ist, beginnt er ein Vlies aus alter Wolle auf dem Boden zu verteilen. Lächelnd stellt er sich Diana im Malergewand vor. Offensichtlich traut sich diese Frau mehr zu, als er erwartet hat. Aus der Abstellkammer holt er noch eine Staffelei und einen Eimer mit Putzzeug, damit morgen alles für den Start bereitsteht.

Im Fernseher laufen die Nachrichten und Leo sitzt bequem in seinem Lieblingssessel, als das Telefon klingelt.

Seine Tochter Bettina ruft aus England an.

»Hallo Paps«, meldet sie sich, »ich hoffe, es geht dir gut. Du, wegen gestern, weißt du, nimm das mal nicht so ernst, was ich da alles von mir gegeben hab. Ich habe eben nur gemeint, mir Sorgen machen zu müssen. Wegen des alten Mannes bist du mir hoffentlich nicht böse. Es war einfach so im Eifer des Gefechts. Bestimmt ist es gar keine so schlechte Idee von dir, die Zimmer zu vermieten. Dann bist du nicht allein und die Kids's werden dich bestimmt auf Trab halten. Also, bitte nicht böse sein. Ich hab' dich lieb, egal, wie alt du bist!«

Sie wollte das Gespräch schon wieder beenden, bevor Leo überhaupt zu Wort gekommen wäre. Doch er ist gerade noch schnell genug um einzuhaken.

»Hallo Bettina, jetzt warte noch einen Moment, ich will ja schließlich auch etwas sagen. Es freut mich, dass du anrufst. Deine Sorgen sind absolut überflüssig und böse kann ich dir doch sowieso nicht sein.«

Erleichtert nimmt sie die Worte zur Kenntnis und dann ergibt sich tatsächlich noch ein längeres Gespräch, indem Leo auch davon erzählen kann, dass morgen schon mit den Arbeiten begonnen werden soll.

»Deine Kindersachen kommen übrigens sehr gut an und die Puppen haben schon eine neue Liebhaberin. Ich freue mich sehr darüber, dass ich sie nicht wegzugeben brauche.«

»Oh ja, das ist schön, dann darf ich bestimmt auch wieder einmal damit spielen, wenn ich euch besuchen komme«, lacht Bettina laut ins Telefon.

Glücklich und zufrieden setzt sich Leo nach dem Gespräch wieder in seinen Sessel und hängt seinen Gedanken nach.

Zwei Wochen später ist der große Tag gekommen. Leo hat einen Kleinlaster organisiert und Diana beim Zerlegen und verladen derjenigen Möbelstücke geholfen, die sie mitnehmen wollte. Die vergangenen Tage hatte sie noch fleißig gestrichen und geputzt. Die Wände der Kinderzimmer wurden mit bunten Streifen versehen und von den neuen Bewohnern wohlwollend begutachtet. Auch der Installateur hatte sein Wort gehalten und das Bad ist rechtzeitig fertig geworden. Zwar ist es nach wie vor nicht besonders groß, aber wieder modern eingerichtet und so stellt es ein richtiges kleines Prachtstück dar. Im ehemaligen Abstellraum steht quer an der Außenwand, direkt unter dem Fenster, Dianas französisches Bett. Daneben hat ein neuer, schmaler Schrank für ihre Wäsche Platz gefunden. Später möchte sie gerne noch einen kleinen Schreibtisch an die andere Wandseite platzieren. In den Kinderzimmern sind Großteils die vorhandenen Möbel behalten worden.

Nachdem der Lkw wieder zurückgebracht ist und die Zimmer fertig eingerichtet sind, trifft sich die neue Wohngemeinschaft zum Einzugsdrink in der Küche.

»Herzlich willkommen, ihr Lieben! Ich hoffe, ihr fühlt euch hier wohl und wir kommen immer gut miteinander aus. Ich freue mich sehr darüber, dass ihr da seid!«

Leo gibt den beiden Kindern einen Becher mit Orangensaft, während er Diana ein Glas Sekt zur Feier des Tages reicht.

»Auf ein gutes Zusammenleben!«

»Ja, auf ein gutes Zusammenleben«, wünscht auch sie und hebt das Glas, um mit den Kindern und Leo anzustoßen.

»Übrigens, wir haben dir auch etwas mitgebracht!«

Rasch holt Sabine aus ihrem Einzugsköfferchen, das sie bisher nicht aus der Hand gegeben hat, eine Zeichnung und reicht sie ihm voller Stolz.

»Hier, das habe ich und Moritz gezeichnet. Es zeigt unser neues zu Hause und du bist natürlich auch mit darauf.«

»M-M-Moritz auch d-d-drauf!«, meldet sich auch der Bub ganz aufgeregt zu Wort.

Leo betrachtet die Kinderzeichnung und schmunzelt. Offensichtlich sitzt er in einem Gartenstuhl auf der Terrasse, während das Mädchen ihren kleinen Bruder auf der Schaukel kräftig anschubst. Aus einem Fenster im Obergeschoss schaut Diana zu den Kindern herunter. Über allem scheint eine große Sonne.

»Danke, Kinder«, kommentiert Leo berührt lächelnd das Geschenk, »ihr bringt wirklich die Sonne mit, genau wie ihr es auf dem Bild gezeichnet habt. Ich freue mich sehr darüber und werde es in meinem Wohnzimmer aufhängen!«

»G-g-genau, a-a-aufhängen!«, stottert Moritz voller Freude.

»So, und jetzt trinken wir doch einmal!« Lachend hebt er sein Glas erneut. Alle stoßen miteinander an und freuen sich über den schönen Tag.

»Was meint Ihr«, fragt Leo in die Runde, »es wird ja schon Nachmittag, wollen wir zum Einzugsfest im Garten den Grill anwerfen. Würstchen und etwas Fleisch habe ich schon daheim. Salat können wir dazu auch fertigmachen.«

»W-w-was ist d-das, g-grillen?«, möchte Moritz neugierig wissen.

»Das ist Würstchen über einem Feuer braten«, erklärt ihm seine Schwester eifrig. Diana sieht Leo an und lächelt.

»Das könnten wir wirklich machen, die beiden waren noch nie selber beim Grillen dabei. Das wäre bestimmt ein Abenteuer für sie. Aber ich möchte nicht, dass du immer alle Kosten übernimmst. Ich würde mich gerne beteiligen.«

»Klar darfst du dich auch beteiligen. Du richtest einfach den Salat an und sorgst für die Getränke. Außerdem kannst du ab morgen ja selber einkaufen gehen und über das Geld in unserer Haushaltskasse verfügen. Genau so, wie ausgemacht!«

Nach dem Grillfest, an dem die Kinder ganz besonders begeistert teilgenommen haben, wird es Zeit für die beiden, zu Bett zu gehen. Zwar ist es noch etwas früh am Abend, aber nachdem heute der Mittagsschlaf ausgefallen war, sind sie todmüde. Zudem freuen sie sich schon auf die neuen Betten.

»Du k-k-kommst aber n-n-noch, G-g-Gutenachtt s-sagen!«, bettelt Moritz, als er sich von Leo für die Nacht verabschiedet.

»Genau, zu mir musst du auch noch Gutenacht sagen kommen«, bittet Sabine.

Schmunzelnd sieht ihre Mutter zu Leo hin.

»Hm, es ist ja jetzt eure Wohnung, und da habe ich eigentlich nichts mehr verloren. Ich weiß nicht so recht!«

Fragend und unschlüssig blickt er Diana an, während die beiden Kinder an seinem Hosenbein hängen und weiter betteln.

»Siehst du, ich habe es dir ja gesagt, die können ganz schön lästig werden. Außerdem haben sie dich ja wohl schon adoptiert«, meint sie lachend. »Also, wenn es dich nicht allzu sehr stört, kannst du gerne hochkommen und die beiden würden sich bestimmt sehr darüber freuen. Aber du musst das nicht als Verpflichtung für die Zukunft oder so sehen. Nur heute vielleicht, wegen der neuen Betten und Zimmer! Schließlich wird es ihre erste Nacht darin.«

Die Befürchtung, dass die Kinder dann zukünftig nicht mehr darauf verzichten wollen, sieht sie durchaus, möchte den beiden die Freude aber auch nicht verderben. Entscheiden soll jedoch Leo selber.

»Du musst es aber nicht unbedingt machen«, schiebt sie deshalb schnell noch nach.

»Oh, ich komme gerne noch hinauf, gebt mir einfach Bescheid, wenn ihr soweit seid«, verspricht Leo unter dem Jubel der beiden Kleinen.

In Gedanken versunken setzt er sich in einen Garten-stuhl auf der Terrasse und lässt den heutigen Tag noch einmal Revue passieren. Dabei kommt er immer mehr zu der Einsicht, dass ihm gar nichts Besseres hätte passie-ren können. Irgendwie ist es wie früher, als seine Kinder noch klein waren. Grillen war auch bei denen im Sommer immer groß angesagt gewesen und ein Gutenachtkuss musste auch immer sein. Vor seinem geistigen Auge sieht er sie im Garten spielen und lärmen.

»Ja«, brummelt er vor sich hin, »es war wirklich eine schöne Zeit gewesen und ich habe das große Glück, so etwas noch einmal erleben zu dürfen!«

Während er weiterhin mit seinen Gedanken in der Fer-ne schweift, bemerkt er gar nicht, dass Sabine neben ihm steht und ihn neugierig betrachtet. »Bist du traurig, dass wir hier sind, weil du dich gar nicht mehr rührst und nur in die Ferne guckst?«

»Aber nein, Sabine, ich war nur in Gedanken. Weißt du, ihr erinnert mich an unsere Kinder, als diese noch so klein waren. So, und jetzt aber ab ins Bett. Komm, ich trage dich hinauf.«

Bereitwillig lässt sich das Kind von Leo hoch heben und in ihr Zimmer bringen. Dort übergibt er das Mädchen der Mutter, damit diese es zu Bett bringen kann.

»Leo, weißt du eigentlich, dass in diesem Bett Feen wohnen? Ja, genau hier unter diesem Vorhang. Ich habe sie auch schon gesehen. Sie sind wunderschön!«, erklärt Sabine schwärmerisch und zeigt dabei auf das Moskito-netz.

»Ich weiß«, bestätigt er lächelnd, »die waren bei Bettina auch schon da und deshalb haben wir dieses Netz auch nie weggemacht. Die helfen dir auch beim Einschlafen und beim Träumen!«

Glücklich streckt sie Leo ihre Arme entgegen, um einen Gutenachtkuss zu ergattern. Unsicher blickt dieser Diana an und als diese lächelnd nickt, beugt er sich zu ihr hinunter und gibt ihr den erwünschten Kuss.

»Gute Nacht und träum recht schön. Bis morgen früh.«

Er dreht sich um und verlässt den Raum. Schließlich wartet ja Moritz auch noch auf ihn. Doch dieser ist bereits eingeschlafen, als er das Zimmer des Jungen betritt. Freudig bemerkt er, dass Diana auch noch aus dem Schrank seines Sohnes die passende Ferraribettwäsche gefunden hat, die er schon ganz vergessen hatte. Außerdem ist vor das Bett eine Kommode gerückt, damit der kleine Rennfahrer nicht aus dem viel zu großen Bett fallen kann.

»Er hat es wohl nicht mehr erwarten können«, meint Diana. »Der träumt heute Nacht bestimmt von Autorennen. Als er die Bettwäsche gesehen hatte, gab es kein Halten mehr. Sofort war er in sein Bett geklettert und hatte sich vor Freude die Zudecke bis über den Kopf gezogen. Ach, weißt du, ich kann unser Glück noch überhaupt nicht fassen und ich hoffe wirklich sehr, dass wir dir nicht zu sehr zur Last fallen werden.«

Leicht verlegen dreht sich Leo um und murmelt etwas Unverständliches vor sich hin, das sich wie »selber froh und wird schon gehen« anhört. Damit geht er die Treppe hinunter, um sich wieder auf die Terrasse zu setzen. Innerlich bewegt sinniert er darüber, wie sehr er doch schon in die eigentlich fremde Familie eingebunden ist. Ohne großes Aufhebens haben sie sich die letzten Wochen, während Diana die Zimmer hergerichtet und er sich überwiegend um die Kinder und das Essen gekümmert hat, einfach aneinander gewöhnt. Es gefällt ihm, wie selbstverständlich sich die Kinder an ihn wenden, wenn sie Fragen oder Hunger haben, oder einfach nur einen Spielgefährten suchen. Träumend blickt er in die untergehende Abendsonne und fühlt sich richtig gut, ja beinahe glücklich. Aber soweit will er doch nicht gehen, einfach froh und innerlich sehr zufrieden, denkt er, reicht auch schon.

»Darf ich mich dazu setzen?« Plötzlich steht Diana vor ihm mit einer Flasche Wein und zwei Gläsern in der Hand. »Ich habe zur Feier des Tages eine Flasche Wein gekauft.«

»Aber natürlich, setz dich nur. Es ist ein so schöner Sonnenuntergang, da bin ich einfach ins Dösen gekommen. Hier bitte!« Rasch erhebt er sich und rückt ihr einen Stuhl zurecht.

»Danke. Ich hoffe, dass der Wein trinkbar ist, ich kenne mich mit Wein nämlich überhaupt nicht aus. Aber der Verkäufer meinte, mit dieser Flasche würde ich bestimmt keinen Reinfall erleben.« Lächelnd stellt sie die Flasche auf den Tisch und Leo entkorkt sie, nach einer kurzen Prüfung des Etiketts, geschickt.

»Ein ganz hervorragender Wein«, lobt er und schenkt Diana und sich ein. »Na, dann Prost! Auf einen guten Einstand. Das wäre aber wirklich nicht nötig gewesen.«

Beide trinken einen Schluck und stellen die Gläser wieder auf den Tisch.

»So, jetzt sind wir also hier. Vor vier Wochen hatten wir noch Riesenprobleme wegen einer Wohnung und jetzt leben wir geradezu im Paradies. Also wirklich, du kannst dir nicht vorstellen, wie wir uns alle freuen, endlich eine Bleibe zu haben, wo wir in Ruhe leben können. Wir werden uns auch ganz bestimmt bemühen, dir nicht lästig zu werden. Wenn es wirklich einmal ein Problem gibt, bitte sage es einfach. Ich möchte auf gar keinen Fall für Unfrieden sorgen.«

»Gut, abgemacht. Auch ich möchte keinen Streit im Haus und erwarte deshalb auch von euch, dass jedes Problem, und sei es noch so klein, sofort angesprochen wird. Nur so wird es wirklich klappen. Aber ich bin recht zuversichtlich und jetzt reden wir von etwas Anderem.«

»Was haben denn deine Kinder dazu gesagt, dass du jetzt Fremde im Haus beherbergst?«, sorgt Diana auch gleich für einen Themenwechsel.

Er berichtet von den Telefonaten und davon, dass letzten Endes doch alle einverstanden sind, ja es sogar für eine gute Idee finden. Die Mutmaßungen seiner Schwiegertochter und von Bettina behält er dabei aber lieber für sich.

»Das freut mich aber, dass sie nicht befürchten, wir würden ihnen etwas wegnehmen wollen. Übrigens ist die Meinung meiner Eltern dazu etwas geteilt. Während mein Vater es sofort gut fand, meinte meine Mutter, dass ich mich lieber nach einem Mann umsehen sollte, denn die Kinder bräuchten schließlich einen Vater. Eine Wohnung würde sich dann bestimmt auch noch finden.«

»Naja, das ist aber aus Sicht einer Mutter durchaus verständlich«, meint Leo überlegend, »doch im Moment bist du ja noch verheiratet und dich nach einem Neuen umschauen, kannst du ja trotzdem.«

»Aber ich will momentan gar keinen. Ich habe erst noch an meinem anderen zu knabbern. Außerdem, wozu braucht es einen Vater, wenn er doch immer nur abends zu Hause ist. Meist braucht er dann seine Ruhe und quengelt nur an den Kindern herum. Ich denke, dass wir es so, wie es momentan ist, schon am besten haben. Wichtig, glaube ich, sind für Kinder einfach mehrere Bezugspersonen, denen sie vertrauen können. So zählt beispielsweise das Fräulein Marianne im Kindergarten für Sabine mit zu den wichtigsten Personen gleich nach mir. Dort kann sie eben alles erzählen und wenn das Fräulein etwas sagt, dann ist das aber auch ganz bestimmt richtig! Manchmal muss ich wirklich darüber lachen, was sie da so alles mit nach Hause bringt.«

»Ja, da gebe ich dir recht. Es war bei uns nicht anders. Das Fräulein hatte immer recht!« In Gedanken seine eigenen Kinder vor sich sehend, wie sie ihm erklären dass nicht er, sondern das Fräulein vom Kindergarten richtig liegt, lächelt er still vor sich hin.

»In dieser Zeit sind die Kinder am liebsten und man sieht täglich, wie sie lernen und neue Eindrücke aufnehmen und verarbeiten. Manchmal kann man ihnen direkt am Gesichtsausdruck ansehen, wie die Gehirnwindungen arbeiten.« Jetzt lacht er und versucht mit einer Grimasse einen solchen Ausdruck zu imitieren.

»Gut siehst du aus«, schmunzelt Diana. »Was ich dir aber auch noch sagen wollte, ist folgendes: Da die beiden dich ja schon in ihr Herz geschlossen haben und du damit zu einer solchen Bezugsperson geworden bist oder bestimmt noch wirst: Lass dich nicht zu sehr vereinnahmen, sondern wehr dich bitte, wenn es zu viel wird. Die zwei glauben nämlich, dass sie über dich total verfügen könnten. Ich möchte nicht, dass sie dir lästig werden.«

»Ach, weißt du, ich genieße die Kinder. Es war in letzter Zeit sehr ruhig geworden und ich litt, gerade im Winter, bereits unter leichten Depressionen. Jetzt dagegen freue ich mich schon darauf, dass sie morgen zum Frühstücken herunterkommen werden. Außerdem werde ich mich zu wehren wissen, wenn es denn einmal erforderlich werden sollte.«

Beide nehmen einen Schluck Wein und Diana blickt in die Ferne, wo die Sonne soeben hinter den Häusern verschwindet.

»So ein schöner Abend hier draußen. Ich habe oft davon geträumt, in einem Garten zu sitzen, die Vögel singen zu hören und der Sonne nachzusehen. Es ist so still und ruhig hier. Ich spüre in mir eine Freude, wie schon lange nicht mehr.«

»Mir geht es ähnlich«, sinniert Leo, »weißt du, sonst bin ich immer allein hier gesessen. Das war auch schön! Aber wenn man etwas Schönes mit jemanden teilen kann, wird es eben noch schöner!«

7   Die Eingewöhnung

Als Diana wieder in ihre Wohnung nach oben kommt, sieht sie zuerst nach Moritz. Dieser liegt ganz still in seinem Bett, hat sein Kopfkissen umarmt und atmet ruhig und gleichmäßig. Ein warmes Gefühl der Freude und Zuneigung durchfließt Diana, während sie ihm noch einen Kuss auf die Wange drückt.

Sabine hat das Moskitonetz geschlossen und träumt offensichtlich von ihren Feen, die sich ja innerhalb dieses Netzes aufhalten. Nach einem Kuss geht Diana glücklich in ihr Wohnzimmer und legt sich auf die Couch, wo sie mit offenen Augen den heutigen Tag noch einmal an sich vorüberziehen lässt. Überzeugt von der Richtigkeit ihrer Entscheidung begibt sie sich beruhigt und zufrieden für die erste Nacht in der neuen Wohnung zu Bett.

»Guten Morgen Sabine, hast du gut geschlafen in deinem neuen Bett?«

Leo erwartet seine Mitbewohner bereits in der Küche, wo Kaffee und Kakao für die Kleinen schon bereitstehen. Auf seiner frühen Joggingtour war er beim Bäcker vorbeigelaufen um Semmeln und Brezeln für das Frühstück mitzubringen.

»Ja«, antwortet Sabine begeistert. »Ein ganz tolles Bett und die Elfen und Feen waren auch da. Ehrlich, ich habe sie richtig gesehen!«

»Na, dann ist ja alles in bester Ordnung. Komm her, du kannst mir gleich helfen, die Tassen und Teller auf den Tisch zu stellen.«

»Ja, gerne, das kann ich schon.«

Vorsichtig nimmt sie von Leo die Teller entgegen und trägt sie zum Tisch, um sie dort zu verteilen.

»Du sitzt neben Mama«, bestimmt sie dabei selbstbewusst die Sitzordnung.

»Oh, guten Morgen, hier duftet es ja schon! Bin ich etwa zu spät dran? Oder sind wir hier in einem Hotel? Leo, du musst doch nicht für uns kochen!«

Diana war mit Moritz auf dem Arm in die Küche gekommen.

»G-guten M-Morgen, L-Leo«, stottert der Kleine aufgeregt. »Mmh, hier r-riecht's ab-er g-gut!«

»Guten Morgen zusammen«, begrüßt er die Ankömmlinge, während er Sabine zwei Tassen reicht. »Wie war die Nacht, habt ihr beiden auch gut geschlafen?«

»M-Moritz g-gut schlaft«, erklärt der Kleine und setzt sich schon an den Tisch.

»Himmlisch geschlafen«, erklärt Diana verträumt, »endlich eine Nacht, ohne dass irgendwelche Sorgen mit im Bett gewesen wären. Frische Semmeln hast du auch schon geholt. Sag' mal, seit wann bist denn du schon wach?«

»Keine Sorge, ich stehe immer schon früh auf. Ich mache das jetzt nicht extra wegen euch. Auf meiner Lauftour habe ich eben gleich beim Bäcker vorbeigeschaut. So einfach ist das!«

»G-g-genau so ei-einfach das«, stellt auch Moritz den Sachverhalt klar.

»Ich komme mir vor, wie im Hotel, aber wenn es dich freut, soll es mir recht sein.«

»Mama, du sitzt hier«, weist ihr Sabine den Platz am Tisch zu.

»Ja, soll ich denn gar nichts tun?«, will sie mit künstlich beleidigtem Tonfall wissen.

»Einfach frühstücken, der Rest ist bereits erledigt. Achtung, Kaffee kommt schon!«

Leo stellt eine Tasse mit heißem Kaffee vor sie auf den Tisch.

Als er neben ihr Platz genommen hat, blickt Diana zu ihrer Tochter hinüber und meint schmunzelnd: »Aha, so ist das gedacht!«

Während alle tüchtig zugreifen, erklärt Diana, dass sie, nachdem sie das Mädchen im Kindergarten abgeliefert hat, mit Moritz zum Logopäden muss. Anschließend will sie etwas einkaufen und noch bei der Arbeitsagentur vorbeischauen.

»Ich will nämlich versuchen ab September, wenn Moritz auch in den Kindergarten geht, ein paar Stunden am Tag zu arbeiten. Mal schauen, ob sich etwas findet. In meinem Beruf als Speditionskauffrau werde ich hier in der Nähe vermutlich nichts finden. Aber mir ist es egal, Hauptsache, ich kann selbst etwas Geld verdienen.«

»Oh«, meint Leo erstaunt, »Speditionskauffrau bist du von Beruf. Ich könnte bei meiner früheren Firma anfragen. Das ist zwar nicht genau der Beruf, aber ziemlich ähnlich. Außerdem gibt es dort möglicherweise auch noch eine andere Beschäftigung für dich. Der Pförtner hat mir letztens erst erzählt, dass sie erweitern wollen. Ich gehe am Vormittag gleich mal vorbei. Bis wann werdet ihr denn wieder hier sein?«

»Das kann ich nicht genau sagen, wahrscheinlich, erst nachdem ich Sabine wieder abgeholt habe. Aber bitte, du musst nichts für uns kochen. Ich möchte dich nicht ausnutzen! Ich bringe etwas für ein kleines Mittagessen mit. Vielleicht könnten wir dann am Nachmittag wieder grillen?«

Die Kinder sind sofort begeistert.

»Gut, abgemacht! Dann bis Nachmittag.«

Rasch räumen sie zusammen den Tisch wieder ab und stellen das Geschirr in den Geschirrspüler, bevor Diana mit den beiden Kindern verschwindet.

Beschwingt schlendert Leo in den Garten, um eine kleine Runde zu drehen, nach den Blumen zu sehen und ein wenig zu sinnieren.

Lässig setzt er sich auf einen Gartenstuhl und blickt der Sonne, die gerade über dem Dach des benachbarten Hauses emporsteigt, entgegen. Er freut sich schon darauf, endlich wieder einmal in seiner ehemaligen Firma vorbeizuschauen. Herr Schuster hat ihm kürzlich ja erzählt, dass doch einiges verändert wurde. Wird sich jemand freuen, wenn er so unangemeldet vorbeikommt? Um dort nicht überraschend aufzutauchen, beschließt er, vorher anzurufen. Ob es Frau Liebhardt noch gibt? Sie war seine langjährige Sekretärin und rechte Hand gewesen und der neue Eigentümer wollte sie damals übernehmen.

Grüblerisch geht er in sein Wohnzimmer und ruft die Nummer an, die er nach wie vor auswendig kennt.

»Firma Arnstorfer Logistik, Frau Liebhardt am Apparat«, kommt es postwendend aus dem Hörer.

Nach einer freudigen Begrüßung kommt Leo zum Thema. »Frau Liebhardt, wissen Sie vielleicht, ob möglicherweise eine Stelle zu besetzen wäre? Ich wüsste da jemanden, der ab September Arbeit sucht.«

»Na ja, Ausschreibungen bestehen derzeit nicht. Aber andererseits ist bei uns Personal schon ganz schön knapp und der Chef möchte auch noch vergrößern. Da könnte ich mir durchaus vorstellen, dass bis dahin auch eine oder zwei Stellen neu geschaffen werden müssen. Möchten sie mit Herrn Arnstorfer selber reden, er wird heute voraussichtlich den ganzen Tag anwesend sein?«

»Das wäre schön. Bekomme ich auch einen Kaffee, wenn ich bis zur Pause vorbeikomme?«, fragt er scheinheilig, denn er weiß genau, dass ihn die Sekretärin ohne seinen geliebten Kaffee nicht wieder gehen ließe. Außerdem gibt es bestimmt sehr viel zu erzählen!

Voll freudiger Erwartung zieht er sich um und macht sich auf den Weg. Zu Fuß sind es nur ein paar Minuten und die Aussichten scheinen ja gar nicht so schlecht zu sein.

Der Pförtner begrüßt ihn wieder voller ehrlichem Respekt und meldet ihn oben im Büro an.

»Gleich hier entlang und an der Tür mit dem Schild dann in den ersten Stock hinauf. Das war die frühere Hausmeisterwohnung«, erklärt er Leo noch eifrig. Dieser nickt lächelnd und geht durch das Tor. Ein seltsames Gefühl befällt ihn. Alles ist so vertraut und dennoch fremd. Ein Arbeiter kommt über den Hof und schiebt einen Gepäckwagen mit Kartons hinüber zur Poststelle. Leo kennt ihn nicht, aber der Arbeiter grüßt ihn freundlich. Das Personal zumindest erweckt immer noch einen netten und freundlichen Eindruck!

Als er die Treppe zu den Büroräumen hinaufsteigt, hört er das Geräusch von einem Drucker und leise Radiomusik im Hintergrund. »Naja«, denkt er, »das alte Radio gibt es auch noch, dann hat sich wohl nicht viel geändert.« Er hatte damals das Radiogerät für das Büro gekauft, damit die Mitarbeiter außer Tastengeklapper auch ein wenig Musik hören konnten.

Die Bürotür steht offen und Leo klopft vorsichtig an den Türrahmen, als ihn Frau Liebhardt schon entdeckt. Stürmisch kommt sie auf ihn zu und umarmt ihn. Als junge Frau war sie damals zu ihm gekommen und sie hatten immer ein offenes und vertrauensvolles Verhältnis zueinander gehabt.

»Ach, das freut mich aber, dass Sie sich wieder einmal sehen lassen. Kommen Sie nur herein!«

Leo betritt das Büro und begrüßt die beiden weiteren Angestellten, die vor ihren Computern sitzen. Herrn Maurer kennt er noch aus seiner Zeit. Auch dieser begrüßt ihn ganz aufgeregt und stellt ihn gleichzeitig seiner Kollegin, Frau Doll vor, die erst seit einem Jahr bei der Firma arbeitet.

»Ich habe Sie schon beim Chef angemeldet und er freut sich auch, Sie zu sehen«, bemerkt die Sekretärin. »Sie können gerne schon reingehen, der Kaffee kommt gleich nach!«

»Danke Frau Liebhardt«, wendet er sich seiner ehemaligen Angestellten zu und klopft an die Tür zum Chefbüro.

Herr Arnstorfer, ein junger Mann Mitte dreißig, öffnet ihm sofort die Tür und reicht ihm erfreut die Hand.

»Herr Mitterndörfer, das ist aber eine Freude, dass sie wieder einmal vorbeikommen. Wie ich sehe, geht es Ihnen gut. Sie sehen zumindest prächtig aus. Kommen Sie, setzen Sie sich doch.«

Dabei geleitet er Leo an einen kleinen runden Besprechungstisch.

»Sie sehen ja, dass sich doch so manches verändert hat und zudem planen wir auch noch einiges. Wir möchten gerne das Lager vergrößern und automatisieren. Sie glauben gar nicht, wie stark heutzutage Logistiker nachgefragt werden. Wir könnten beinahe rund um die Uhr arbeiten.«

Leo nimmt auf einem der bereitstehenden Stühle Platz und sieht sich im Chefbüro etwas um. Während er damals noch ein kleines bescheidenes Büro sein eigen nannte, wirkt dieses hier schon wesentlich repräsentativer, muss er sich eingestehen.

»Das freut mich aber sehr, dass es mit der Firma so gut läuft. Sehe ich doch, dass sie sich in den richtigen Händen befindet«, lobt er den neuen Besitzer etwas schmeichelnd.

Frau Liebhardt bringt den Kaffee. »Mit Milch und Zucker, wie gehabt!« Dabei stellt sie die Tasse vor Leo auf den Tisch und verlässt mit einem freundlichen Lächeln wieder das Büro.

»Ja, die Frau Liebhardt. Das war wirklich ein Glücksfall, dass sie damals bei der Firma geblieben ist. Gerade am Anfang benötigte ich ihr Wissen und sie war sehr wichtig für mich. Sie weiß einfach alles und kann Verbindungen herstellen, an die ich gar nicht zu denken wage. Übrigens hat sie mir auch kurz davon erzählt, weshalb Sie gekommen sind. Aber dennoch erst noch kurz zu Ihnen. Was treiben Sie denn den ganzen Tag? Erzählen Sie doch mal!«

Eigentlich wollte Leo nicht über sein Privatleben reden, aber so aufgefordert, kann er sein Gegenüber nicht verprellen und erzählt von seinen sportlichen Aktivitäten und auch, dass er jetzt Mieter in seinem Haus aufgenommen hat. Damit kehrt er wieder zum eigentlichen Thema zurück und Herr Arnstorfer beginnt sofort den Faden aufzugreifen.

»Ja, tatsächlich werden wir mit der Erweiterung des Lagers auch mehr Personal benötigen. Allerdings gibt es dafür noch keinen konkreten Zeitplan und die Finanzierung steht auch noch nicht. Ein kleines Problem stellt auch die Automatisierung selber dar. Der Herr Berger wird jetzt 58 und hat mir wissen lassen, dass er gerne mit sechzig oder spätestens einundsechzig in Rente gehen möchte. Außerdem flößen ihm die Automaten etwas Angst ein und er befürchtet, dass er damit Probleme bekommen und nicht mehr mithalten könnte. Die Übergangszeit wird schätzungsweise so zwei bis drei Jahre dauern. In dieser Zeit benötigen wir jemanden, der sowohl das alte System von Herrn Berger vermittelt bekommt, als auch das neue, automatisierte System mit aufbaut und später möglichst als Leiter einmal übernimmt. Dieser Posten ist für uns vordringlich. Sicher gibt es dann auch im Büro immer wieder einen Platz, aber das eilt derzeit nicht. Was meinen Sie, wäre das etwas für ihren Bewerber?«

Aufmerksam hatte Leo zugehört und überlegt, ob dieses Angebot nicht zu umfassend für Diana sein könnte.

»So genau kann ich das allerdings nicht sagen. Es handelt sich um eine gelernte Speditionskauffrau, Mitte dreißig, mit zwei kleinen Kindern. Sie möchte gerne ab September, aber eben nur halbtags, arbeiten. Zutrauen würde ich ihr diese Arbeit durchaus. Ob da aber ein paar Stunden am Tag ausreichen würden?«

»Oh, ich denke, dass dies kein großes Problem darstellen würde. Die nächsten zwei bis drei Jahre ist ja Herr Berger auch noch da. Ehrlich gesagt, wäre mir für diese Zeit sogar eine Teilzeitkraft lieber. Kostet schließlich auch nur die Hälfte und dann müsste man eben weiter schauen, was und wie wir es gestalten könnten. Aber schicken Sie die Dame doch einfach mal vorbei, damit sie sich ein Bild von der Arbeit machen kann.«

Die beiden Unternehmer unterhalten sich noch eine ganze Weile über das Geschäft, bevor Leo sich wieder verabschiedet.

Über das Gespräch immer noch nachdenkend, setzt er sich auf dem Heimweg in ein Straßenkaffee und bestellt sich einen Cappuccino. Genießerisch blickt er die Straße entlang und stellt sich dabei vor, wie sich Diana in dem Lager bewegen und bewähren würde. Von dem Gedanken so angetan, kann er es kaum erwarten, ihr davon zu berichten.

Wieder zu Hause, geht er in den Garten, um den Rasen zu mähen. Anschließend überprüft er zum wiederholten Male die Schaukel und das Baumhaus auf Schäden. Es wäre nicht auszudenken, wenn sich die Kinder hier aufgrund eines Defekts verletzen würden.

Für Nachmittag ist der Grill bereits vorbereitet. Ab morgen soll es laut Wetterbericht für ein paar Tage zum Regnen kommen und somit bleibt der Grill dann erst einmal kalt. Übrigens ist er schon gespannt darauf, wie es wird, wenn die Kinder nicht nach draußen zum Spielen können. Das wird so etwas wie die erste Verträglichkeitsprüfung werden. Still schmunzelt er vor sich hin, während er wieder ins Haus geht und sich als kleines Mittagessen einen Joghurt aus dem Kühlschrank nimmt. Dabei bemerkt er, dass dieser kaum noch Vorräte beinhaltet. Aber Diana will ja heute einkaufen, fällt ihm ein. Ein kurzer Blick in die gemeinsame Haushaltskasse zeigt ihm, dass sie sich Geld für den Einkauf genommen hat. Es scheint also alles reibungslos zu funktionieren.

Zufrieden setzt er sich mit seinem Joghurt in der Hand auf die Terrasse, als er Dianas Auto kommen hört. Geradezu aufgeregt erhebt er sich und stellt seinen Joghurt auf den Terrassentisch, um ihr beim Hereintragen der Einkäufe zu helfen.

8 Trautes Heim ...

Moritz stürmt zur Haustüre herein und läuft direkt in den Garten. Dort hatte er gestern im Schuppen ein Bobbycar entdeckt. Jetzt holt er es voller Freude heraus und rutscht damit auf dem frisch gemähten Rasen herum. Sabine dagegen hilft beim Ausladen und bringt eine volle Plastiktüte in die Küche. Auch Leo übernimmt einen Karton mit verschieden Salaten und Obst. Den Rest bringt Diana selbst mit in die Küche und beginnt gleich damit, die Sachen zu verstauen.

Lauthals ruft der Bub aus dem Garten nach Leo, der ihm helfen soll, einen Anhänger für das Rutschauto aus dem Schuppen zu holen.

»Die ganze Zeit über wollte er wissen, wieso du nicht mitgekommen bist. Beim Logopäden hat er nur von seinem neuen Freund Leo erzählt. Ich glaube, der ist in dich verliebt!« Lachend verteilt Diana das gekaufte Grillgut im Kühlschrank.

Leo macht sich auf dem Weg zum Schuppen, um den kleinen Schreihals zu besänftigen.

»Na, junger Mann, was gibt es denn für ein Problem?«, wendet er sich an den Buben.

»B-brauch den An-Anhänger d-d-dort!«, stottert dieser aufgeregt und zeigt auf einen roten Anhänger, der an der Schuppenwand hängt.

»Aha«, lächelt Leo und holt den Anhänger herunter. Mit einem Lappen befreit er ihn schnell vom Staub der vergangenen Jahre und zeigt dem Buben, wie er ihn an seinem Fahrzeug befestigen kann. Hellauf begeistert möchte dieser auch gleich etwas aufladen.

»Warte Moritz, ich muss sowieso die Rosen noch schneiden, dann gebe ich dir Handschuhe und du kannst die Abschnitte gleich auf den Anhänger laden und zu der Tonne dort bringen.«

Während er eine Rosenschere aus dem Schuppen holt, ruft Diana ihren Sohn zum Essen.

»K-K-Keine Zeit, M-Mama!«, ruft Moritz aufgeregt zurück. »M-M-Muß h-helfen!«.

Beruhigend erklärt ihm Leo, dass Essen wichtig sei und sie anschließend schon wieder weitermachen würden. Zufrieden damit verschwindet das Kind im Haus.

Im Vorbeigehen bemerkt Leo seinen angefangenen und dann vergessenen Joghurt auf dem Terrassentisch. Lächelnd und leicht den Kopf über sich selber schüttelnd, setzt er sich wieder an den Tisch und isst weiter.

»Komm doch herein zu uns«, bittet ihn Diana, »du musst wirklich nicht allein da draußen sitzen. Sabine hat extra deinen Platz reserviert!«

Schmunzelnd über die Fürsorge des Mädchens, trägt er seinen Joghurt in das Esszimmer und nimmt neben Diana seinen Platz ein. Moritz, der Leo gegenüber sitzt, will zwischen zwei Löffeln Nudelsuppe wissen, wann sie im Garten weiterarbeiten können.

»Jetzt wird erst einmal gegessen und dann wird eine halbe Stunde geschlafen. Hernach kannst du gerne wieder im Garten helfen. Möchtest du auch eine Suppe?«, wendet sich Diana an Leo.

»Klar, wenn ich sie euch nicht wegesse.«

An den Buben gewandt setzt er hinzu: »Das mit dem Garten geht klar. Ich warte eben solange, bis du wieder kommst. Dann greifen wir noch einmal so richtig an. Die Blumen müssen nämlich auch ausgeschnitten werden.«

»Oh, da will ich aber auch helfen!«, meldet sich Sabine zu Wort. »Ich bin nämlich ganz schön stark und kann die Blumen schon abschneiden.« Auffordernd blickt sie zu Leo hinüber und zeigt ihm stolz ihre Oberarmmuskeln. »Da, schau, so stark bin ich!«

Schmunzelnd betrachtet er die gezeigten Muskeln, während ihm Diana einen Teller mit Suppe über den Tisch schiebt.

»Guten Appetit«, wünscht sie ihm dabei.

»Ja, g-g-guten Appet-t-tit«, wünscht auch Moritz. »V-viel es-essen, macht g-g-gaaanz stark!«

»Na, wenn ihr alle arbeitet, muss ich wohl auch etwas tun. Schließlich muss ich auch meinen Beitrag zur Miete leisten. Ich habe mir gedacht, dass ich damit beginne, die Fenster im Haus zu putzen. Was meinst du, soll ich gleich hier unten bei dir beginnen, oder möchtest du etwa erst noch etwas aufräumen?« Schelmisch blickt sie Leo dabei von der Seite an und lächelt vor sich hin.

»Das ist eine hervorragende Idee. Du wirst bestimmt zurechtkommen in meinem Chaos. Ich räume hier nur schnell auf, dann können die Kinder schon mal schlafen gehen.«

Diana bedankt sich und bringt die Kleinen nach oben.

Er beginnt mit dem Abräumen der Fensterbretter in der Küche und im Esszimmer. In seinem Büro hängt immer noch das Brautkleid seiner Frau an einem Haken neben der Tür. Vorsichtig und voller Hingabe nimmt er es ab und trägt es in sein kleines Schlafzimmer. Dort schiebt er es, sorgfältig zusammengelegt, in das obere Schubfach seines Kleiderschrankes.

Jetzt, denkt er, kann Diana kommen und putzen.

Dass sie sich gleich die Fenster ausgesucht hat, eine Arbeit, die er gar nicht gerne erledigt, freut ihn ganz besonders.

»So, jetzt haben wir etwa eine Stunde Ruhe. Die beiden liegen glücklich in ihren Betten. Darf ich deine Räume betreten?«

Diana steht vor ihm in der Küche mit einem Eimer Wasser in der Hand, ein Putztuch und einen Schwamm in der anderen.

»Natürlich, komm nur mit.«

Mit einer einladenden Handbewegung geht er voraus in sein Wohnzimmer. Nach dem Bad und dem Büro zeigt er Diana noch sein Schlafzimmer.

»Ja, und hier schlafe ich. Das Zimmer habe ich vom Büro nachträglich abgetrennt, deshalb ist es kaum größer als deines oben. Für mich reicht es aber allemal. Gut, dann fang einfach mal an. Ich halte mich derweil draußen auf und schneide schon ein wenig Zeug ab, damit die beiden hernach etwas aufladen und wegräumen können.«

Im Garten stellt er einen Pappkarton bereit, in den die Kinder die Rosen- und Blumenabschnitte werfen sollen.

Danach beginnt er mit der Arbeit und lässt das abgeschnittene Gut einfach auf den Rasen fallen. Im Schuppen findet er noch zwei Paar Gartenhandschuhe von seiner Frau, die sich auch sehr gerne im Garten beschäftigt hatte. Gut, exakt passen werden sie wohl nicht, aber dies wird die Kleinen sicherlich nicht stören.

Genau so ist es auch, als die beiden, ausgeschlafen und voller Tatendrang zu ihm in den Garten kommen. Mit Begeisterung streifen sie die Handschuhe über und laden die Abschnitte auf den Anhänger. Sabine hilft zunächst dem kleinen Bruder beim Schieben, denn im Rasen hat der Bub mit dem Bobbycar erhebliche Probleme.

»Darf ich auch abschneiden? Ich kann das ganz bestimmt«, kommt Sabine heran und sieht Leo mit bittendem Blick an.

»Warte kurz, ich hole dir noch eine Schere.«

Leo verschwindet im Schuppen, um kurz darauf wieder mit einer Blumenschere zurückzukommen.

»Aber sei bitte ganz vorsichtig!«, warnt er, »und immer nur die verblühten Teile wegschneiden. Schau, ich zeige dir, wie es geht!«

Zu einer Blume hinuntergebückt zeigt er dem Mädchen, wo sie einen Schnitt ansetzen kann.

»Pass auf«, mahnt er, »mit der einen Hand hältst du die Blüte oben fest und mit der anderen schneidest du hier unten ab. So, jetzt mach selber einmal.«

Diana beobachtet das Treiben vom Esszimmerfenster aus. Lächelnd denkt sie daran, dass sie selber nicht einmal wüsste, wie die Rosen oder Blumen geschnitten werden müssen. Schließlich waren sie bisher nie in der glücklichen Lage gewesen, einen Garten zu besitzen.

Geschäftig schneidet das Mädchen eine verwelkte Blüte nach der anderen ab und reicht sie an Moritz weiter, der sie sogleich auf seinem Anhänger deponiert.

>Was ist das doch für eine schöne Zusammenarbeit bei den dreien<, denkt Diana bewegt. >Keine Streitereien und kein Geschrei. Stattdessen helfen alle mit heller Begeisterung bei der Arbeit. Was so ein Garten doch wert ist! Und wir dürfen hier leben!<

Stolz auf ihre fleißigen Kinder setzt auch sie wieder ihre Arbeit fort bis Moritz sie am Fenster entdeckt.

»Hallo M-Mama, M-M-Moritz viel a-arb-beiten!«, stottert er ihr laut entgegen.

»Ich habe schon gesehen, dass ihr so fleißig seid. Bestimmt gibt es hernach auch eine extra große Grillwurst für euch.«

»Ja«, lässt sich jetzt auch Sabine begeistert hören, »aber wir müssen erst noch fertig machen!«

»G-genau, f-f-fertig ma-machen!«

»Ja, dann macht mal fleißig«, antwortet seine Mutter lächelnd.

Später, als Leo den Grill anheizt, weicht der Bub keinen Zentimeter von ihm. Alles muss er ganz genau beobachten und stellt ständig Fragen. Neugierig will der Bub wissen, was er denn jetzt macht und warum er es tut.

Das erste fertig gegrillte Würstchen steckt Leo auf eine Gabel und reicht es dem Buben.

»Hier, großer Grillmeister, das kannst du schon mal essen. Aber Vorsicht, es ist noch ganz heiß!«

Begeistert nimmt der Bub die Gabel mit dem Würstchen und beginnt zu pusten. Seine Schwester bringt derweil eine Schüssel Salat aus der Küche und stellt sie auf den Terrassentisch. Vorher hatte sie dort bereits Teller und Besteck verteilt.

»Ach Leo, das war heute ein richtig schöner Nachmittag und mir hat ganz besonders gefallen, wie ihr drei zusammengearbeitet habt. Die Kinder lernen von dir Dinge, die weiß ich nicht einmal. Und dann diese Begeisterung, mit der sie bei der Sache sind. Einfach unglaublich. Das hätte ich ihnen in der Wohnung ja niemals bieten können. Ein ganz dickes Dankeschön dafür und gleich noch eines dafür, dass wir hier sein dürfen.«

Verlegen nimmt Leo ein Stück Fleisch und legt es auf seinen Teller. »Aber das ist doch auch für mich schön, wenn ich den beiden eine Freude bereiten kann. Außerdem haben sie ja auch gute Arbeit geleistet, das muss man schon auch sehen!«

»G-g-genau, g-gute A-Arbeit!«, stottert Moritz und Sabine schenkt Leo einen dankbaren Blick für das Lob.

Nach dem Essen bittet Leo Diana, doch noch kurz sitzen zu bleiben.

»Was hat sich denn heute Vormittag beim Arbeitsamt ergeben, oder warst du gar nicht dort?«

»Doch, ich war schon dort. Aber die Dame meinte, dass ich zu früh dran wäre. Wenn ich im September Arbeit suche, soll ich erst Anfang bis Mitte August kommen, also in einem Monat. Sie machte mir durchaus Hoffnung auf eine Teilzeitstelle, aber eben nur befristet und für unqualifizierte Tätigkeiten. Mit zwei Kindern, meinte sie, wären feste Anstellungen in einem gelernten Beruf nicht so leicht zu bekommen. Weil Kinder eben öfters krank wären oder andere Termine mit den Kindern wahrgenommen werden müssten. Das geht fast schon wieder in die Richtung, dass man mit Kindern einfach immer nur hinten anstehen darf. Ärgerlich und eigentlich unverschämt, aber es ist eben so.«

Leicht verärgert steht sie auf, um den Tisch abzuräumen. Leo trägt den Rest hinterher, während die Kinder schon wieder im Garten herumlaufen.

»Komm, lass uns doch noch einmal nach draußen gehen, wo wir die Kinder beobachten können. Ich möchte dir nämlich auch noch etwas erzählen.« Schmunzelnd geht er voraus und setzt sich wieder an den Tisch auf der Terrasse.

Neugierig setzt sie sich zu ihm.

»Also, ich war heute früh bei meiner ehemaligen Firma zu Besuch und habe nebenbei bei dem jetzigen Eigentümer angefragt. Was soll ich sagen, es gäbe tatsächlich eine Arbeit für dich. Sie wollen nämlich vergrößern und dafür benötigen sie Personal.«

»Aber Leo, du musst doch nicht ... !«

Hastig winkt er ihren Einwand mit der Hand zur Seite. »Hör dir einfach mal an, was der Chef dort angeboten hat. Du musst auch wirklich nicht gleich annehmen. Aber anhören solltest du es dir schon!«

Umfassend erklärt er ihr, was sie dort erwarten würde. »Später könntest du vielleicht sogar das ganze Lager eigenverantwortlich leiten. Was meinst du, das könnte doch eine interessante Tätigkeit werden!«

»Ach Leo«, antwortet Diana kopfschüttelnd. »Was bist du eigentlich, ein Zauberer oder gar noch mehr? Was du anfasst, klappt einfach!«

Leo blickt sie erwartungsvoll an.

»Klar wäre das eine hochinteressante Aufgabe. Gerade etwas Neues aufbauen! Was gibt es Interessanteres? Aber könnte denn das mit den Zeiten überhaupt funktionieren und würdest du mir das auch zutrauen? Ich meine, ein neues, automatisiertes Lager mit Versand und allem Drum und Dran aufbauen, darin habe ich natürlich keinerlei Erfahrungen!« Angetan, aber dennoch leicht verunsichert blickt sie zu Leo hinüber.

»Keine Sorge, wenn ich dir das nicht zutrauen würde, hätte ich erst gar nichts gesagt. Zudem gibt es ja ein funktionierendes System und Herr Berger, der aktuelle Lagerleiter, ist ja auch noch da. Übrigens ein sehr netter Herr, der wirklich etwas kann. Von ihm stammt wohl auch der Vorschlag, dass jemand aufgebaut werden soll, bevor er in etwa drei Jahren in Rente gehen will. Seiner vollen Unterstützung könntest du dir dabei absolut sicher sein. Aber was die Arbeitszeiten betrifft, müsstest du schon mit Herrn Arnstorfer selber reden. Wobei er aber auch hat durchblicken lassen, dass er dies sehr flexibel handhaben könnte. Also, ich denke, einen Versuch solltest du wagen. Außerdem würdest du natürlich auch eine anständige Bezahlung bekommen!«

Ungläubig und verwundert schüttelt Diana den Kopf. »Bitte sei mir jetzt nicht böse. Aber ich weiß momentan überhaupt nicht, was ich sagen soll. Seit wir dich kennen, läuft alles so perfekt, dass du mir beinahe unheimlich wirst. Was treibst du mit uns? Wann forderst du eine Gegenleistung ein?«

Erschrocken nimmt er den letzten Satz zur Kenntnis und fühlt sich tief getroffen.

»Ach Diana, was habe ich denn schon getan? Ein paar Zimmer vermietet, die sowieso zu lange schon leer standen und mit Herrn Arnstorfer wegen einer möglichen Beschäftigung gesprochen. Wenn dieser abgelehnt hätte, wäre bei mir schon wieder Ende der Fahnenstange gewesen. Aber das mit der Gegenleistung trifft mich wirklich. Ich erwarte nichts Diesbezügliches von euch und das solltest du eigentlich schon wissen, auch wenn wir uns noch nicht so lange kennen. Habe ich vielleicht schon einmal etwas in dieser Richtung geäußert?«

»Um Himmels willen, entschuldige bitte! Wie konnte ich nur so etwas sagen oder denken? Nein Leo«, ihre Stimme wird beinahe bittend, »natürlich hast du keinerlei anzügliche Bemerkungen oder Ähnliches gemacht und ich erwarte auch so etwas überhaupt nicht. Es ist einfach nur so, dass ich mich langsam nicht mehr auskenne. Wir fühlen uns so glücklich hier und du kümmerst dich um uns, als wären wir deine Familie. Ich bin so etwas einfach nicht gewohnt! Bitte, bitte sei nicht böse und lass uns weiterhin so zusammen leben wie wir es jetzt tun. Schau nur, diese Freude und Fröhlichkeit der Kinder. Die fühlen sich hier auch wie im Paradies!«

Sie blicken hinüber zu den beiden, die im Sandkasten spielen und sich angeregt miteinander unterhalten.

»Gut, lassen wir das Thema«, will Leo die Stimmung wieder anheben, »du wirst nie eine entsprechende Forderung von mir erhalten und ich möchte es einfach noch einmal betonen, dass ich ja auch von euch profitiere. Mit der Familie gebe ich dir durchaus recht. So ein klein wenig seid ihr schon meine Familie und ich bin stolz darauf, dass ich mit euch zusammen leben darf! So und jetzt räumen wir fertig auf.«

Er will sich gerade erheben, um in die Küche zu gehen, als ihn Diana am Arm zurückhält. »Danke Leo«, bringt sie mit wässerigen Augen heraus, »gleich morgen werde ich versuchen, bei Herrn Arnstorfer einen Termin zu bekommen. Bitte lass mich den Abwasch erledigen, ich möchte nämlich noch etwas in Ruhe nachdenken.«

»Schau mal«, freut sich Sabine, als er zu den Kindern an den Sandkasten kommt, »wir haben hier einen Tunnel gegraben und da können wir mit den Autos unten durch fahren!«

Stolz zeigt sie ihm, wie sie ein kleines Auto durch den Tunnel schiebt und dabei ihren ganzen Unterarm mit unter der Sandbrücke verschwinden lässt.

Selbstverständlich muss ihm auch Moritz sofort zeigen, dass er ebenfalls ein Auto durch den Tunnel schieben kann, ohne ihn zum Einstürzen zu bringen.

»Leo, m-m-mitsp-spielen«, bittet der Bub.

»Ach Moritz, dafür bin ich schon zu groß und ungeoohiokt. Ich würde den Tunnel bestimmt gleich kaputt machen. Aber ich hole mir einen Stuhl und setze mich dann zu euch, um zuzuschauen. Geht das so in Ordnung?« Lächelnd blickt er die Kinder an und wartet auf ihre Antwort.

»Klar«, stellt Sabine sofort sachlich fest. »Schaust uns eben einfach zu!«

»GG-genau! L-Leo sch-sch-schaut zu! P-Prima!«

Lächelnd holt er sich einen Stuhl von der Terrasse und setzt sich zu den beiden. Berührt über die Zuneigung der Kinder beobachtet er sie beim Spielen und träumt davon, wie schön es doch immer gewesen war, als seine eigenen Kinder hier noch herumtobten. >Ja, wir sind tatsächlich so etwas wie eine Familie, obwohl wir uns noch gar nicht lange kennen.< Verträumt blickt er auf und bemerkt, dass sich die Sonne bereits dem Horizont zuneigt.

Aus dem Haus kommt Diana auf sie zu. »So ihr Lieben, Zeit um schlafen zu gehen. Ihr habt heute ganz schön schwer gearbeitet und seid bestimmt schon müde.« Neugierig begutachtet sie dabei die Straßen und den Tunnel, den die beiden im Sandkasten gebaut haben.

»Ja, sch-schwer arb-beitet! A-A-Aber nicht mü-müde!«

»Ich bin auch nicht müde«, beteuert seine Schwester sofort, »aber ich freue mich schon auf mein Elfenbett!«

»Oh, ja, M-M-Moritz auch B-Bett. F-F-Fer-r-raribett!« Stolz bringt er die letzten Silben ohne zu Stottern heraus und lacht dabei über das ganze Gesicht.

»Gut, dann ist doch alles klar! Also kommt mit hinein, damit ich euch zu Bett bringen kann.«

Folgsam schütteln sie anhaftenden Sand von ihren Kleidern und gehen hinter ihrer Mutter her. An der Terrassentür bleibt Moritz noch einmal stehen und dreht sich um. »L-Leo, k-kommen, G-G-Gute N-Nacht s-sagen!«

»Natürlich, Moritz, ich komme dann noch einmal zu dir nach oben. Vorher musst du dich erst noch waschen und umziehen. Ich komme dann schon!«

Beruhigt verschwindet der Junge im Haus.

Leo trägt den Stuhl wieder auf die Terrasse und begibt sich in sein Wohnzimmer um Nachrichten anzusehen.

Während er in seinem Sessel sitzt und dem Sprecher zuhört, klingelt das Telefon. Seine Tochter Bettina meldet sich.

»Hallo mein Liebes«, freut sich Leo, »wie geht es dir denn?«

»Du Paps, ich komme am Wochenende nach München und würde gerne bei dir wohnen. Oder ist kein Platz mehr für mich?«

Leicht genervt hört er durchaus den Unterton heraus, will aber Bettina keine Chance zum Herumkritisieren geben.

»Aber natürlich wohnst du bei mir. Wäre doch noch schöner, wenn wir ausgerechnet für meine einzige Lieblingstochter keinen Platz mehr fänden. Kommst du alleine oder ist dein Freund auch dabei?«

»Nein, nein, ich komme alleine am Freitagabend und bleibe bis Sonntag. Da geht mein Flieger dann wieder um 17:00 Uhr. Ich will mich nur überzeugen, dass es dir gut geht!«

Die Tochter lacht ins Telefon und wartet auf eine Reaktion ihres Papas. Als dieser nichts dazu sagt, redet sie weiter: »Quatsch, ich nehme am Samstag beruflich einen Termin wahr. Am Nachmittag treffe ich zwei Geschäftspartner und anschließend gehen wir irgendwohin zum Essen. Ich belästige euch also nicht besonders. Gut, dann bis Freitag.«

Leo bremst ihre rasche Verabschiedung noch mit dem Einwurf: »Aber ich hoffe, du bist mit meiner Couch zufrieden. Ansonsten müsstest du eben bei mir im Bett schlafen. Wäre bestimmt auch ganz schön, so wie früher!«

»Haha«, kommt es postwendend aus dem Hörer. »Das ist mindestens dreißig Jahre her und da warst du eben auch noch jünger!«, ätzt sie zurück. »Das mit der Couch geht schon in Ordnung. Bis dann!«

Noch bevor Leo ein weiteres Wort hätte sagen können, hat sie schon aufgelegt. Er lächelt vor sich hin. >Sie kann es einfach nicht lassen<, denkt er und geht zurück zu seinem Wohnzimmersessel. Gerade als er sich wieder setzen will, hört er es leise an der offen stehenden Wohnzimmertüre klopfen.

»Es ist mir ehrlich gesagt schon etwas peinlich, dich so einfach zu stören«, bringt Diana leise hervor, »aber Moritz behauptet, du hättest ihm versprochen, noch gute Nacht zu sagen. Jetzt sitzt er in seinem Bett und will partout nicht schlafen. Du musst aber natürlich nicht!«

»Ach herrje«, brummelt er laut, »den Buben habe ich ja ganz vergessen. Nur gut, dass er zumindest mitdenkt. Ich komme selbstverständlich mit.«

Eilig gehen die beiden nach oben, wo Moritz sie schon mit breitem Grinsen erwartet.

»L-Leo g-g-gessen. M-M-Moritz nicht sch-schlafen k-k-kann!«, beschwert er sich.

»Entschuldige Moritz, beinahe hätte ich dich tatsächlich vergessen! Aber gut, dass du wenigstens nichts vergisst. So und jetzt schlaf aber recht schön, damit du mir Morgen wieder im Garten helfen kannst.«

Liebevoll streicht er dem Kind dabei über den Kopf und der Bub legt sich wohlig an die Hand schmiegend auf sein Kopfkissen.

»G-Gut N-Na-Nacht, L-Leo. Schl-Schlaf g-gut!«

Lächelnd schüttelt Leo den Kopf und fühlt eine starke Zuneigung zu dem Jungen. Geradezu zärtlich streicht er ihm noch einmal über die Wange und verlässt dann leise das Zimmer.

»Sabine ist sofort eingeschlafen«, berichtet Diana, als sie an deren Tür vorbeigehen. »Sie war ziemlich müde und hat mir nur noch erzählt, dass sie dir morgen wieder im Garten helfen muss!«

Leise schmunzelnd geht er hinter Diana her. Kurz vor der Treppe meint er noch beschwichtigend: »Also von *müssen* hat niemand etwas gesagt. Aber wenn sie gerne hilft, darf sie dies natürlich. Offensichtlich bereitet den beiden die Arbeit echten Spaß.«

Er wünscht noch eine gute Nacht und geht wieder hinunter in sein Wohnzimmer. Mittlerweile ist es draußen dunkel geworden. Bequem in seinem Lieblingssessel sitzend schaltet er das Fernsehgerät wieder ein und grübelt nebenbei über den heutigen Tag nach, während im Hintergrund ein Film dahin flimmert.

>Ja, es wäre wirklich schön, wenn es mit dem Job für Diana klappen würde<, sinniert er. Sicherlich könnte er ihr mit seinem Wissen auch etwas zur Seite stehen. In

diese Überlegungen hinein, ertappt er sich dabei, dass er bereits voll zu Gange ist, sich in das Leben seiner Mieter einzumischen, oder gar zu steuern versucht. Ermahnend nimmt er sich selber an die Kandare und will in Zukunft umsichtiger und zurückhaltender vorgehen. Auf keinen Fall will er als lästig oder bevormundend wirken. Hilfe soll es selbstverständlich geben, aber nur, wenn sie angefordert wird. Es würde ihm sicher sehr wehtun, wenn er sie wieder verlieren würde, stellt er überrascht fest. Die Kinder bereiten ihm so viel Freude, dass er sich vornimmt, das Baumhaus im Garten, das momentan ohne feste Leiter keinen Zugang ermöglicht, für die Kinder wieder zugänglich zu machen. Kaum hat er den Gedanken zu Ende gedacht, meldet sich schon sein Gewissen und ermahnt ihn. >Gut<, denkt er, >ich werde es erst tun, wenn einmal danach gefragt wird. Es gibt ja sonst auch noch genug Sachen im Garten mit denen man sich beschäftigen oder spielen kann!<

9   Das Angebot

»Heute gegen halb zwölf habe ich einen Termin bei Herrn Arnstorfer bekommen«, verkündet Diana am nächsten Morgen beim Frühstück. »Kann ich dir Moritz einstweilen hier lassen, während ich Sabine in den Kindergarten bringe? Es dauert bestimmt nur zwanzig Minuten.«

»Natürlich«, entgegnet er erfreut, »wir machen inzwischen hier sauber, oder Moritz, was meinst du dazu?«

»Ja, M-Moritz h-helfen«, meldet sich der Bub geschäftig.

»Übrigens hat sich für morgen meine Tochter Bettina angekündigt. Sie hat geschäftlich hier in München zu tun und wird zwei Nächte bei uns verbringen«, berichtet Leo, während Diana bereits mit ihrer Tochter an der Hand Richtung Ausgang unterwegs ist.

Der Bub darf unter strenger Aufsicht die Kaffeetassen und die Teller in den Geschirrspüler packen. Mit großer Behutsamkeit geht das Kind dabei vor. Immer wenn er wieder einen Gegenstand platzieren will, blickt er auf Zustimmung wartend, Leo an.

»Das machst du aber ganz hervorragend!«

Voller Stolz richtet sich Moritz auf und antwortet:

»Ja, M-Moritz sch-schon g-g-groß!«

Vor lauter Aufregung hätte er beinahe das letzte Wort nicht mehr herausgebracht. Anerkennend streicht ihm Leo über den Kopf und der Bub schnappt sich behände die nächste Tasse.

»L-Leo m-mein F-F-Freund?«, möchte Moritz wissen.

»Aber klar doch bin ich dein Freund! Bist du dann auch mein Freund?«

»A-Aber t-tür-lich. M-Moritz F-F-Freund!«

»Ach Leo, ich bin ganz aufgeregt wegen meines Termins heute Mittag«, jammert Diana. »Was meinst du, wie soll ich mich da verhalten? Weißt du, ich habe gestern Abend noch lange nachgedacht und finde, dass es eine Riesenchance für mich wäre. Vor allem könnte es möglicherweise sogar eine dauerhafte Anstellung mit Potenzial werden. An so etwas habe ich bisher nie gedacht und würde die Stelle schon gerne bekommen.«

Lächelnd versucht er Diana zu beruhigen. »Nur langsam und keine Angst! Es wird von dir kein besonderes Verhalten erwartet. Bleib einfach ganz natürlich und unaufgeregt und lass dir alles zeigen. Wenn du etwas nicht verstehst, frage nach, das kommt immer gut an. Niemand verlangt, dass du großartige Erfahrung auf diesem Gebiet mitbringst. Herr Arnstorfer möchte viel lieber entsprechendes Engagement und Begeisterung sehen. Schließlich hast du in diesem Bereich schon eine Ausbildung und auch Berufserfahrung. Den Rest wirst du dann eben lernen müssen. Bloß nicht irgendwie besonders klug erscheinen wollen und vergiss nicht, wegen der Arbeitszeiten zu fragen. Sollte es dabei Probleme geben, auf keinen Fall gleich ablehnen. Es wird sich immer eine Lösung finden! Glaube mir!«

»Glaub mir, du kannst dir gar nicht vorstellen, was das für mich bedeuten würde. Dann könnte ich wirklich davon ausgehen, dass ich irgendwann mich und meine Kinder tatsächlich ganz alleine ernähren könnte. Ohne Unterstützung von irgend jemandem. Eigentlich ein Traum, der sich mir da bietet.«

Aufgeregt wie ein kleines Kind läuft sie im Esszimmer auf und ab.

»Dürfte ich dich noch mal um einen Gefallen bitten? Ich will dich bestimmt nicht ausnutzen, wäre aber ganz froh, wenn ich Moritz hier lassen könnte. Er kann ja vielleicht nicht so lange ruhig bleiben und ich fände es sehr peinlich, wenn es seinetwegen dann Ärger gäbe. Außerdem würde ich mich dabei auch etwas freier fühlen.«

»Aber selbstverständlich«, beruhigt er sie, »und weißt du was, ich hole auch Sabine vom Kindergarten ab, wenn es dir so recht ist. Du könntest dann in Ruhe alles ansehen und besprechen. Ganz ohne Zeitdruck.«

»Das würdest du tatsächlich tun? Ja, das wäre super. Ich müsste dann nur im Kindergarten Bescheid geben. Also das fände ich wirklich Klasse!«

»Na«, freut er sich, »dann machen wir es doch so! Ich fühle mich fast um dreißig Jahre zurückversetzt. Es freut mich und ich tu es wirklich gerne. Du musst dir deshalb keine Sorgen machen. Wenn ich nicht wollte, würde ich es schon sagen.«

»Oh, danke Leo«, ist Diana erleichtert, »es wäre wirklich dumm, wenn ich das Vorstellungsgespräch schon vorzeitig abbrechen müsste. Außerdem würde es sicher auch keinen guten Eindruck hinterlassen. Danke, sonst weiß ich ehrlich gesagt nichts, was ich sagen könnte. Du bist für uns so etwas wie ein großer Zauberer. Aber wenn dann dies heute auch noch klappt, dann musst du fast noch mehr sein, vielleicht ein Guru oder Wundertätiger oder so!«

»Na ja«, beschwichtigt er lachend, »soweit habe ich es noch nicht gebracht, aber warten wir doch das Ergebnis ab. Es würde mich sehr freuen, wenn es dir gefallen würde und Herr Arnstorfer sich auch für dich entscheiden könnte.«

Moritz, der die ganze Zeit über still zugehört hatte, möchte jetzt gerne in den Garten hinaus.

»Aber schau, es regnet doch so stark. Wir gehen später hinaus. Jetzt gehen wir hinauf und räumen erst noch auf. Anschließend spielen wir zusammen etwas in deinem Zimmer«, versucht ihn seine Mutter zu trösten.

»Oh, ja«, freut sich der Kleine, »sp-spielen und s-s-sauberm-machen. L-Leo au-auch?«

»Ja, aber erst etwas später. Ich muss zunächst mein Bett wieder herrichten und dann möchte ich in Ruhe noch die Zeitung lesen. Anschließend habe ich wieder Zeit für dich. Versprochen!«

»G-gut, M-M-Mama, L-Leo m-mein F-F-Freund!«

»Ja, das freut mich aber ganz besonders, wenn du so einen tollen Freund hast«.

Freudig lächelnd geht Diana Richtung Treppe. »Ich gebe dir Bescheid, wenn ich dann gehe. Vielleicht schläft er ja bis dahin auch schon wieder«, wendet sie sich nochmals Leo zu.

Dieser nickt, holt sich seine Zeitung und geht damit auf den überdachten Teil der Terrasse hinaus, wo er sich auf einen Stuhl setzt und genüsslich beginnt die Zeitung durchzusehen.

»Gut, ich geh' dann mal. Drück mir bitte die Daumen. Moritz liegt im Bett und schläft. Er war einfach noch zu müde. Der Kindergarten weiß Bescheid. Noch mal Danke für die Unterstützung!« Diana dreht sich wieder um und verschwindet Richtung Haustür.

»Schon gut«, murmelt Leo ihr hinterher, »und viel Glück!«

Sinnierend legt er die Zeitung, die er sowieso schon ausführlich gelesen hat, zur Seite. »Da bin ich ja mal gespannt, was der Herr Arnstorfer dazu meint. Schön wäre es schon, wenn es klappen würde«, brummelt er vor sich hin und schaut auf seine Armbanduhr. Noch eine gute Stunde Zeit, bis er Sabine abholen muss.

Während er sein Bett wieder sorgfältig zurechtmacht, überlegt er, wie er morgen Bettina unterbringen wird. Die Couch wird er ausklappen, das ist klar. Aber die Bettwäsche und vor allem die Zudecken und Kissen sind auf dem Speicher untergebracht. Nach kurzer Überlegung geht er in das Obergeschoss und sieht für einen Augenblick bei Moritz vorbei, der ruhig und fest schläft. Leise öffnet er auf dem Gang die Einschubtreppe zum Speicher. Dort holt er eine Zudecke und ein Kopfkissen aus einer Truhe, die seine Frau mit in die Ehe gebracht hatte. Ursprünglich war sie wohl für so etwas wie die Aussteuer gedacht gewesen. Bald schon diente sie aber als Lagerraum für selten benötige Wäsche.

Leise verschließt er die Luke wieder und trägt das Bettzeug hinunter. Gespannt auf morgen legt er die Sachen im Wohnzimmer zusammengelegt auf die Couch und geht hinüber in die Küche. Für Mittag bereitet er schon mal eine Nudelsuppe vor. Umso schneller geht's hernach. Anschließend steigt er wieder die Treppe hinauf, um Moritz zu wecken und anzuziehen. Zum Kindergarten wollen sie heute mit der Tram fahren, denn für einen Fußmarsch regnet es einfach zu stark.

Nachdem er den Buben regensicher eingepackt hat, nimmt er noch seinen großen Schirm für sich.

»Sie sind der Herr Mitterndörfer und wollen die Sabine abholen?«, erkundigt sich die Kindergärtnerin.

»Ja, richtig«, erwidert Leo, während Sabine bereits auf ihn zuläuft.

»Hallo Leo, das freut mich, dass du mich heute abholst. Komm, ich zeige dir, wo sich meine Sachen befinden.«

Leo und Moritz gehen hinter dem Mädchen her.

»Hier sind meine ganzen Sachen.« Dabei zeigt sie auf einen Haken über einer Sitzbank. Leo hilft ihr die Gummistiefel und die Regenjacke anzuziehen. Die Kindergärtnerin, welche die Szene beobachtet hat, ist offensichtlich beruhigt, verabschiedet sich von den dreien und geht wieder zu den anderen Kindern.

Neugierig sieht sich Moritz um und würde am liebsten gleich hierbleiben.

»Keine Sorge«, tröstet ihn seine Schwester, »nach den Ferien kannst du auch kommen. Dein Platz ist dann aber noch weiter hinten. Hier befinden sich nämlich nur die

Vorschulkinder!« Stolz weist sie dabei auf den Raum, in den die Kindergärtnerin soeben verschwindet.

Zu Hause werden sie bereits von Diana empfangen, die glücklich ihre Kinder in die Arme nimmt.

»Na, seid ihr auch brav gewesen oder hat es Ärger gegeben?«

»Nein, es war sogar ganz schön im Kindergarten. Wir haben heute zwei neue Buchstaben gelernt und zählen kann ich jetzt auch schon bis einhundert!« Stolz fängt sie sofort wie ein Wasserfall an zu zählen.

»Ja, dann kannst du ja schon bald alle Buchstaben schreiben. Das ist aber toll!«

»M-M-Moritz au-auch nach d-den F-F-Ferien in K-K-Kinderg-garten! A-auch sch-schreibt Sta-staben!«

»Super! Hat es dir dort wieder gefallen? Ich weiß, er kann es kaum erwarten, bis er auch hingehen darf«, wendet sich Diana an Leo. »Aber kommt doch erst herein, ich habe schon zu kochen angefangen. Heute gibt es außer Nudelsuppe noch Reibekuchen mit Apfelkompott. Das mögen die beiden recht gerne. Ich hoffe nur, dass es dir auch schmeckt. Ein altes Rezept von meiner Mutter!«

»Ja, Reibekuchen schmeckt immer, wenn er selbst gemacht ist«, freut sich Leo und geht Richtung Küche. »Mmm, hier duftet es ja schon richtig! Eine sehr gute Idee von dir«, lobt er Diana, die sich sofort wieder ihrer Pfanne auf dem Herd zuwendet.

»Hallo Kinder, wir decken schon mal den Tisch. Aber erst die Hände waschen!« Leo nimmt vier Teller aus dem

Schrank und stellt sie auf den Tisch, damit die Kinder sie verteilen können. Schälchen für das Kompott, sowie Messer und Gabeln holt Sabine bereits aus der Schublade.

»Na, das klappt ja bestens. Ihr habt wohl schon ganz schön Kohldampf? Gleich werden die ersten fertig. Leo würdest du bitte das Kompott schon verteilen!«

Er nickt und nimmt die Kompottschüssel. Vorsichtig gibt er in jedes Schälchen eine Portion von dem frischen Apfelmus.

Während es sich alle schmecken lassen, berichtet Diana von ihrem Vorstellungsgespräch.

»Also, der Herr Arnstorfer ist wirklich ein netter Mensch. Er war sehr zuvorkommend und freundlich. Nachdem wir uns zunächst etwas beschnuppert hatten, hat er mir die Firma gezeigt und ganz speziell meinen möglichen zukünftigen Arbeitsbereich. Auch den Herrn Berger hat er mir vorgestellt. Der macht ebenfalls einen sehr guten und freundlichen Eindruck. Also, im Grunde genommen, hat es mir sofort gefallen. Ein kleines Problem gibt es bei der ganzen Geschichte aber trotzdem.«

Sie legt eine kleine Pause ein und schiebt ein Stück Reibekuchen in den Mund. Gespannt wartet Leo, wie sich das Problem darstellen wird, und isst derweil schweigend weiter.

»Der Herr Arnstorfer meint, dass meine Ausbildung hervorragend zu dem vorgesehenen Posten passen würde. Allerdings würde er mir empfehlen, noch zusätzlich eine Ausbildung als Lagerverwalter anzustreben. Das würde zwei Jahre dauern und könnte bei mir als Umschulungsmaßnahme von der Arbeitsagentur bezuschusst werden.

Er könnte sich darum kümmern, dass dies alles funktionieren würde. Außerdem meinte er, dass es zudem von Vorteil wäre, weil, falls ich daran Gefallen fände und tatsächlich einmal das Lager übernehmen wollte, schon die entsprechende Ausbildung mitbrächte. Anders, denkt er, könnte er mir diesen Posten dann möglicherweise gar nicht geben. Ich weiß jetzt nicht so recht. Einerseits würde ich schon gerne zusagen, vor allem auch wegen der guten Aussichten! Andererseits, wird es schwierig werden mit den Kindern nebenbei. Ich habe erst einmal Bedenkzeit erbeten.« Zweifelnd sieht ihn Diana an. »Die Entscheidung fällt mir wirklich nicht leicht und ich bin hin- und hergerissen. Nächste Woche soll ich Bescheid geben.«

Still überlegend schiebt Leo den letzten Bissen in den Mund und kaut langsam vor sich hin.

»Nun ja, da liegst du bestimmt richtig, dass es nicht ganz einfach gehen würde. Aber ich muss Herrn Arnstorfer auch recht geben, denn er plant schließlich für einen längeren Zeitraum. Es stimmt aber auch, dass jemand der so eine Aufgabe anfängt, sie hernach auch endgültig übernehmen sollte. Hat er dir erklärt, wie diese Ausbildung genau ablaufen würde? Vielleicht gäbe es ja doch eine Möglichkeit.«

Die Kinder haben das Essen ebenfalls beendet und möchten gerne zum Spielen in ihre Zimmer gehen.

»Ja genau, geht schon mal hinauf«, stimmt Diana Sabines Vorschlag zu. »Ich komme dann gleich nach, um euch ins Bett zu bringen.«

»Na ja, die meiste Zeit liefe als Praktikum und damit würde ich in der Firma arbeiten«, wendet sie sich wieder

Leo zu. Zwischendurch fänden dann immer wieder Unterrichtsblöcke an der Berufsschule statt. Die Schule befindet sich allerdings auch hier in München und so würde es prinzipiell nicht tragisch sein. Nur dauert dieser Unterricht den ganzen Tag. Da müsste ich versuchen, dass die Kinder bis 17:00 Uhr im Kindergarten bleiben könnten. Ob das möglich sein wird, muss ich erst noch klären. Außerdem muss auch während des Praktikums mindestens an sechs Stunden am Tag gearbeitet werden. Da ist Herr Arnstorfer allerdings der Meinung, dass wir uns schon einigen würden und ich könnte manche Arbeiten auch von zu Hause aus erledigen, oder am Wochenende. Sogar nachts hat er mir angeboten, dass ich einige Stunden einarbeiten könnte, denn bis 22:00 Uhr wird sowieso gearbeitet. Da meine Hauptarbeit in der Konzeption des neuen Bereichs bestehen würde, könnten wir die Zeiten relativ flexibel gestalten. Bei gewissen Terminen bestünde allerdings Anwesenheitspflicht. Da könnte es durchaus einmal Probleme geben.«

»Hm«, brummelt Leo und reibt sich das Kinn, »das gestaltet sich tatsächlich nicht so ganz einfach. Schließlich waren wir ursprünglich von einer Halbtagsbeschäftigung ausgegangen. Andererseits bestünde da auch eine Chance, wie sie nicht gleich wieder kommen wird. Aber er ist eben auch Geschäftsmann, denn wenn du eine Umschulung auf Staatskosten absolvierst, kommen auf ihn so gut wie keine Kosten zu und er erhält eine hervorragende Arbeitskraft. Da kann er leicht flexibel sein!«

Lächelnd erhebt er sich, um den Tisch abzuräumen. Sofort springt Diana auf, um zu helfen.

»Lass nur, kümmere du dich um die Kinder, ich erledige das schon.«

»Danke!« Sie lächelt ihm zu und verschwindet nach oben.

Grübelnd wischt er den Tisch sauber. Irgendwie ist er mit der Situation nicht zufrieden. Zwar hatte er zunächst nur mit einer einfachen Arbeitsstelle gerechnet, nach dem sich aber eine solche Chance bietet, weiß er momentan nicht, was er Diana empfehlen könnte. Kurz überlegt er, ob er joggen gehen soll. Dabei bekommt er immer den Kopf frei und kann nebenbei über alles gründlich nachdenken. Ein Blick zum Fenster zeigt ihm aber, dass der Regen sich noch verstärkt hat. Nachdenklich zieht er sich lieber in sein Wohnzimmer zurück und legt sich für ein kurzes Schläfchen auf die Couch. Morgen schon wird Bettina hier sein, überlegt er und kommt dabei auf die Idee, dass er ihr zu Ehren morgen Abend ihre Lieblingsspeise kochen wird. Dampfnudeln mit Vanillesoße! Das bekommt sie in England ganz bestimmt nicht!

So in Gedanken versunken schläft er ein und wird erst wieder wach, als er leise Geräusche aus der Küche hört.

>Ja<, denkt er zufrieden, >es gibt wieder Leben im Haus.<

Langsam erhebt er sich um nachzusehen, woher die Geräusche kommen. Erstaunt stellt er fest, dass der Tisch bereits gedeckt ist und Kaffeeduft durch den Raum zieht.

»Wir wollten dich überraschen und sind deshalb ganz leise gewesen«, berichtet Sabine voller Stolz. »Mama hat auch einen Kuchen gebacken!«

»Da bin ich aber wirklich überrascht und freue mich«, meint Leo ehrlich.

»Na ja, gebacken ist etwas übertrieben. Einen fertigen Boden habe ich halt mit Obst belegt. Ich hoffe, du magst so einen Kuchen!«

»Keine Sorge«, lacht Leo, »ich gelte als Allesesser. Nur auf die Menge muss ich immer etwas achten, damit ich nicht zu sehr außer Form gerate.«

Lächelnd setzt er sich an seinen zugewiesenen Platz.

Während sie den Kaffee und Kuchen zu sich nehmen, kommt auch Moritz mit noch verschlafenem Gesicht zu ihnen.

»Na, Moritz hast du ausgeschlafen?«, möchte seine Mutter lächelnd wissen.

»Ja, a-aber n-noch m-m-müde! N-noch k-kuscheln!«, bittet er und gähnt dabei theatralisch mit weit aufgerissenem Mund.

»Na, dann komm her zu mir.«

Liebevoll nimmt ihn Diana auf ihren Schoß, woraufhin sich der Bub ganz eng an die Mutter schmiegt.

»Das Wetter ist ja heute nicht gerade einladend, um nach draußen zu gehen. Was habt ihr denn anschließend vor?«. Leo blickt dabei Diana fragend an.

»Ich werde erst mal putzen. Der Eingangsbereich ist von dem Regen ganz verschmutzt und die Kinder können oben spielen. Leo«, ermahnt sie ihn wieder einmal, »du musst dir um uns keine Gedanken machen!«

»Und ich?«, fragt Leo den Beleidigten spielend. »Was soll ich so allein anstellen?«

Diana blickt ihn an und erkennt sofort den Schalk in ihm. »Oh, der arme Leo«, lacht sie bedauernd, »der ist ganz allein! Bestimmt möchte er mit euch beiden spielen. Was meint ihr dazu?«

Diese Frage hätte sie sich allerdings sparen können, denn das Ergebnis stand sowieso schon fest.

»Es müssten sich im Schrank bei Moritz noch einige Puzzles und Würfelspiele befinden. Könntet ihr da etwas herunterholen. Dann spielen wir hier gemeinsam, während eure Mama schuftet.«

»Ja, ich laufe schon«, schreit Sabine förmlich und düst sofort los.

Nachdem sie eine Tragetasche mit mehreren Kartons gebracht hat, sucht Leo zwei verschieden schwierige Puzzles aus und schiebt jeweils eines Sabine und Moritz zu.

Begeistert werden die Bilder erst zerlegt und mithilfe von Leo wieder zusammengebaut. Moritz braucht nur zehn Teile zusammenzufügen und wird als Erster fertig. Sofort zerlegt er es wieder, um neu zu beginnen.

Schnell vergeht der Nachmittag und als Leo am Abend wieder allein vor dem Fernseher sitzt, um Nachrichten anzusehen, ruft seine Tochter an. Sie teilt ihm mit, dass ihr Flugzeug morgen bereits mittags, kurz nach elf Uhr am Flughafen landen wird.

Er verspricht ihr, sie pünktlich abzuholen. Vielleicht kann er ja dann Moritz mitnehmen und ihm den Flughafen zeigen. Der wäre bestimmt sehr begeistert davon. Aber er will auf jeden Fall Dianas Zustimmung einholen, bevor er Moritz davon erzählt. »Immer schön den Dienstweg einhalten!«, ermahnt er sich.

Moritz und Leo stehen an der Absperrung bei der Ankunft in der ersten Reihe und warten, bis Bettina herauskommt. Fröhlich winken die beiden, als Leo seine Tochter kommen sieht.

»Hallo mein Schatz. Schön, dass wir uns wieder einmal sehen!«

»Hallo Paps, wen hast du denn da mitgebracht?«, sprudelt Bettina gleich los, gibt Leo einen Kuss und reicht dem Buben die Hand. »Ich bin die Bettina und du, wer bist du?«

»M-M-Moritz, ich b-bin M-M-Moritz!«, bringt der Kleine aufgeregt hervor und ergreift Bettinas Hand.

»So, so, Moritz heißt du!«, antwortet Bettina und sieht ihren Vater fragend an.

»Ja, unser Moritz hat ein kleines Problem. Aber es spielt überhaupt keine Rolle. Er ist ein ganz lieber Kerl und außerdem mein Freund. Stimmt doch, oder?«

»Ja, M-M-Moritz F-Freund v-von L-L-Leo!«, antwortet dieser mit sehr ernsthafter Miene.

»Na ja, ihr werdet schon wissen, was ihr tut«, meint die Tochter leise und die drei bewegen sich Richtung Ausgang. Als sie am Auto ankommen und Leo den Koffer einlädt, öffnet Bettina ihre Handtasche.

»Schau, Moritz, ich habe dir etwas mitgebracht. Ein Fernglas, weil ich weiß, dass ein junger Mann ein Fernglas gut gebrauchen kann.«

Voller Begeisterung und Freude über das unverhoffte Geschenk hängt sich der Bub das Fernglas gleich um den Hals.

Erstaunt, aber auch mit einem gewissen Stolz, dass seine Tochter an so etwas gedacht hat, nickt ihr Leo anerkennend zu und steigt in das Auto.

Diana und ihre Tochter erwarten sie schon an der Haustüre. Nach einer kurzen Begrüßung nimmt die Mutter die beiden Kinder mit in ihre Wohnung in das Obergeschoss, um Leo und Bettina nicht zu stören. Sabine hat eine bunte Halskette bekommen und läuft seitdem ständig ins Bad, um sich im Spiegel zu bewundern.

»Ist das die Frau, die einmal in meinem Zimmer gewohnt hat?«, möchte sie wissen, als ihre Mutter sie für einen kurzen Mittagsschlaf zu Bett bringt.

»Ja, ich glaube schon, aber du kannst sie ja hernach mal fragen. Jetzt schlaf aber erst schön!«

Zärtlich streicht sie ihrer Tochter noch einmal über den Kopf und geht hinüber zu Moritz. Dieser liegt bereits in seinem Bett und wartet auf den Einschlafkuss. »H-hhaben g-g-ganz v-viele F-flugz-zeuge g-g-gesehen. M-machen ab-aber viel K-Krach!«

Lächelnd bekommt er von seiner Mutter den erhofften Kuss und schließt sofort die Augen.

>Seltsam<, überlegt sie, während sie sich auf die Couch legt, >wie schnell wir uns hier einleben konnten. Mir wird beinahe schon langweilig, wenn ich so allein hier oben sitze. Aber die beiden haben bestimmt eine Menge zu bereden, was uns nichts angeht und da will ich lieber nicht stören.<

Unruhig erhebt sie sich und geht noch einmal durch die Kinderzimmer, ohne dass sie einen besonderen Grund für ihre Unruhe erkennen könnte. Wieder zurück im Wohnzimmer, setzt sie sich an den Tisch und versucht im Internet Informationen über ihren möglichen zukünftigen Arbeitgeber zu finden. Außerdem will sie nähere Information bezüglich der geplanten Ausbildung erfahren. Kaum dass sie die Firma von Herrn Arnstorfer gefunden hat, bewegt sie sich gedanklich nur noch dort. Beinahe sehnsüchtig liest sie die Homepage zum wiederholten Male und weiß bereits sicher, dass sie zusagen wird.

»Aber«, tauchen unvermittelt die Problemgedanken wieder auf, »wer kümmert sich dann um die Kinder.« Gisela, eine Freundin von ihr, die selbst Mutter von zwei kleinen Kinder ist und nicht arbeiten geht, könnte möglicherweise einspringen. Schließlich passt Gisela öfters mal auf fremde Kinder auf und hat sich gelegentlich auch schon Diana angeboten, Moritz und Sabine vorübergehend zu betreuen. Bisher hatte sie das Angebot aber noch nie angenommen. Angespannt denkt sie darüber nach, was es kosten wird, wenn sie Moritz bis 17:00 Uhr im Kindergarten lassen muss. Sabine könnte dann nach der Schule zu Gisela gehen. Aber bevor sie zu einem Ende kommt, verwirft sie diese Gedanken schon wieder. Für Moritz würde der Kindergartentag zu lange dauern und auch Sabine würde sich bestimmt nicht wohlfühlen. Außerdem bekommt sie Herzrasen, wenn sie sich vorstellt, wie sie ihre Kinder an fremde Menschen abgeben will, nur um selbst einen Vorteil zu bekommen.

»Nein, dann muss ich eben absagen. Vielleicht gibt es dort ja einen anderen Job für mich! Einfach bloß ein paar

Stunden.« Enttäuschung breitet sich in ihr aus und resigniert schließt sie ihren Laptop.

Nachdem sich die Wolken immer mehr verziehen und die Sonne die Lücken nutzt, setzen sich Leo und seine Tochter zum Kaffeetrinken auf die Terrasse. Bettina erklärt dabei ihrem Vater, dass sie zwei Kunsthändler treffen will, mit denen sie engere Kontakte aufbauen möchte.

»Weißt du, manchmal bekommt man Objekte angeboten, die einem persönlich zwar gut gefallen und der Preis auch stimmen würde, aber man findet in seinem Kundenkreis einfach keinen echten Interessenten dafür. Da ist es vorteilhaft, wenn man solche Angebote an befreundete Händler umleiten kann, von denen der eine oder andere entsprechende Kundschaft kennt. Wenn dies dann auf Gegenseitigkeit beruht, kann es dabei regelrecht zu einem kleinen Geschäftsverbund kommen. Eine hochinteressante Sache, aber man muss seine Partner unbedingt persönlich kennen.«

Verständnisvoll nickt Leo und denkt an die Zeit zurück, als Bettina sich entschloss statt Betriebswirtschaft, was er bevorzugt hätte, lieber Kunst zu studieren und in den Kunsthandel einzusteigen. Mittlerweile hat er sich damit abgefunden und die Geschäfte scheinen ja auch nicht schlecht zu laufen.

»Ja, dann wünsche ich dir eben viel Glück dabei und dass die beiden sich auch als ehrliche Partner herausstellen werden. Ich freue mich für dich, dass alles so gut läuft.«

Bettina berichtet dann noch von den neuen Geschäftsräumen, die sie und ihr Freund in London anmieten wollen, weil dort Kunst und Antiquitäten stark nachgefragt würden.

»Aber ist London nicht recht teuer?«

Leo erinnert sich an einen Fernsehbericht, in dem über die dort schier unbezahlbaren Mieten berichtet worden war.

»Allerdings«, antwortet Bettina, »aber es gelten eben allgemein ganz andere Preise in London. Dies bedeutet, dass ich Gegenstände, die ich in Liverpool, Birmingham oder direkt auf dem Land erwerbe, in London bis zum zehnfachen des Einstandspreises verkaufen kann. Durch die Internationalität des Publikums werden vor allem alte englische Antiquitäten wie Möbel, Bilder oder Krimskrams, der irgendeinen Bezug zum Adel hat, verstärkt gesucht.«

Sie schenkt sich noch eine Tasse Kaffee ein und lässt den Blick über den Garten schweifen.

»Ja, man sieht schon, dass hier wieder Kinder zugange sind«, meint sie lächelnd und zeigt auf das vor dem Schuppen geparkte Bobbycar.

»Wo sind sie denn eigentlich? Sie haben sich doch nicht etwa meinetwegen zurückgezogen?«

»Ja weißt du«, stichelt jetzt Leo schmunzelnd, »die drei besitzen eben eine eigene Wohnung und dort werden sie sich aufhalten. Aber Spaß beiseite, die zwei Kleinen werden sicherlich schlafen. Spätestens zum Abendessen kommen sie dann schon herunter.«

»Na ja«, ätzt Bettina zurück, »die Frau sieht ja wirklich nicht schlecht aus. Zwar habe ich sie nur kurz gesehen, aber dein Geschmack hat sich nicht verändert, das muss man dir lassen!«

Verärgert steht Leo auf. »Jetzt hör mir mal genau zu. Wenn du gekommen bist, um zu stänkern oder herumzugiften, kannst du gleich wieder fahren. Ich will mit dir nicht streiten oder darüber diskutieren, was ich zu tun oder zu lassen habe. Denk, was du willst, aber behalte deine Gedanken für dich!«

Leicht sauer auf seine Tochter geht er in die Küche, wo er die Tasse in den Geschirrspüler räumt.

Sofort kommt seine Tochter hinterher und entschuldigt sich. »Darf ich euch alle zusammen zum Abendessen einladen?«, bietet sie als Ausgleich an.

»Nein«, antwortet Leo, den Gekränkten spielend.

Bettina erschrickt sichtlich darüber, dass sie ihren Vater wohl doch stärker getroffen hat, als sie wollte.

»Wir haben nämlich für uns Dampfnudeln mit Vanillesoße eingeplant. Du kannst ja in ein Restaurant gehen, wenn du so etwas nicht magst!«

»Was«, schreit sie förmlich, »das habe ich ja seit Jahren nicht mehr gehabt. Bitte, bitte lasst mich auch mitessen!«

Übertrieben freundlich schmiegt sie sich an ihren Vater und streicht ihm durch die Haare. »Bitte Paps, nicht böse sein. Ich bin ab sofort auch ganz brav!«

Lachend nimmt Leo seine Tochter in den Arm. »Na, wusste ich doch, womit man dich ködern kann. Aber ich möchte wirklich keine solchen Anzüglichkeiten mehr hören. In Ordnung?«

»Versprochen!«, gibt Bettina ernsthaft zurück.

Anschließend erkundigt er sich noch über Bettinas Freund und während sie wieder auf dem Weg zur Terrasse sind, kommen Moritz und Sabine, gefolgt von ihrer Mutter in die Küche. Die Kinder laufen sofort Richtung Garten, wo sie von Leo freudig begrüßt werden.

»Heute lassen wir das Arbeiten einmal sein«, erklärt er ihnen, »ich möchte mich nämlich noch etwas meinem Besuch widmen, bevor ich mit dem Kochen anfange.«

Schnell stellt sich heraus, dass der Spielsand immer noch nass ist und auch der Rasen etwas matschig nachgibt, sodass es mit dem Spielen auch nicht so gut aussieht. Enttäuscht kommen die beiden wieder zu Leo und Bettina auf die Terrasse. Diana kommt mit einer Tasse Kaffee in der Hand zu ihnen heraus: »Na, ihr beiden, ist es noch nicht trocken genug zum Spielen? Macht doch nichts, dann spielen wir eben oben etwas.«

»Aber wir könnten doch alle miteinander spielen. Ihr habt doch bestimmt ein Würfelspiel«, mischt sich jetzt, zum Erstaunen ihres Vaters, seine Tochter ein.

»Oh ja, ich hol schon mal eines«, freut sich Sabine und verschwindet eilig im Haus.

»G-g-genau a-alle w-wü-würfeln!«, begeistert sich Moritz und schiebt sich schon mal einen Stuhl heran.

»Aber wir möchten uns bestimmt nicht aufdrängen. Schließlich seht ihr euch doch auch nicht so oft und habt bestimmt noch einiges zu bereden.«

»Quatsch, setzen Sie sich doch zu uns«, bittet Bettina und rückt einen Stuhl zurecht. »Wir streiten bloß, wenn wir zu viel reden und außerdem möchte ich die beiden Kleinen noch ein bisschen näher kennenlernen.«

»Hier, wir spielen Tannenzapfen einsammeln«, erklärt Sabine und legt den aufklappbaren Spielkarton auf den Tisch. »Gewonnen hat der, der die meisten Tannenzapfen in seinem Feld hat«, erläutert sie noch kurz den Ablauf des Spiels und teilt die Figuren aus. »Ach, es können aber bloß vier Personen spielen, was machen wir denn da?« Verlegen dreht sie die Hände mit den Innenseiten nach oben und blickt Leo an.

»Überhaupt kein Problem, ich kümmere mich derweil um die Dampfnudeln. Es schadet ja nichts, wenn wir heute etwas früher zu Abend essen.« Dabei steht er auf und verschwindet in der Küche.

»Ich denke, wir beide sollten uns auch duzen«, bietet Bettina an. »Ich bin die Bettina.« Dabei reicht sie Diana ihre rechte Hand.

»Gut, ich heiße Diana«, stimmt sie gerne zu und ergreift Bettinas Hand.

Während des Spiels unterhalten sich die beiden Frauen angeregt, sodass Sabine sie ermahnen muss. »Also, ein klein wenig aufpassen muss man da aber schon! Mama, du bist dran!«

Die Mutter lächelt und entschuldigt sich für ihre Un aufmerksamkeit.

»Ja, au-aufpa-passen w-wichtig!«, erklärt Moritz und blickt die beiden Frauen vorwurfsvoll an.

Bettina ist so begeistert von dem Blick, mit dem Moritz sie ansieht, dass sie einfach laut lachen muss.

»Also du großer Meister kannst einen ja schon allein mit einem Blick um den Finger wickeln. Ich werde mich auch bessern und aufpassen!«, verspricht sie und hält ihre Schwurhand nach oben.

»Da hast du recht«, pflichtet ihr Diana bei, »der hat's wirklich faustdick hinter den Ohren. Er ist aber auch ein sehr lieber Kerl!« Dabei streicht sie Moritz sanft über seine Haare.

Demonstrativ legt Sabine jetzt den Würfel vor Bettina, damit das Spiel weitergehen kann, wenn sich schon alles nur noch um Moritz dreht!

10 Die Wahrheit

Wie in Trance erreicht Diana die Haltestelle und setzt sich auf eine Bank, um auf die Straßenbahn zu warten. Ihre Gedanken kreisen ständig um die Kinder und um den Tumor. Die Worte >*Tumor in der Leber und andere Organe offensichtlich auch befallen*< dröhnen in ihrem Kopf wider. Angst und Panik breiten sich immer mehr aus. Ihre Brust zieht sich zusammen, nimmt ihr die Luft zum atmen und im Hals bildet sich ein riesiger harter Kloß. Leise beginnt sie zu weinen.

Als sie die Straßenbahn kommen sieht, steht sie schwankend auf und wischt sich die Tränen vom Gesicht. Nur ein paar Fahrgäste sind im Waggon verteilt und so setzt sie sich alleine auf eine Bank, direkt am Fenster. Ihr Blick geht hinaus ins Leere.

>Was soll nur mit den Kindern geschehen, wenn ich ins Krankenhaus muss? Ich habe doch niemanden! Wer kann schon sagen, wie lange ich dortbleiben muss.<

Sie denkt an Operation und Chemotherapie. Voller Mut richtet sie sich auf und will es dem Krebs zeigen. Im nächsten Moment drängt sich schleichend ein anderer Gedanke nach vorne: >Du wirst sterben! Der Krebs ist schon viel zu weit fortgeschritten. Warum nur bist du nicht schon früher zum Arzt gegangen?<

Kreidebleich und mit verweintem Gesicht kommt sie schließlich in die Küche, wo Leo gerade das Mittagessen vorbereitet.

»Na, alles in Ordnung?«, fragt er gut gelaunt vom Herd her, als er Diana hereinkommen hört. Doch als er keine Antwort bekommt und sich umdreht, bleiben ihm die weiteren Worte im Hals stecken.

Diana steht mit hängenden Schultern und leise vor sich hin weinend in der Tür. Das Gesicht ist bleich wie der Tod und das Make-up überall verschmiert.

Erschrocken eilt er zu ihr und führt sie zu einem Stuhl ins Esszimmer. »Um Gottes willen, was ist denn passiert. Du siehst schlimm aus und zitterst ja am ganzen Körper. Komm erzähl, vielleicht wird es dann leichter!«

Diana setzt sich und stützt ihren Kopf mit den Armen auf dem Tisch ab. Langsam dreht sie ihr Gesicht in seine Richtung und blickt ihn lange Zeit einfach nur an.

»Leo, ich habe Krebs und ich bin überzeugt, dass ich sterben werde.« Laut weinend pressen sich die letzten Worte über die Lippen. »Was soll nur aus den Kindern werden?« Verzweifelt schüttelt sie den Kopf und blickt mit wässerigen Augen Richtung Garten.

»Aber Diana, so schnell stirbt sich nicht! Was hat denn der Arzt genau gesagt?«

Er ist zutiefst schockiert und kann es nicht glauben. Unbedingt will er näheres erfahren. Schließlich hat sie nie über irgendwelche Probleme oder Schmerzen geklagt und war immer gesund und munter.

»Ein Tumor in der Leber und weitere Organe sehr wahrscheinlich auch schon befallen«, hat er gesagt. »Außerdem soll ich heute Nachmittag im Klinikum Großhadern erscheinen, um mich weiter untersuchen zu lassen. Leo, könntest du bitte die Kinder abholen, ich glaube, ich schaffe das heute nicht. Wir können dann später noch darüber reden?«

»Aber natürlich. Ach, es wird ja schon höchste Zeit. Bitte beruhige dich in der Zwischenzeit etwas. Es ist bestimmt nicht so schlimm, wie du meinst!«

Rasch erhebt er sich und begibt sich auf den Weg zum Kindergarten.

Die Gedanken über Dianas Worte lassen ihn dabei nicht los. >Was ist, wenn sich alles tatsächlich als so schlimm herausstellt? Werden die beiden Kinder dann zu den Großeltern kommen? Oder gar in ein Heim!<

Bei seinen Überlegungen wird ihm regelrecht übel und Panik droht sich breitzumachen. Erst als er Moritz auf sich zurennen sieht, reißt er sich zusammen und fängt den Kleinen mit seinen Armen auf.

»Wwa-rum ho-holst du mich a-ab?«, möchte Moritz wissen, obwohl er sich darüber sehr freut. Er mag es gern, wenn Leo ihn abholt, da gibt es dann auf dem Heimweg immer noch irgendeinen Spaß.

»Ach, weißt du, ich hatte einfach Sehnsucht nach dir und deine Mama kocht einstweilen das Mittagessen.

Zufrieden reicht ihm der Bub seine Hand und die beiden marschieren weiter zur Schule, die sich nur einen Häuserblock weiter befindet. Auf Sabine mussen sie noch etwa fünfzehn Minuten warten und laufen in der Zwischenzeit noch etwas auf dem Pausenhof herum. Leo fällt es dabei schwer, sich auf den Buben zu konzentrieren, denn ständig gehen ihm die Sorgen um Diana durch den Kopf.

Auf dem Heimweg erzählt Sabine ohne Punkt und Komma, was sie alles im Unterricht gelernt haben und dass sie vom Fräulein gelobt worden ist, weil sie so fleißig mitarbeitet. Darüber bemerken die Kinder gar nicht, dass Leo kaum zuhört, sondern sich mit seinen Gedanken ganz woanders befindet.

An der Küchentür erwartet Diana die Kinder und nimmt sie voller Freude in die Arme. Ihr Gesicht ist frisch gewaschen und sie hat sich soweit beruhigt, dass die Kinder von ihren Sorgen zunächst nichts mitbekommen.

»Das Essen ist fertig, ihr könnt schon mal Hände waschen und den Tisch decken.«

Leo kommt zu ihr in die Küche und blickt sie an. Schwach lächelt sie zurück.

»Tapfer«, meint er nur und nickt ihr zu. Gleichzeitig nimmt er den Topf mit den Nudeln und trägt ihn zum Tisch. Die Kleinen decken bereits Teller und Besteck auf. Diana bringt noch das Gulasch dazu und dann wird gegessen.

»Ist dir nicht gut oder bist du etwa krank?«, möchte Sabine von ihrer Mutter wissen, als sie bemerkt, dass diese kaum etwas von dem Essen anrührt und sich auch an der Unterhaltung so gut wie gar nicht beteiligt.

»Aber nein, mein Schatz, ich fühle mich nur etwas müde. Sonst fehlt mir nichts weiter.«

Während Leo den Tisch abräumt, bringt Diana die Kleinen für die Mittagsruhe zu Bett. Anschließend wartet er auf der Terrasse auf sie. Neugierig aber vor allem gespannt auf nähere Auskünfte, nimmt er in einem Gartenstuhl Platz. Gedanken an Mathilde und wie es damals war tauchen vor seinem geistigen Auge auf. Sie hatten auch gekämpft und nicht daran gezweifelt, dass sie es zusammen schon schaffen würden, wurden aber bald eines Besseren belehrt.

Leise setzt sich Diana auf den freien Stuhl gegenüber und sieht ihm angstvoll ins Gesicht.

»Ich muss um halb vier im Klinikum sein und weiß überhaupt nicht wie lange es dauern und was dabei herauskommen wird. Aber ich befürchte wirklich das Schlimmste! Weißt du, der Dr. Brunner meint, dass schon mehr Organe befallen wären. Er hätte allerdings nur sehr eingeschränkte Möglichkeiten. Aber wenn der das schon erkennen kann, kannst du dir ja vorstellen, was die im Klinikum erst alles finden. Ich habe wirklich die Befürchtung, dass ich sterben werde. Der Arzt hat sich auch so seltsam verhalten, gerade so, als ob er mir nicht die ganze Wahrheit sagen wollte.«

Niedergeschlagen und verängstigt blickt sie auf den Tisch und wartet auf eine Antwort. Leo aber sitzt still da und schüttelt nur den Kopf. Er kann es einfach nicht fassen, dass eine so junge Frau sterben soll.

»Leo«, flehend sieht sie ihm wieder in die Augen, »ich muss dann weg. Könntest du dich bitte um die Kinder kümmern, bis ich wieder komme? Es kann aber auch später werden. Ich weiß ja sonst überhaupt nicht, wo ich sie hinbringen könnte!« Verzweifelt beginnt sie wieder zu weinen.

»Aber natürlich, das ist doch selbstverständlich. Ich werde sie schon beschäftigen können, bis du wieder da bist.« Eine bessere Antwort kann er momentan auch nicht bieten. Langsam begreift er die tatsächliche Situation und beginnt sich ernsthafte Sorgen um die Frau und die Kinder zu machen.

Zögerlich greift er über den Tisch und fasst Dianas Hände. »Geh´ nur, ich hoffe sehr, dass es sich um einen Irrtum handelt, und wünsche dir von ganzem Herzen, dass alles wieder gut wird.«

Nachdenklich erhebt er sich und geht ein Stück in den Garten. Tränen finden sich in seinen Augen und er muss immer wieder an seine Frau denken, wie sie damals gekämpft, gelitten und dennoch verloren hat.

Plötzlich wieder voller Elan kommt Diana auf ihn zu: »Ich gehe dann mal, um anzugreifen. Glaube mir, ich werde alles geben, was in meiner Macht steht. Bis dann!« Sie dreht sich um und verschwindet im Haus. Kurz geht sie noch einmal nach oben und verabschiedet sich von den schlafenden Kindern.

>Ja<, denkt er, >greifen wir an, ich werde dir auch beistehen.<

Das Telefon reißt Leo aus seinen Gedanken, während er mit den Kindern beim Abendessen sitzt. Eilig steht er auf, nimmt ab und meldet sich. Es ist Diana, die aus dem Klinikum anruft.

»Hallo Leo, ich weiß noch nichts Näheres. Ich soll jetzt gleich noch in die Röhre. Es wird auf alle Fälle später werden. Kannst du die Kinder bitte zu Bett bringen, ich werde es nicht rechtzeitig schaffen. Sag ihnen einfach, dass mich der Doktor noch untersuchen will, und dass es nichts Schlimmes sei.«

Leo atmet auf. Sie hört sich recht gefasst und tapfer an. Vielleicht stellt sich ja doch alles als nicht so schlimm heraus!

»Klar, mach ich«, antwortet er beinahe automatisch, »und viel Glück!«

»Wer war das?«, ruft Sabine vom Tisch her. »War das die Mama?«

»Ja, eure Mutter hat angerufen. Ich soll euch beide schön grüßen und sagen, dass sie heute erst später heimkommt. Sie muss noch beim Doktor warten, weil so viele Patienten dort sind.«

»Ist Ma—Mama k-krank?«

Leo überlegt kurz und entscheidet sich für die Wahrheit. »Ja, eure Mama fühlt sich nicht wohl und lässt sich deshalb vom Doktor untersuchen. Der hilft ihr bestimmt, dass sie wieder gesund wird.«

Moritz zeigt sich zufrieden, aber Sabine bohrt nach: »Was fehlt ihr denn, sie wird doch nicht sterben?«

Besorgt blickt jetzt auch Moritz wieder zu Leo hinüber. Dieser bringt ein gezwungenes Lachen hervor und meint: »Aber nein, sie wird bestimmt wieder gesund.«

Schnell will er jetzt das Thema wechseln, denn bei der Fragerei der Kinder fühlt er sich verlegen und unsicher.

»Mag jemand noch einen Pudding als Nachspeise?«, ruft er munter in die Runde, wohl wissend, dass hierbei niemand ablehnen wird.

Nach einer Partie mit den Memorykarten gibt es noch eine kurze Gute-Nacht-Geschichte.

»So, dann bring ich euch jetzt zu Bett. Von eurer Mama bekommt ihr bestimmt auch noch einen Kuss, wenn sie dann heim kommt. Also, kommt mit nach oben.«

Damit nimmt er den Buben auf den Arm und trägt ihn schon voraus, während das Mädchen erst noch das Buch aufräumt und dann hinterherläuft.

»A-a-aber Ma-Mama k-k-kommt schon h-h-heim?«, fragt Moritz noch einmal besorgt nach, als Leo ihn in sein Bett legt und zudeckt.

»Ja, natürlich! Sie kommt bestimmt bald. Morgen früh könnt ihr dann schon wieder mit ihr frühstücken. So, und jetzt schlaf recht schön!«

Mit einem Kuss auf die Stirn verabschiedet er sich von dem Kind und wechselt in das Mädchenzimmer. Sabine liegt bereits in im Bett und als ihr Leo noch einmal über die Haare streicht, greift sie an seinen Arm. »Die Mama stirbt wirklich nicht. Das stimmt doch, oder? Du weißt, dass man nicht lügen darf!«

»Aber Sabine, deine Mama fühlt sich bloß nicht so ganz wohl, deshalb sucht der Doktor jetzt danach, woran das liegen kann. Sie wird bestimmt nicht sterben. Glaub mir, sie wird jetzt bald wieder hier sein und kommt ganz bestimmt auch noch einmal zu dir herein.«

Nach einem Gutenachtkuss verlässt er die Wohnung und setzt sich in seinen Fernsehsessel um Nachrichten anzuschauen. Doch er kann dem Sprecher nicht folgen. Seine Gedanken drehen sich um Diana und die Kinder. Sabines Frage beschäftigt ihn ganz besonders und er sinniert vor sich hin, wie das Kind zu der Einschätzung kommt, dass die Mutter sterben könnte. Sollte sie tatsächlich ein so gutes Gespür besitzen, oder handelt es sich dabei eben doch nur um kindliche Besorgtheit. Schließlich ist es das erste Mal, dass ihre Mutter abends nicht zuhause ist.

Aufgewühlt steht er auf, um sich ein Glas Wein einzuschenken. Gerade, als er sich wieder hinsetzen will, hört er, wie die Haustüre geöffnet wird und Diana heimkommt. Rasch geht er ihr entgegen und erschrickt über den Anblick. Kreidebleich und total verweint steht die Frau im Hausgang und bemüht sich, ihre Schuhe auszuziehen.

Fürsorglich greift er ihr unter den Arm und führt sie ins Haus.

»Bitte schau noch einmal nach den Kindern, die sind bestimmt noch wach und warten auf dich. Hernach reden wir über alles. OK?«

»Ja, danke«, stammelt sie und wischt sich mit dem Ärmel über das Gesicht. »Ich sehe bestimmt fürchterlich aus«, lächelt sie gezwungen und geht leise die Treppe hinauf.

Schockiert und fassungslos blickt er ihr nach, bis sie in der Wohnung verschwindet. Ganz offensichtlich hat sich die Prognose bestätigt. Beunruhigt und voller Angst nimmt er wieder in seinem Sessel Platz, schaltet aber den Fernseher aus. Kaum dass er sitzt, steht er nervös und total erschüttert wieder auf. An der Terrassentür stehend blickt er in den Garten hinaus und ganz spontan kommen ihm die Bilder in den Kopf, wie die Kinder und ihre Mutter draußen glücklich spielen. Das soll jetzt auf einmal vorbei sein! Einfach so! Verzweifelt kehrt er wieder in das Wohnzimmer zurück. Düstere Gedanken kreisen in seinem Kopf. Immer wieder erscheint das Bild von Mathilde, wie sie gelitten hat und zusehends verfallen war. In seinen Augen bilden sich kleine Wassertropfen, als er Diana die Treppe herunterkommen hört.

Hastig geht er ihr entgegen und bittet sie in sein Wohnzimmer, wo sie sich auf die Couch ihm gegenüber setzt. Ihr Gesicht wirkt immer noch fahl, aber dennoch kann er wieder einen lebendigeren Ausdruck darin erkennen.

Neugierig sieht er sie an und wartet darauf, dass sie erzählt. Diana aber nickt nur mehrfach mit dem Kopf und bittet dann um ein Glas Wasser.

»Ja«, beginnt sie anschließend mit ihrem Bericht, »die Diagnose hat sich bestätigt. Neben der Leber sind auch eine Niere und die Lunge bereits befallen. Niere und Lunge ließen sich noch operieren, die Leber jedoch nicht. Im Beckenbereich haben sich auch Metastasen an den Knochen gebildet. Eine Heilung ist ausgeschlossen, deshalb wird auch keinerlei Behandlung erfolgen. Schmerzmittel soll ich bekommen, wenn es dann soweit sein wird. Und Beruhigungsmittel hat mir der Professor mitgegeben, damit ich nicht verzweifle. Ich habe gerade welche genommen, sonst könnte ich dir jetzt gar nichts erzählen, sondern würde nur heulen. Ja, vier bis fünf Monate bleiben mir noch zu leben, wobei es zum Schluss sehr schmerzhaft werden soll. Als einziger Trost dabei bleibt, dass es dann schnell gehen wird. Ich soll mir auch ein Hospiz zum Sterben suchen, damit die Kinder nicht das ganze Leiden mitbekommen, hat der Professor gemeint.«

Diana legt eine Pause ein und atmet tief durch. »Ja, Leo, so sieht es aus. Vorbei das ganze Glück! Meine Angelegenheiten soll ich möglichst bald ordnen, hat man mir noch geraten. Ach Leo, es ist alles so schrecklich!« Weinend stößt sie den letzten Satz hervor und sinkt in ihren Sitz zurück.

Erschüttert hat Leo zugehört und nicht gewagt sie zu unterbrechen. »Aber wenn man operieren würde und dann noch Chemotherapie, das müsste doch etwas bringen«, versucht er sich selber etwas Hoffnung zu machen.

»Nein, dieser Krebs wächst zu aggressiv. Es ist vorbei!«, bringt Diana schluchzend hervor. »Was soll bloß mit den Kindern werden. Leo, ich bin so verzweifelt, sie brauchen mich doch! Ich kann sie doch nicht einfach allein lassen, dafür sind sie ja noch viel zu klein. Was meinst du dazu? Du weißt ja sonst auch immer einen Rat. «

»Tut mir leid Diana, aber ich muss das auch erst alles verdauen.«

Mit einem großen Schluck Wein im Mund schüttelt er verzweifelt den Kopf. »Warum du? Warum müssen die Kinder leiden? Was habt ihr angestellt, dass ihr so bestraft werdet?« Fassungslos hält er sich die Hände vor sein Gesicht.

»Ruhig bleiben und überlegen«, spricht er leise in seine Hände hinein, um sich zu beruhigen. »Wie geht es dir denn eigentlich? Fühlst du jetzt Schmerzen oder verspürst du Übelkeit?«, besinnt er sich wieder auf die Hauptperson des Dramas.

»Außer, dass ich total geschockt und verzweifelt bin und nicht weiß wie es weitergehen soll, geht es mir ganz gut. Schmerzen verspüre ich keine. Lediglich ein leichtes Ziehen im Unterbauch, was ja auch der Grund für die Untersuchung war. Nervlich dagegen, bin ich fix und fertig. Das kannst du dir ja sicherlich vorstellen. Der Arzt hat gemeint, dass es nicht mehr lange dauern wird, bis die Schmerzen kommen. Vielleicht vier bis sechs Wochen noch. Leo, ich habe solche Angst!« Wieder beginnt die Frau zu weinen und zu schluchzen.

Von einem tiefen Mitgefühl ergriffen beugt er sich über den Tisch und ergreift ihre Hand.

»Also gut, an der Krankheit werden wir nichts ändern können«, stellt er sachlich fest. »Aber eines musst du wissen, die kurzfristige Sorge um die Kinder kann ich dir abnehmen. Ich werde euch selbstverständlich jederzeit unterstützen. Schließlich sind wir doch eine Gemeinschaft! Also, ich denke, dass ich langsam und Schritt für Schritt die Betreuung der Kinder übernehme, sodass der Übergang für sie nicht so stark auffällt. Ich bringe sie ab sofort öfters zur Schule und zum Kindergarten und hole sie auch öfters ab. Auch an dem Zubettbringen werde ich mich mehr beteiligen. Ich denke, so dürfte es am besten funktionieren. Über die langfristige Lösung müssen wir gründlich nachdenken und uns auch Unterstützung holen.«

Dankbar blickt Diana über den Tisch. »Danke Leo, ja so glaube ich auch, dass es funktionieren könnte. Wenn ich dann ausfalle, sind sie es gewohnt von dir betreut zu werden. Gott sei Dank, bist du da! Ich wüsste wirklich nicht, wie es gehen sollte, wenn wir noch in der alten Wohnung lebten und überhaupt niemanden hätten. Der Vater wird die Kinder ganz bestimmt nicht nehmen, denn die waren schließlich der Grund für seinen Auszug.«

»Was meinst du, deine Eltern in Leipzig, die hätten doch auch Platz genug und die Kinder mögen ihre Großeltern bestimmt auch?«

»Ach Leo, die tun immer recht schön, wenn sie sich einmal sehen lassen. Aber in Wirklichkeit sind die so mit sich selber beschäftigt, dass ja selbst ich schon zu viel für sie war. Sie sind sehr egoistisch und wollen ihre Freiheit genießen, reisen und es sich gut gehen lassen. Für andere bleibt da nicht allzu viel übrig. Fragen werde ich sie aber dennoch, ist ja klar!«

Plötzlich bemerkt Leo, dass er immer noch Dianas Hand hält. Ihr scheint es gutzutun und auch er spürt ein ganz besonderes Gefühl in ihm aufkommen.

»Das Jugendamt denke ich, dürfte zunächst mal eine gute Anlaufadresse sein. Möglicherweise kann man uns da weiterhelfen. Ich kümmere mich morgen gleich darum, wenn du möchtest.«

Diana nickt nur und wimmert leise vor sich hin. »Aber bitte kein Heim, Leo. Bitte, versuche das zu verhindern!«

Er drückt ihre Hand fester und verspricht, dass er alles versuchen wird, um eine Heimunterbringung zu vermeiden.

Leise Schritte nähern sich dem Wohnzimmer und dann blickt Sabine mit schläfrigen Augen zur Türe herein.

»Mama, ich kann nicht schlafen. Ich habe Angst! Darf ich heute bei dir schlafen?«

»Aber klar doch«, antwortet die Angesprochene wieder gefasst und bringt sogar ein leichtes Lächeln auf die Lippen. Rasch wischt sie sich noch über das Gesicht und zieht ihre Tochter ganz eng an sich. Das Kind fühlt sich so geborgen und kann dabei Dianas Gesicht nicht näher betrachten.

»Ich komme gleich mit, dann schlafen wir zwei in meinem Bett und du brauchst dich nicht mehr zu fürchten.«

Dankbar schmiegt sich Sabine an ihre Mutter und schließt die Augen. Kurz darauf erheben sie sich und verabschieden sich für die Nacht.

Lange sitzt Leo noch in seinem Sessel und grübelt niedergeschlagen über die gesamte Situation nach. Er hatte sich so gefreut, als die drei bei ihm eingezogen sind. Ihre Wohnbeziehung hat sich schnell sehr positiv entwickelt und er fühlt sich dabei so richtig wohl. Endlich wird er wieder gebraucht und kommt sich regelrecht wichtig und nützlich vor. Die Kinder hängen an ihm, wie an einem echten Opa und er genießt jede Minute mit ihnen, auch wenn sie hin und wieder ganz schön lästig werden können. Aber dafür sind es eben Kinder, denkt er dann und der Ärger verschwindet sofort wieder.

Er kann es nicht fassen, dass jetzt so überraschend alles schon wieder vorbei sein soll. Bei dem Gedanken, dass die beiden Kleinen bei anderen Menschen aufwachsen werden, möglicherweise gar in einem Heim, beginnen zum wiederholten Male die Augen zu tränen. Jugendamt und Vormundschaftsgericht, überlegt er, müssten helfen können. Zumindest erhofft er sich dort weitere Auskünfte über Möglichkeiten von Adoption oder Pflegeeltern. Ein riesiger Kloß setzt sich in seinem Hals fest und beginnt ihm die Atemluft zu nehmen. Aber er ist entschlossen, zumindest diese Last, zumindest vorerst, Diana abzunehmen. Schließlich bilden wir eine Familie, sagt er sich. Da muss eben auch in schlechten Zeiten zusammengehalten werden. Urplötzlich fühlt er sich für die Hartmanns verantwortlich und will seine ganze Kraft dafür opfern, zumindest die Kinder gut unterzubringen.

SOS-Kinderdörfer, kommt es ihm in den Sinn, sollen hervorragende Einrichtungen für elternlose Kinder sein. Auch darüber will er sich erkundigen. Kurz überlegt er, ob er nicht gleich im Internet darüber recherchieren soll, legt den Gedanken aber wieder beiseite. Lieber ruft er morgen dort an und holt sich eine aktuelle und eindeutige Auskunft. Natürlich wäre es schön, wenn die Kinder in der Nähe bleiben könnten. Es würde sich bestimmt gelegentlich die Chance ergeben sie zu besuchen. Auch könnte er so ihren weiteren Lebensweg mit verfolgen. Überrascht stellt er fest, dass ihm bisher gar nicht so bewusst war, wie sehr ihm die drei bereits ans Herz gewachsen sind. Es wird bestimmt auch für ihn wieder eine schlimme Zeit werden, wenn das Haus leer und groß da steht und er, außer seinen Joggingrunden, keine sonstigen Aufgaben zu erledigen hat.

Weit nach Mitternacht trinkt er sein letztes Glas Wein und geht zu Bett. Im Traum sieht er Mathilde auf dem Sterbebett und wie sich ihr Gesicht in das Dianas verwandelt. Kreidebleich wie Gespenster stehen die beiden Kinder zitternd daneben und versuchen ihre Mutter festzuhalten. Schweißgebadet schreckt er hoch und steht auf. Im Bad wirft er sich kaltes Wasser ins Gesicht, um ganz wach zu werden. Nach einer Tasse Kamillentee nimmt er noch eine Baldrianpille, bevor er wieder zu Bett geht. Er denkt an Diana. Wahrscheinlich geht es ihr auch nicht anders.

11 Der Kampf beginnt

»Na, was meint ihr zwei, soll ich euch heute zur Schule und zum Kindergarten bringen?« Mit einem leichten Nicken zu Diana hin, will er ihr zeigen, dass er seinen abgesprochenen Dienst bereits jetzt beginnen möchte.

»Oh, ja«, willigt Diana scheinbar begeistert ein, »dann bleibt mir noch etwas Zeit bevor ich zur Arbeit muss.«

Die Kleinen sind sowieso begeistert und Moritz meint: »Das g-g-gut. Abho-ho-len auch L-Leo!«

Während die Kinder Brotzeitbeutel und Schulranzen von oben holen, räumt Diana den Tisch ab.

»Danke Leo, ich werde heute gleich mit meinem Chef reden. Ich möchte auf alle Fälle solange wie möglich zur Arbeit gehen und hoffe nur, dass er Verständnis dafür hat, dass ich vielleicht hin und wieder ausfallen werde.«

»Mach das, ich bin überzeugt, dass er dich in allem unterstützen wird. Ich werde mich mal wegen Adoptionen oder Pflegeeltern erkundigen. Auch will ich bei einem SOS-Kinderdorf anrufen und Informationen einholen. Wir können uns ja dann am Nachmittag darüber unterhalten. Ah, da kommen die beiden ja schon. Also dann bis Nachmittag«, verabschiedet sich Leo schnell und zieht seine Schuhe an. Die Kinder verabschieden sich inzwischen von ihrer Mutter.

Allein steht sie in der Küche und weint. Es war immer eine besondere Prozedur, die Kinder wegzubringen. Jetzt überlässt sie das einfach Leo und die Kinder freuen sich auch noch! Aber es ist wohl am besten so, wenn sich die Kinder möglichst bald von ihr lösen. Sie setzt sich und beginnt wieder hemmungslos zu weinen. Daran zu denken, dass schon in wenigen Monaten ihre beiden Lieblinge alleine da stehen sollen, bricht ihr schier das Herz. Still und leise erhebt sie sich, um das restliche Geschirr wegzuräumen. Gleich heute will sie mit Herrn Arnstorfer reden. Auf keinen Fall möchte sie damit warten, bis sie aufgrund der Krankheit ausfallen wird. Zum Glück hilft ihr Leo mit den ersten Kontakten wegen Adoption oder Pflegeeltern. Sie könnte es momentan einfach nicht, andererseits findet sie es sehr wichtig, dass sie die Menschen, die sich später um ihre Kinder kümmern sollen, noch kennenlernen kann.

Es ist zwar noch früh, aber Diana will heute den Weg zur Arbeit zu Fuß zurücklegen um sich dabei noch etwas beruhigen zu können. Wehmütig denkt sie daran, wie froh sie war, als sie den Job bekam und wie viel Freude er ihr immer noch bereitet. Auch die Aussichten für ihr berufliches Weiterkommen stellten sich sehr bald als äußerst positiv heraus. Und jetzt wird es das alles nicht mehr geben!

Noch ist der Chef nicht anwesend, als Diana die Firma erreicht. Im Lager trifft sie auf Herrn Berger, der immer schon vorzeitig zur Arbeit kommt. Die Zusammenarbeit mit dem freundlichen und immer hilfsbereiten Lagerleiter hat sie stets genossen. Deshalb soll auch er alles als Erster erfahren. Sie bittet ihn, kurz mit in ihr gemeinsames Büro zu kommen, weil sie ihm etwas erzählen müsste.

»Na, da bin ich aber gespannt, was Sie mir Wichtiges berichten werden. Sie wollen doch nicht etwa kündigen?«, wirft er scherzhaft in den Raum.

Diana wartet mit der Antwort ab, bis sich beide im Büro befinden und sie auf ihrem Stuhl Platz nehmen kann.

Neugierig hat sie ihr Kollege beobachtet und glaubt einen gewissen Kummer in ihrem Gesicht zu erkennen. »Also, was gibt's?«

»Ich werde sterben«, platzt sie gleich mit dem wichtigsten Teil der Geschichte heraus. »Ja, ich leide an Krebs! Unheilbar! Weder Operation noch Chemotherapie versprechen einen Erfolg, sodass weiter nichts unternommen wird. Ein paar Monate noch, dann ist es aus!« Weinend nimmt sie ihr Gesicht in die Hände und beugt sich über ihren Schreibtisch.

Schockiert von der unerwartet tragischen Nachricht und von Mitgefühl überwältigt, schüttelt der Kollege seinen Kopf, beugt sich zu ihr vor und legt ihr seine Hand auf die Schulter.

Mit gerötetem und verweintem Gesicht blickt sie wehmütig auf und schaut ihm in die Augen. Dabei nickt sie langsam mehrfach mit dem Kopf. Immer wieder von Weinkrämpfen unterbrochen, berichtet sie langsam und gequält von Anfang an.

Tief bewegt hört Herr Berger zu und kann es einfach nicht fassen. Ungläubig sitzt er vor ihr und ein Gefühl absoluter Hilflosigkeit überkommt ihn.

»Aber wieso so plötzlich und dann gleich unheilbar! Das verstehe ich nicht!« Um Verständnis ringend richtet er sich wieder auf.

»Diese Krebsart zeigt sich sehr aggressiv und streut bereits in einem recht frühen Stadium. Deshalb ist es meist zu spät, wenn sie festgestellt wird. Allerdings wird dadurch auch die Leidenszeit abgekürzt«, ergänzt sie mit einem bitteren Lächeln auf ihren Lippen.

Während der Lagerleiter darüber nachgrübelt, was er sagen könnte, klingelt das Telefon. Frau Liebhart teilt mit, dass der Chef gerade angekommen sei und Diana zu ihm kommen könnte.

»Bitte Frau Liebhart, seien Sie so nett und bitten Herrn Arnstorfer, zu uns ins Büro zu kommen. Es wäre wirklich wichtig!«

»Ja gut, in Ordnung, ich richte es ihm aus«, entgegnet sie erstaunt über den doch etwas ausgefallenen Wunsch des Lagerleiters.

»Guten Morgen, ist etwas passiert?«, will Herr Arnstorfer gleich wissen, als er das Büro betrit. Er blickt sich kurz um und erkennt, dass Diana geweint hat.

»Oh, ist Ihnen nicht gut oder hattet Ihr beiden etwa gar Streit miteinander?«

Vorwurfsvoll blickt er zu Herrn Berger hin, der aber lebhaft den Kopf schüttelt.

»Aber nein, ich wollte, es wäre ein so simpler Grund weshalb wir Sie hergebeten haben.« Dabei blickt er mit einem Kopfnicken zu Diana hin. »Ich gehe dann mal ins Lager hinaus«, hängt er noch an, während er sich schon auf dem Weg zur Tür befindet.

Erneut beginnt Diana zu berichten und bittet zum Schluss darum, dass man ihr etwaige Ausfallzeiten nicht negativ auslegen möchte.

»Aber Frau Hartmann, wie kommen Sie denn auf so etwas. Niemand wird Ihnen etwas übel nehmen. Selbstverständlich bleiben Sie zu Hause, wenn Ihnen nicht gut ist, oder wenn Sie gar Schmerzen haben. Wo sind wir denn?«, zeigt sich der Chef entsetzt über Dianas Bitte.

Gleichzeitig fühlt er großes Mitleid in sich aufsteigen und verspürt Verzweiflung über die eigene Ohnmacht. Mit ihrem Eifer und ihrer Freundlichkeit ist Diana eine echte Bereicherung für die Firma und er hatte große Zukunftspläne mit ihr.

Den Vorschlag, doch gleich heute freizunehmen, und sich erst einmal zu erholen, lehnt sie mit dem Hinweis ab, dass sie die Ablenkung gerade jetzt dringend benötigen würde.

»Also, das ist gar nicht so einfach«, erklärt Leo am Nachmittag, als sie beim Kaffee auf der Terrasse sitzen und die Kinder im Garten unterwegs sind.

»Zunächst habe ich mich mal bei den SOS-Kinderdörfern erkundigt. Aber dort wurde mir unverblümt mitgeteilt, dass keine Chance bestünde, da die Wartelisten für einen Platz praktisch voll wären. Es gäbe eben einfach zu wenige von ihren Einrichtungen.«

Über den Tisch hinweg blickt er Diana an, die gespannt seinen Worten lauscht.

»Eine sehr gute Hilfe wurde beim Jugendamt angeboten. Die Frau Lerchenauer, eine äußerst engagierte Frau, hat sich meinen Vortrag angehört und versprochen sich der Sache anzunehmen. Allerdings spiele eine der Hauptrollen der Kindsvater, dem von Amts wegen das Sorgerecht zu übertragen sei. Nur wenn dieser begründet ablehnt oder einer Adoption zustimmt, kann dieser Weg beschritten werden. Also, müsstest du dies möglichst bald mit ihm klären. Vielleicht mag er die Kinder ja doch, wenn er sie erst mal wieder sieht!«

Diana schüttelt nur den Kopf. »Ach Leo, du kennst ihn nicht! Er wird einer Adoption sofort zustimmen, dann ist er die Kinder endlich los! Er kann so hart sein und es zählen nur die eigenen Interessen.«

Diana beginnt Tränen aus ihren Augen zu wischen. »Aber, ich muss es auch den Kindern sagen. Was meinst du? Sie müssen doch wissen, was mit ihnen geschehen soll!«

»Also, ich würde damit noch etwas warten. Zumindest so lange, bis du etwas mehr weißt. Übrigens habe ich hier die Telefonnummer von der Jugendamtsdame. Sie meinte, dass du sie möglichst bald anrufen solltest, weil es eben sehr dringend sei und Adoptionsverfahren sich normalerweise über Jahre hinziehen. Deine Eltern, denke ich, solltest du gelegentlich auch verständigen.«

Sie nickt nur und wimmert leise vor sich hin. Sabine ruft nach ihrer Mutter, weil sie eine besonders schöne

Schnecke entdeckt hat. Hastig wischt sich Diana übers Gesicht und blickt bittend Leo an.

»Bin schon unterwegs«, antwortet dieser im Aufstehen.

Ausgiebig bewundert er das Kriechtier und gibt damit Diana Zeit, sich zu beruhigen. Endlich kommt auch die Mutter zu dem interessanten Fund und lobt ihre Tochter, weil sie so vorsichtig mit dem Tier umgeht.

Moritz fährt weiter auf seinem Bobbycar im hinteren Teil des Gartens, als Leo einen Vorschlag unterbreitet.

»Was meint ihr, gehen wir in den Park spazieren und dann sehen wir einfach mal nach, ob es vielleicht ein Eis gibt? Eure Mama kann sich einstweilen etwas ausruhen.«

Natürlich sind die Kinder sofort einverstanden und von Diana bekommt er einen dankbaren Blick zugeworfen.

Sehr einfühlsam hört sich Frau Lerchenauer den Bericht am Telefon an und sie vereinbaren gleich für den nächsten Nachmittag einen Termin, bei Diana zu Hause.

Mit bangem Herzen wählt Diana anschließend die Nummer ihrer Eltern.

Die Mutter reagiert zutiefst schockiert über die Nachricht und beginnt sofort Auswege oder Möglichkeiten für Operationen zu suchen. Sie wüsste eine Adresse von einem guten Arzt und ...

Diana unterbricht den Redeschwall und stellt klar: «Mama, vergiss das alles. Es gibt keine Hilfe mehr. Ich bin gerade dabei, mich damit abzufinden, aber die Kinder bereiten mir eben große Sorgen. Was soll denn nur aus denen werden? Ich habe doch niemanden!«

»Meine Güte, natürlich. Ja, die werden dann wohl in ein Heim müssen, weil der Vater wird sie nicht nehmen.«

Jetzt beginnt auch die Mutter in das Telefon zu weinen.

Zwar hatte Diana schon so etwas erwartet, trotzdem ist sie richtig enttäuscht, dass nicht einmal die Möglichkeit angedacht wird, die Kinder vielleicht bei Oma und Opa unterzubringen. Verzweifelt unternimmt sie dennoch einen Versuch.

»Könntet ihr euch vielleicht vorstellen, die beiden vorübergehend aufzunehmen, zumindest so lange, bis Adoptiv- oder Pflegeeltern gefunden wären. Was meinst du?«

»Aber mein Schatz, du weißt doch, dass wir mit Kindern nicht viel anzufangen wissen. Außerdem sind wir dafür auch schon zu alt. Sie können bestimmt solange auch in einem Heim aushalten, bis jemand für sie gefunden wird.«

Diese Worte bringen Diana beinahe um. Weinend und schimpfend stellt sie das Telefon wieder ab und nimmt ihr Gesicht zwischen die Hände. »Und das sollen Großeltern sein!«, schreit sie laut in den Raum. Voller Wut ist sie fest entschlossen, kein Wort mehr mit ihren Eltern zu reden.

Bitter enttäuscht legt sie sich schluchzend in ihrem Schlafzimmer auf das Bett. Hart und grausam werden ihre Gedanken gegenüber ihren Eltern und der ganzen Welt. Warum nur sie? Es gäbe genügend andere, die nicht so sehr fehlen würden!

Mit der Zeit wird sie wieder etwas ruhiger und beschließt, ab sofort nüchtern und überlegt an die Sache heranzugehen. Nicht aus der Bahn werfen lassen und einfach nach vorne schauen! Doch sofort zeigt ihr der Blick nach vorne das erschreckende Ausmaß. Dennoch will sie um jeden Preis bei kühlem Verstand bleiben und, solange es möglich sein wird, das Unausweichliche selber kontrollieren.

Mit neuem Mut steht sie auf und wäscht sich das Gesicht. Voller Tatendrang setzt sie sich an ihren Computer und beginnt mit Recherchen über Adoptionen und Pflegeeltern. Zwar zeigen sich die Ergebnisse recht ernüchternd, vor allem, weil die Zeit so drängt. Dennoch ist sie jetzt etwas beruhigter und zuversichtlicher. Es gibt immerhin auch positive Nachrichten darüber zu lesen. Nun will sie sich auf den Besuch von Frau Lerchenauer vorbereiten. Schließlich möchte sie nicht an möglichen Verzögerungen schuld tragen. Familienstammbuch und alle Gesundheits- und Untersuchungsberichte für die Kinder legt sie bereit. Da fällt ihr ein, dass sie ja unbedingt noch die Zustimmung des Vaters benötigt! Schweren Herzens greift sie wieder zum Telefon und versucht ihn zu erreichen. Es meldet sich aber nur der Anrufbeantworter. Nein, darauf will sie nichts sprechen. Er kennt ja ihre Nummer!

Nach dem Abendessen bringen sie gemeinsam die Kinder zu Bett und setzen sich anschließend wieder bei Leo im Wohnzimmer zusammen, um sich weiter zu beratschlagen.

»Also mit der Frau Lerchenauer muss ich dir recht geben, die ist wirklich sehr freundlich und erweckt auch einen recht bemühten und kompetenten Eindruck. Sie will morgen am Nachmittag vorbeikommen und mit mir reden. Außerdem möchte sie die Kinder kennenlernen, damit sie sich einen eigenen Eindruck von ihnen verschaffen kann. Ich weiß bloß nicht, ob wir uns dann offen unterhalten können, wenn die beiden dabei sitzen. Das wird schwierig werden. Übrigens meine Mutter hat vorgeschlagen, die Kinder zumindest so lange in ein Heim zu geben, bis Pflege- oder Adoptiveltern gefunden werden. Sie können sie jedenfalls nicht nehmen. Für mich sind die beiden gestorben! Da würde man sie einmal im Leben wirklich dringend brauchen, dann kommen sie mit billigen Ausreden!«, würgt sie wütend heraus.

»Naja, aber damit hattest du doch schon vorher gerechnet. Jetzt hast du lediglich die Bestätigung dafür erhalten. Schlimm finde ich es trotzdem.«

Er blickt Diana über den Tisch hinweg an und meint: »Morgen könnte ja auch ich mich um die beiden kümmern und mit ihnen im Garten spielen. Dabei kann die Sachbearbeiterin die Kinder in Ruhe beobachten. Was meinst du dazu?«

»Aber Leo, ich möchte dich nicht immer mehr in unsere Probleme mit hineinziehen. Du hilfst doch sowieso schon, wo es geht und kannst nicht deine ganze Zeit für uns opfern.«

Vehement wehrt er sofort ab. »Diana, glaubst du wirklich, ich könnte hier den Unbeteiligten spielen und euch einfach hängen lassen. Nein, dafür habe ich mich schon viel zu sehr an euch gewöhnt und ihr seid mir auch richtig ans Herz gewachsen. Selbstverständlich stehe ich zur Verfügung und helfe.«

»Ach du«, wimmert Diana leise, »ich weiß gar nicht, was ich sagen soll. Immer bist du zur Stelle und wir können es dir überhaupt nicht danken!«

»Jetzt ist aber Schluss damit. Wir werden es morgen so machen und wenn sie mit den Kindern sprechen will, kann sie es ja tun. Anschließend verschwinden sie eben wieder in den Garten. Na ja, vielleicht hat das Jugendamt doch noch irgendeinen Trumpf in der Hinterhand. Hoffen wir einfach mal!«

Diana will sich nochmals bedanken, aber Leo wehrt erneut ab und so verabschieden sie sich für die Nacht.

12 Sorge um die Kinder

»Das Wichtigste für mich ist, dass die Kinder zusammenbleiben können. Eine Trennung würde den Kleinen sicherlich sehr stark schaden. Es geht dabei gar nicht so sehr um die Frage, ob es sich um Pflege- oder Adoptiveltern handeln würde. Hauptsache sie können beieinander bleiben!«

Diana reagiert auf die Frage von Frau Lerchenauer, ob sie sich auch eine Trennung der Kinder vorstellen könnte verärgert und entsetzt. Einer Trennung würde sie niemals zustimmen. Aber sogleich platzt ihr die Erkenntnis dazwischen, dass in ein paar Wochen niemand mehr danach fragen würde! Schlagartig beginnt ihr Herz wieder zu rasen und eine eisige Kälte steigt von den Füßen langsam zur Brust herauf. Sie droht ohnmächtig zu werden. Vorsichtig lehnt sie sich zurück und schließt ihre Augen.

„Ist Ihnen nicht gut?"

„Doch, doch, es geht schon wieder. Wissen Sie, die Vorstellung, dass ...." Weinend und heftig schluchzend greift sich Diana an die Brust.

»Gut Frau Hartmann, glauben Sie mir, das ist auch unser oberstes Anliegen, aber manchmal kann es durchaus vernünftiger sein, wenn wenigstens ein Kind in eine gute Familie kommt. Aber wir werden alles daran setzen, das die beiden nicht getrennt werden.«

Erleichtert atmet Diana auf und fasst neue Hoffnung.

»Wie Sie ja bereits wissen, dauern Adoptionsverfahren manchmal Jahre. Deshalb würde ich Pflegeeltern vorziehen, weil dieses Verfahren nicht so viel Zeit in Anspruch nimmt. Es gibt da auch eine Liste von Familien, die sich um Pflegekinder bemühen. Allerdings muss man dort auch vorsichtig sein, denn diese Familien bekommen eine finanzielle Entschädigung dafür, dass sie Kinder in Pflege nehmen. Eine genaue Prüfung bleibt deshalb auch hier unerlässlich. Jedenfalls werde ich versuchen, in beide Richtungen zu recherchieren.«

»Was kann ich dazu beitragen, dass es möglichst schnell geht? Ich würde die zukünftigen Eltern noch gerne kennenlernen oder ist so etwas nicht möglich?«

»Doch, natürlich! Ich kann aber nicht garantieren, dass wir es rechtzeitig schaffen. Es hängt allein von Ihnen ab, wie lange Sie durchhalten.«

Verstehend nickt Diana mit dem Kopf und wischt sich eine kleine Träne aus dem Auge.

»Ich bin ja so dankbar, dass ich an Sie geraten bin und Sie mich so unterstützen. Sehen Sie, da draußen im Garten, da spielen die Kinder. Sie wissen noch von nichts und ich möchte es ihnen auch noch nicht erzählen. Das Mädchen heißt Sabine und geht in die zweite Klasse. Ja, und der Bub, das ist der Moritz, der geht in den Kindergarten. Er wird wohl die größeren Probleme mit neuen Eltern bekommen. Eigentlich hängt er ja sehr an seinem Vater und freut sich jedes Mal riesig, wenn er ihn sieht. Allerdings ist er dann auch immer sehr enttäuscht, weil dieser ihn nahezu ignoriert. Sabine dagegen hat einen recht nüchternen Charakter und versteht auch schon etwas besser. Schmerzen wird es sie aber bestimmt auch.«

Dianas Herz verkrampft sich bei ihren Worten und sie kann die Tränen nicht mehr zurückhalten. Voller Angst und Schmerz weint sie einfach darauf los.

Aufmerksam beobachtet die Frau vom Jugendamt die beiden Kinder.

»Wer ist denn der Herr da draußen bei den Kindern? Ist das etwa Ihr Vater?«

Diana hat sich wieder etwas gefasst. »Nein, hier handelt es sich um Herrn Mitterndörfer, unseren Vermieter. Wissen Sie, wir leben in so einer Art Wohngemeinschaft. Die Kinder und ich wohnen oben und er hier unten.« Dabei zeigt Diana Richtung Leos Wohnzimmertür. »Die Küche und den Garten nutzen wir gemeinsam. Meist kochen und essen wir auch miteinander. Leo, wie wir ihn nennen dürfen, ist eine Seele von Mensch und die Kinder sehen ihn ihm so etwas wie einen Großvater. Er unterstützt uns sehr!«

»Aha«, lässt Frau Lerchenauer interessiert hören, »aber nichts weiter, oder? Verzeihen Sie, wenn ich so neugierig frage, aber ich will nur ein möglichst komplettes Bild bekommen.«

»Nein, nichts weiter, und es stand auch nie zur Diskussion«, antwortet Diana in einem Ton, aus dem die erfahrene Sachbearbeiterin ein leichtes Bedauern zu hören glaubt.

»Gut, die Kinder sind soweit gesund?«

»Ja, allerdings kämpft Moritz mit einer kleinen Sprechschwäche. Er stottert leicht und besucht deshalb auch regelmäßig eine Therapie bei einer Logopädin. Sehen Sie, hier haben wir alle Unterlagen.« Diana reicht das Untersuchungsheft von Moritz über den Tisch.

»Oh, das erschwert die ganze Sache aber zusätzlich. Behinderte Kinder will, ehrlich gesagt, fast niemand. Da könnten wir erfahrungsgemäß Probleme bekommen. Aber trotzdem werde ich jedenfalls alles versuchen!«

»Moritz ist doch nicht behindert, nur weil er ein wenig stottert! Die Therapeutin sagt auch, dass das durchaus einmal verschwinden kann.« Diana ist schockiert.

»Ja, Frau Hartmann, wir beide wissen das sehr wohl, aber diejenigen, auf die es ankommt, sind häufig sehr wählerisch. Sie wollen nur Kinder, mit denen sie keinerlei Probleme bekommen werden. Am liebsten nur Designer-Kinder mit einem möglichst hohen IQ! Aber lassen Sie sich jetzt nicht irritieren, es gibt auch andere Menschen und ich werde alles daran setzen, solche zu finden. Ich melde mich morgen, spätestens übermorgen, bei Ihnen«, verspricht sie noch und verabschiedet sich.

Hoffnungsvoll und gleichzeitig niedergeschlagen bleibt Diana zurück. Die Worte bezüglich des Stotterns schwingen immer noch nach und sie kann nicht verstehen, dass so etwas ein Problem darstellen sollte.

Nachdenklich kehrt Diana in die Küche zurück. Sie will schon mal das Abendessen vorbereiten, solange die Kinder und Leo noch draußen spielen.

»Was wird, wenn die Zeit nicht mehr reicht? Nein, das darf auf keinen Fall passieren. Ich muss eben durchhalten, bis wir jemanden gefunden haben! So schwer kann das doch gar nicht sein«, seufzt sie verzweifelt vor sich hin.

Kaum keimt etwas Hoffnung auf, wird sie schon wieder erschüttert. Die Fakten sind einfach zu erdrückend.

Wieder einmal versucht sie sich zu ermuntern und in Stimmung zu bringen, damit die Kinder von ihrem Seelenzustand nichts mitbekommen. Während des Essens erzählt Sabine aufgeregt von einer Schulfreundin die sie zu ihrem Geburtstag eingeladen hat. Moritz dagegen verhält sich ungewöhnlich still und isst nur spärlich.

»Moritz, was ist? Schmeckt es dir nicht?«

»D-Doch, aber M-Mo-Moritz schl-schlimme G-G-Ge-Gedanken«, stottert der Bub.

Diana wechselt schnell einen Blick mit Leo. Der zuckt nur mit den Schultern, um zu zeigen, dass er von nichts weiß.

Daraufhin nimmt sie Moritz auf ihren Schoß. »Was sind denn das für Gedanken?«, möchte sie von ihm wissen.

»I-Ich k-k-kann nicht s-s-sagen. Ist s-so schw-schwierig«, antwortet das Kind langsam.

»Na gut, dann essen wir jetzt eben noch eine Kleinigkeit und dann spielen wir noch mit den Würfeln. In Ordnung?«

Freudig antwortet Moritz: »Ja, e-ein Sp-Spiel. M-Moritz gew-winnt!«

Froh, dass es sich wohl doch nicht so schlimm mit den Gedanken verhält, räumt sie nach dem Essen den Tisch ab und baut anschließend ein Würfelspiel auf.

Leo hat sich verabschiedet. Er will ein paar Bekannte treffen.

Nervös erwartet Diana den Besuch. Frau Lerchenauer hat es tatsächlich geschafft, bereits knapp zwei Wochen nach ihrem ersten Gespräch interessierte Pflegeeltern zu finden. Nun wollen sich beide Parteien kennenlernen und die Interessenten möchten vor allem die beiden Kinder sehen.

Sie hat den Ablauf so geplant, dass die Kinder erst etwas später dazu kommen sollen. Zunächst möchte sie einen Eindruck von den Kandidaten gewinnen.

Leo will nicht dabei sein, obwohl Diana ihn gebeten hatte. Sein Urteil wäre ihr wichtig, aber er meinte, es müsse ganz allein ihre Entscheidung werden und er wolle sie auf gar keinen Fall dabei beeinflussen.

Frau Lerchenauer hatte die Kandidaten mit dem Hinweis angekündigt, dass es sich um ein älteres kinderloses Ehepaar handeln würde. Den Tipp hätte sie vom Familiengericht bekommen und sie hätten dort einen recht positiven Eindruck hinterlassen.

Aufgeregt öffnet Diana die Tür, bittet den Besuch ins Esszimmer und serviert Kaffee und Kuchen.

Der Mann scheint um die fünfzig Jahre alt zu sein. Die Frau dagegen sieht noch etwas jünger aus. Beide erwecken einen sympathischen und körperlich fitten Eindruck.

Die Jugendamtssachbearbeiterin übernimmt die Moderation und stellt zunächst das Ehepaar Simbeck vor, bevor sie anschließend Dianas Situation schildert. Sichtlich betroffen nehmen die beiden die Tatsachen zur Kenntnis. Immerhin kommen sie aufgrund dieses Schicksals überhaupt erst mit in das Spiel.

Frau Lerchenauer möchte von den beiden auch gleich die Beweggründe für die Bewerbung als Pflegeeltern wissen.

»Na ja«, meint Herr Simbeck, »wissen Sie, wir haben keine eigenen Kinder. Der Wunsch danach kam uns beiden leider etwas zu spät. Wir sind viel gereist und haben das Leben genossen. Jetzt, mit zunehmendem Alter merken wir erst, was uns dabei entgangen ist. Bekannte von uns freuen sich bereits als Großeltern über mehrere Enkelkinder! Da sind wir eben ins Grübeln gekommen, wie es einmal weitergehen soll, wenn wir alt und gebrechlich werden und wer einmal unser Erbe antreten wird. Wir besitzen ein nettes Häuschen mit einem schönen Garten am Ammersee und arm sind wir auch nicht. Also für die Kinder wäre somit auch für die Zukunft gesorgt!«

Diana nickt. Es scheint ganz gut zu verlaufen.

»Was denken Sie, dass Sie von den Kindern erwarten?«, stellt Frau Lerchenauer die nächste Frage.

»Natürlich müssen die Kinder gesund und eine halbwegs gute Erziehung besitzen. Außerdem stellen wir uns vor, dass sie sich später, falls es erforderlich werden sollte, auch um uns kümmern sollten. Wie eben eigene Kinder«, antwortet diesmal die Frau.

»Aber warum stellen Sie dann keinen Antrag auf Adoption, wenn Sie doch im Grunde eigene Kinder bekommen möchten?«

Die erfahrene Sachbearbeiterin glaubt hier einen Schwachpunkt zu erkennen.

»Nun«, antwortet jetzt wieder Herr Simbeck, »so eine Prozedur dauert ja recht lange und kann dann später auch kaum noch widerrufen werden. Es könnte doch sein, dass man nach einiger Zeit Probleme feststellt. Sei es, dass es uns zu viel wird, oder dass die Kinder eben nicht mit uns zurechtkommen. Da ist so eine Pflegschaft schon einfacher wieder abzugeben.«

»Also«, mischt sich erstmals Diana in das Gespräch ein, »Sie möchten die Kinder erst einmal für ein paar Monate auf Probe haben, um sie dann, wenn sie Ihnen doch nicht gefallen, einfach wieder zurückzugeben. Also, das ist ja das Allerletzte!« Bei den letzten Worten ist sie etwas laut geworden, sodass sich Frau Lerchenauer sofort an sie wendet.

»Bitte, bleiben Sie ruhig.«

Leicht verärgert wendet sie sich dann wieder an das Ehepaar Simbeck. »Frau Hartmann hat es jetzt sicherlich etwas überspitzt ausgedrückt, aber auch ich habe sie so verstanden, dass sie eine vorzeitige Rückgabe nach einer gewissen Zeit durchaus in Erwägung ziehen. Ist das richtig so?«, bohrt sie etwas angesäuert nach.

»Ja, Sie müssen uns schon auch verstehen«, antwortet die Frau mit einem leichten Lächeln. »Wir wollen uns doch das Leben wegen der Kinder nicht kaputt machen. Nein, wir möchten es gerne mit ihnen teilen! Wenn sich aber herausstellen sollte, dass wir es eben nicht schaffen, muss eine Beendigung des Verhältnisses auch möglich sein. Ebenso könnte doch einer von uns krank werden! Dann die beiden Kleinen, wer soll sich denn dann um sie kümmern?«

Diana schüttelt nur noch den Kopf und beginnt leise zu weinen.

Die Sachbearbeiterin erhebt sich. »Also gut, ich denke, Ihr Bemühen um diese Kinder hat sich erledigt. Wir suchen nämlich jemanden, der die Kinder möglichst bis zur Volljährigkeit betreuen möchte.«

Erleichtert atmet Diana auf und erhebt sich ebenfalls.

»Aber Sie können uns doch nicht einfach so ablehnen, wir haben die Kinder doch noch gar nicht gesehen!«

Erbost erheben sich jetzt auch die beiden Besucher von den Stühlen.

»Das ist sicher auch nicht mehr nötig! Bitte kommen Sie mit.«

Frau Lerchenauer geleitet das Ehepaar zur Haustür, während Diana weinend an die Terrassentür geht und in den Garten hinaus blickt.

»Ich wollte das ganz bewusst nicht schon vorher alles abklären, damit Sie selber sehen, wie es gehen kann. Es tut mir schrecklich leid, aber wir werden mit noch mehr ähnlichen Fällen rechnen müssen. Zum Glück habe ich noch einige Adressen.«

Diana dreht sich zu der Sachbearbeiterin um und blickt sie mit traurigen Augen an. »Dabei machten sie doch einen recht guten Eindruck. Aber dann!«

»Beim nächsten Paar werde ich mich vorher schon näher erkundigen. Noch einmal müssen Sie so etwas hoffentlich nicht mehr erleben!«

Damit verabschiedet sie sich und verspricht, sich bald wieder zu melden.

Diana geht nach oben und sieht, dass die Kinder in Sabines Zimmer miteinander spielen. Wehmütig nimmt sie die beiden in die Arme und küsst sie sanft auf die Wangen. >Wie soll das bloß einmal werden?<, sinniert sie vor sich hin, während sie, auf dem Boden sitzend, den beiden beim Spielen zusieht. Tränen drohen ihr erneut in die Augen zu steigen. Traurig und frustriert geht sie hinunter und setzt sich auf die Terrasse. Wolken verdecken die Sonne, aber die Luft fühlt sich noch angenehm warm an. Mit leerem Blick starrt sie in den Himmel, ohne die Wolken zu bemerken.

»Na, nicht gut gelaufen?«

Leo steht neben ihr mit einem Glas Wasser in der Hand. »Du siehst nicht gerade fröhlich aus.«

»Ach, vergiss es. Die wollten die Kinder erst einmal eine Zeit lang ausprobieren! Mit Rückgaberecht! Wenn das so weitergeht, sehe ich wirklich schwarz!«

»Es war aber jetzt erst der erste Versuch. Ich denke, mehr konntest du da auch nicht erwarten. Hoffen wir einfach auf bessere Kandidaten.«

»Bringst du uns jetzt immer zur Schule und in den Kindergarten?«, will Sabine am nächsten Morgen wissen, als Leo sich fertigmacht, um die beiden zu begleiten.

»Wenn ihr zwei das möchtet, kann ich das gerne tun«, antwortet er in der Hoffnung, dass die beiden zustimmen würden. Zudem könnte er sich so eine spätere Erklärung sparen.

»Hurra, Leo u-uns imm-mer in d-den K-Kinder-ga-garten«, jubelt Moritz gleich los.

»Das finde ich auch schön«, meint Sabine nüchtern.

»Na, dann wollen wir es doch so machen.«

Erfreut über die Zustimmung der Kinder blickt er zu Diana hinüber, die ihm einen dankbaren Blick zuwirft.

In den nächsten Tagen übernimmt Leo immer mehr Aufgaben. Er bringt Moritz zur Logopädin und hilft Sabine bei den Hausaufgaben. Gleichzeitig beobachtet er Diana aufmerksam. Dabei fällt ihm auf, dass sie sich öfter mal an den Bauch fasst und dann meist den Raum möglichst unauffällig verlässt. Größer werdende Sorgen um ihren Zustand drücken mittlerweile auch immer stärker auf seinen Gemütszustand.

Frau Lerchenauer hat sich angekündigt. Sie will mit Diana das weitere Vorgehen besprechen.

»Leo, bitte sei so nett und setz dich dazu. Du musst ja nichts sagen. Nur, dass ich nicht so allein da sitze. Weißt du, ich fühle mich heute nicht so besonders wohl.«

»Gut, wenn du möchtest. Die Kinder sind ja noch eine Weile weg. Mir ist aufgefallen, dass du dich öfters an den Bauch fasst? Hast du etwa Schmerzen? «

»Na ja, so direkt Schmerzen will ich es nicht nennen, mehr ein plötzliches Ziehen, als ob ich Wehen bekäme. Schlecht wird mir dabei auch manchmal. Ob das schon die ersten Anzeichen sind? Ach Leo, bitte lass es nicht jetzt schon losgehen!«

»Aber liebe Diana, um was bittest du mich da? Hier siehst du einen absolut machtlosen Menschen vor dir! Ich kann dir dabei nicht helfen, aber du solltest hernach zum Arzt gehen. Vielleicht liegt ja auch nur etwas Harmloses vor.«

Zwar glaubt er selber nicht so recht daran, aber er will ihr einfach wieder Mut machen.

»Heute habe ich ein paar Formulare mitgebracht, die müsste Herr Hartmann unbedingt ausfüllen und dann am besten selbst beim Familiengericht abgeben. Vermutlich wird man ihn dort noch persönlich befragen wollen. Haben Sie ihn eigentlich schon erreicht?«, wendet sich Frau Lerchenauer an Diana.

»Ja, ich habe ihm die Situation geschildert und er wollte mich heute oder Morgen zurückrufen. Er zeigte sich ziemlich schockiert und wusste gleich gar nichts zu sagen. Übrigens, das hier ist Herr Mitterndörfer, der mich momentan sehr stark unterstützt.« Dabei weist sie mit dem Arm in Richtung Leo, der Diana gegenüber an dem Tisch sitzt.

»Ah ja, das ist sehr nett von Ihnen, Herr Mitterndörfer.«

Die Frau und Leo erheben sich kurz und reichen sich die Hand.

»Die Kinder scheinen Sie ja auch recht gerne zu mögen. Neulich konnte ich Sie nämlich im Garten mit den beiden zusammen kurz beobachten.«

»Das stimmt«, wirft Diana ein, «sie sind ganz vernarrt in ihn und er versteht es aber auch sehr gut mit ihnen umzugehen. Er stellt für die beiden einen richtigen Freund dar.«

Leicht verlegen versucht Leo das Lob abzuwimmeln, aber Frau Lerchenauer nickt nur mit dem Kopf und sagt: »Ich sehe das durchaus auch so und es wird für die Kleinen zukünftig sehr wichtig, eine feste Bindung zu besitzen. Ja, es ist geradezu eine Notwendigkeit, dass sie sich an jemandem festhalten können. Dennoch müssen wir uns nach einer endgültigen Lösung umsehen!«

»Natürlich«, beeilt sich Leo das Gesagte zu bestätigen und wirft Diana einen kurzen Blick zu. Still sitzt sie da und sieht ihn mit einem seltsamen Ausdruck im Gesicht an. Ob sie von ihm enttäuscht ist? Aber er könnte die Kinder doch sowieso nicht behalten. Irgendwie beunruhigt ihn dieser Blick, den er nicht so recht zu deuten weiß.

»Gut, dann reden wir weiter. Ich habe übrigens auch noch etwas Hoffnung mitgebracht. Hier habe ich eine Adresse von einer Familie bekommen, die noch ein Kind zusätzlich zu ihrem eigenen adoptieren wollten. Die betroffene Mutter hat es sich aber im allerletzten Moment anders überlegt und ihr Kind lieber selber behalten. Nachdem aber das ganze Adoptionsverfahren bereits abgeschlossen war, könnten sie relativ schnell ein anderes Kind bekommen.«

»Aber wir ...«, will Diana den Redefluss unterbrechen, doch die Sachbearbeiterin spricht bereits weiter.

»Natürlich geht es hier um zwei Kinder, das weiß ich schon. Ich habe mich deshalb auch gleich mit der Familie in Verbindung gesetzt und sie wären durchaus bereit, auch ein Pärchen zu adoptieren. Dabei würde sie das kleine Handicap von Moritz überhaupt nicht stören. Gerne würden sie die beiden gleich übermorgen nachmittags kennenlernen. Könnten wir diesen Termin festmachen?«

»Ja, bestimmt. Sollen wir den beiden schon erzählen, worum es geht?«, fragt Diana nervös und mit zitternder Stimme. Sie fürchtet sich sehr vor diesem Gespräch, weil sie nicht weiß, wie sie anschließend die Kinder trösten könnte. Bestimmt wird es furchtbar schlimm werden.

»Nein, das würde ich nicht tun. Da kommen einfach nur Gäste, die auch ein Kind, übrigens einen Buben mit acht Jahren, dabei haben. Das andere kann, denke ich, noch etwas warten.

Diana freut sich über die bestehende Möglichkeit und gleichzeitig erfüllt sie eine unendliche Traurigkeit, wenn sie daran denkt, dass sie dabei ist, ihre Kinder wegzugeben.

Als sie dann von ihren Beschwerden erzählt und erwähnt, dass sie sich anschließend gleich ärztlich untersuchen lassen will, erschrickt die Sachbearbeiterin sichtlich.

»Oh, fängt es jetzt schon an! Da bleibt uns aber wirklich nicht mehr viel Zeit. Ich wünsche Ihnen, dass wirklich nur ein Magendrücken oder so vorliegt. Vielleicht liegt die Ursache aber auch im psychischen Bereich. Das kann sehr leicht sein, bei dem was Sie momentan alles durchmachen müssen.«

Die Sachbearbeiterin verabschiedet sich und Diana bedankt sich bei ihr für ihre Bemühungen.

»Was meinst du Leo, das hat sich doch gar nicht so schlecht angehört?« Sie sitzen wieder am Tisch und diskutieren über das Gehörte.

»Ja, vor allem wissen die über alles Bescheid und machen auch wegen Moritz kein großes Geschrei. Ich finde, dass es sicher eine gute Lösung wäre, wenn sich tatsächlich alles so herausstellen sollte, wie wir es uns vorstellen.«

Zwar gibt er sich hoffnungsvoll, aber er kann ein gewisses Misstrauen nicht unterdrücken. Ihm erscheint alles einfach zu positiv.

»Übermorgen wissen wir sicher mehr. Das Alter des Jungen würde auch optimal passen. Es sieht alles beinahe zu schön aus!«

»Ach Leo, ich schäme mich wirklich dafür, dass ich so ruhig und besonnen darüber reden kann, wo ich drauf und dran bin, meine Allerliebsten herzugeben! Aber es scheint die Vernunft zu sein, die sich einfach durchsetzt, wenn es um das Wohl der Kinder geht. Ich gehe jetzt aber erst mal beim Arzt vorbei und lasse mich untersuchen. Weißt du, die Frau Lerchenauer hat ja vielleicht recht mit der Annahme, dass ich momentan psychisch überlastet bin. Hoffen wir jedenfalls mal das Beste.« Behutsam steht sie auf und geht nach oben in ihre Wohnung.

Auch Leo erhebt sich. Er will auf den Weg zum Kindergarten noch ein paar Einkäufe tätigen. Am Nachmittag, so hat er den beiden versprochen, wird er mit ihnen im Park Fußball spielen. Ihm gefällt der Eifer, mit dem sich die beiden immer engagieren und ihm selber schadet die Bewegung auch nicht.

Freudig kommt ihm der Junge entgegengelaufen, als er an der Eingangstür erscheint. »Hallo Moritz, bist du etwa schon fertig?«, begrüßt ihn Leo mit einer Umarmung.

»Ja, n-nein, g-g-gleich«, bringt der Kleine hektisch hervor, »n-nur n-noch Sch-Schuhe und Ja-Jacke. D-Dann b-bin ich fer-t-tig.«

Als Leo mit den Kindern zu Hause ankommt, riecht es bereits nach Essen. Diana steht in der Küche und begrüßt die drei.

»Heute gibt es wieder einmal Spaghetti mit Fleischso-
ße.«

Die Kinder jubeln los. Spaghetti gehören zu den Lieb-
lingsspeisen der beiden.

Nachdem Leo die Einkäufe verstaut hat, sieht er Diana
fragend an.

»Der Arzt hat mir ein paar Stimmungsaufheller gegeben. Er denkt auch, dass es von den Symptomen her,
eher psychische Ursachen hat.«

»Was ist *Symptomen?*«, will Sabine sofort das aufge-
schnappte Wort erklärt wissen.

Diana muss lachen. »Ach, Sabine, das sagt man einfach, wenn man klug daher reden will. So wie sich etwas
zeigt oder wie etwas aussieht und sich verhält, könnte
man genauso gut sagen.«

Das Mädchen gibt sich damit zufrieden. Ihre Mutter
aber beschließt, mit solchen Äußerungen vorsichtiger zu
sein, damit sich die Kinder nicht auch noch Sorgen machen oder gar Angst bekommen!

13 Neue Hoffnung

»Familie Groß mit dem kleinen Bruno«, stellt Frau Lerchenauer den Besuch, den sie mitgebracht hat, vor. Angespannt begrüßt Diana die drei und bittet sie ins Esszimmer.

»Bitte nehmen Sie doch Platz, Kaffee kommt auch gleich«.

Geschäftig hantiert Diana in der Küche und versucht damit ihre Nervosität in den Griff zu bekommen. Während sie den Kaffee bringt, beobachtet sie Sabine und Bruno, die bereits auf dem Weg zum Garten sind. Vorsichtig stellt sie den Kaffee ab und geht zu den beiden Kindern, die versuchen die Terrassentür zu öffnen.

»Wartet, ich helfe euch. Na, ihr versteht euch wohl schon ganz gut?«

»Ja, Bruno will unser tolles Baumhaus sehen«, erklärt das Mädchen eifrig.

Moritz sitzt am Tisch und wartet, dass er ein Stück Kuchen bekommt. Das ist ihm jetzt wichtiger als der Besuch.

»Also der Bruno und die Sabine haben sich gesehen und sofort verstanden«, freut sich Frau Groß, »sie dürfen schon alleine draußen spielen, oder?«

»Ja natürlich, es befindet sich nichts Gefährliches in unserem Garten, was aber nicht heißt, dass es nicht doch hin und wieder ein paar Schrammen gibt«, lacht Diana nervös.

Nach einer viertel Stunde allgemeiner Unterhaltung möchte Frau Lerchenauer auf den eigentlichen Grund des Besuchs zu sprechen kommen.

»Moritz, möchtest du nicht auch in den Garten gehen?«.

Der Bub blickt seine Mutter an und als diese nickt und meint: »Geh´ nur, ich komm dann später auch noch«, läuft er ebenfalls hinaus, um sich mit der Schaukel vergnügen.

»Na, wie lautet Ihr erster Eindruck von den Kindern?«, wendet sie sich an das Ehepaar Groß.

»Ich bin ehrlich gesagt, richtig begeistert! Offensichtlich verstehen sich die Kinder auch und das ist ja doch das Wichtigere«, antwortet die Frau voller Enthusiasmus.

»Ja, ich sehe das genauso«, mischt sich jetzt auch Herr Groß ein. »Wenn das klappen würde, wären wir wirklich sehr glücklich.«

Verlegen blickt er zu Diana hin. »Bitte verstehen Sie uns nicht falsch, wir wollen Ihnen die beiden nicht wegnehmen. Aber so wie die Situation nun mal ist, wäre wohl beiden Seiten geholfen.«

Dianas Blick geht hinaus in den Garten. Tränen rollen ihr über die Wangen und sie nickt langsam mit ihrem Kopf.

»Ja, natürlich, Sie haben schon recht und es wäre wirklich gut, wenn alles klappen würde«, bringt sie mit verkrampftem Herzen heraus und beginnt nach den letzten Worten, wieder hemmungslos zu weinen.

Betroffen blickt das Ehepaar die Dame vom Jugendamt an.

Diese fasst Dianas Hand und redet beruhigend auf sie ein. »Ich verstehe sehr gut, dass es Ihnen fürchterliche Schmerzen bereitet. Wir werden mit der Übergabe auf jeden Fall bis zuletzt warten. Die Kinder sollten sich aber gelegentlich sehen, damit sie sich aneinander gewöhnen können. Ich werde meine Stellungnahme gleich morgen beim Gericht vorlegen und mit dem zuständigen Richter sprechen. Vielleicht geht ja auch einmal etwas unkompliziert. Alle notwendigen Daten und Unterlagen liegen ja bereits vor.«

Sie packt ihre Sachen in eine Mappe und meint: »Ich möchte Sie jetzt einfach allein lassen, damit Sie sich noch etwas beschnuppern können und ich gehe gleich an die Arbeit. Denken Sie bitte daran, ihre Telefonnummern auszutauschen, damit Sie Kontakt halten können. Gleich nach dem Gerichtstermin werde ich Sie alle informieren. Also, noch gute Unterhaltung.«

Nachdem die Sachbearbeiterin das Haus verlassen hat, kommt die Unterhaltung nahezu zum Erliegen.

Herr Groß fasst sich ein Herz und beginnt davon zu erzählen, in welcher Umgebung die Kinder aufwachsen würden.

»Der Schulwechsel von Sabine wird sicher keine große Sache werden und auch für Moritz gibt es bei uns einen Platz im örtlichen Kindergarten. Unsere Gemeinde freut sich über jedes Kind, das neu hinzukommt. Die Nähe zu München bietet alle Möglichkeiten. Wir werden auf jeden Fall sehr auf eine gute Schul- und später auch Ausbildung achten. Sie können sich auf uns verlassen! Wir werden dafür sorgen, dass es Ihren Kindern gut gehen wird!« Aufmunternd blickt er Diana an.

»Danke, dass Sie sich so bemühen«, bringt sie weinend hervor. »Bitte entschuldigen Sie, aber es bricht mir das Herz. Trotzdem freue ich mich für die Kinder, auch wenn ich es momentan ganz schrecklich finde.«

Am Abend, als die Kinder im Bett sind, berichtet Diana Leo vom heutigen Nachmittag.

»Schade, dass du nicht dabei warst. Die Unterhaltung mit der Familie Groß war wirklich sehr interessant und die Leute erwecken einen echt positiven Eindruck. Aber ich kann dich ja verstehen. Außerdem hilfst du uns ja sowieso schon, wo es nur geht!«

Allein in seinem Wohnzimmer sitzend, überdenkt er die ganze Situation von seiner Seite aus zum wiederholten Male. Die Hartmanns, wie er sie gerne liebevoll nennt, haben wirklich neues Leben in das Haus gebracht. Der Garten wird endlich wieder so genutzt, wie er geplant worden war. Die Kinder sind ihm mittlerweile so ans Herz gewachsen, dass es ihn mehr freut, als stört, wenn einmal Kindergeschrei oder Herumgetrample von oben zu hören ist. Seine Depression ist komplett verschwunden und er benötigt schon lange keine Medikamente mehr.

Sinnierend sitzt er in seinem Sessel und bei dem Gedanken, dass demnächst das alles wieder vorbei sein soll, stockt ihm das Herz. Wie wird es werden, wenn im Haus wieder alles still ist, so wie vor knapp drei Jahren? Wehmütig denkt er an die Kinder, wie sie ungestüm im Garten herumgetobt, und wie gerne sie mit ihm im angrenzenden Park Fußball gespielt haben.

Frustriert schenkt er sich ein Glas von seinem Lieblingsrotwein ein und hält es gedankenverloren gegen das Licht, um die Farbe des Weines zu betrachten.

Während er weiter grübelt, wird ihm immer klarer, dass er nicht nur an den Kindern hängt, sondern dass er auch ihre Mutter nicht mehr vermissen möchte. Bisher war ihm gar nicht so bewusst gewesen, wie sehr sie ihm fehlen wird. »Ja, wir sind eine richtige Familie geworden«, brummelt er vor sich hin.

Die altbekannte dunkle und kalte Angst kriecht unaufhaltsam in ihm hoch. Genauso wie damals! Nachdem Mathilde beerdigt war, waren seine Kinder noch ein paar Tage bei ihm geblieben, um ihn zu stützen. Bald danach, als er sich plötzlich allein in dem großen Haus wiedergefunden hatte, war diese Angst über ihn gekommen und hatte ihn nicht mehr losgelassen. Natürlich versuchte er sich mit allem Möglichen abzulenken, aber abends, wenn er allein vor dem Fernseher saß, kam sie immer wieder zurück! Tabletten haben ihm dabei geholfen, ein halbwegs normales Leben führen zu können. Mit dem Einzug Dianas und der Kinder war schlagartig wieder Freude in sein Leben gekommen und er fühlte sich beinahe so jung und froh, wie zu Mathildes Zeiten.

Mutlos und niedergeschlagen begibt er sich zu Bett. Schlaf will sich jedoch nicht einstellen. Immer wieder erscheint ein Bild, wie er die Kinder an der Haustüre an fremde Menschen übergibt. Wer weiß, ob die Kinder überhaupt freiwillig mitgehen werden? Er kann sie doch nicht gewaltsam hinauswerfen! Leo wälzt sich von einer Seite auf die andere.

Irgendwann in der Nacht steht er auf und geht in das Bad, um eine der alten Tabletten zu schlucken, deren Verfallsdatum sicher schon längst abgelaufen ist. Im Halbdunkel und mit verschlafenen Augen schluckt er die Pille und trinkt dazu einen Schluck Wasser, direkt aus dem Hahn.

Geschirrgeklapper und Stimmen aus dem Esszimmer wecken ihn. Verstört blickt er auf die Uhr und bemerkt, dass es ja schon beinahe Zeit ist, die Kinder wegzubringen. Eilig zieht er sich seinen Morgenmantel über und schlürft in das Esszimmer hinaus, wo ihn seine Mitbewohner lachend begrüßen.

»Guten Morgen Leo, du hast doch nicht etwa verschlafen?«, stichelt Diana. »Aber macht nichts, setz dich einfach her zum Frühstück. Heute bringe ich die Kinder weg, dann kannst du dir Zeit lassen.«

Die beiden Kinder kichern und tuscheln miteinander. So verschlafen und mit zu Berge stehenden Haaren haben sie Leo noch nie gesehen.

»Guten Morgen«, bringt er ebenfalls lächelnd hervor. »Das ist gut, ich komme gleich. Ein bisschen restaurieren muss ich mich aber schon erst.« Schmunzelnd verschwindet er wieder in seinem Wohnzimmer, um nach wenigen Minuten und zumindest gekämmt wieder zu erscheinen. Heute hat er sich besonders beeilt denn er möchte möglichst noch jede Minute, die sie gemeinsam verbringen dürfen, nutzen.

Im Bad, als er die Tablettenpackung aufräumte, fiel ihm auf, dass er in der Nacht statt der Antidepressiva eine Valiumtablette erwischt hatte.

»L-Leo h-hat v-v-ver-sch-schlafen«, stänkert Moritz grinsend, während sich der Verspottete zu ihm an den Tisch setzt und ihm liebevoll über den Kopf streichelt.

Das Mädchen räumt bereits ihr Geschirr weg und Diana holt Sabines Schulranzen und die Brotzeittasche für Moritz herunter.

»Ja, heute habe ich tatsächlich verschlafen«, gibt er zu und schenkt sich Kaffee ein. »Kommt aber bestimmt nicht mehr vor!«, verspricht er künstlich zerknirscht.

»Aber das ist doch nicht schlimm«, meldet sich jetzt das Mädchen zu Wort, »unsere Mama ist schließlich auch noch da.«

Die Worte des unbedarften Kindes pressen ihm das Herz zusammen. >Arme Kinder, ihr habt ja keine Ahnung!<, denkt er bei sich.

»So ein Glück aber auch, denn auf mich könnt ihr euch wirklich nicht verlassen«. Lachend bringt er die Worte hervor, obwohl ihm innerlich zum Weinen ist.

Kurz darauf verabschieden sich die Kinder und drücken ihm noch einen Abschiedsschmatz auf die Wange. »Nimm's nicht so schwer«, meint Sabine recht altklug im Hinausgehen, »das kann ja schließlich jedem mal passieren.«

Wieder allein, beginnen die Gedanken sofort wieder um Diana und die Kleinen zu kreisen. Doch jetzt am Morgen kann er sich noch besser ablenken. Er versucht die Sache zum wieder einmal nüchtern zu betrachten. Dabei gewinnt er irgendwann die Einsicht, dass es tatsächlich die beste Lösung sein wird, wenn die Kinder bei der Familie Groß aufwachsen können. Zwar kennt er die Familie noch nicht persönlich, aber Diana hat ihm ausführlich berichtet. Wenn sich zudem die Kinder von Anfang an gut verstehen, dann kann es doch gar nichts Besseres geben! Vielleicht kann er die Kinder ja hin und wieder mal besuchen?

In seinem Inneren nagt dennoch diese Unzufriedenheit, die einfach nicht weichen will und eine seltsame Unruhe treibt ihn um. Bevor sich aber die Angst erneut in ihm ausbreiten kann, geht er ins Bad und bereitet sich für eine Joggingrunde vor. Heute will er wieder einmal die große Tour laufen.

Verschwitzt, aber guter Stimmung, kehrt er nach rund zwei Stunden zurück und freut sich schon auf eine ausgiebige Dusche.

Während er sich ankleidet, hört er, wie jemand die Haustüre betätigt. >Komisch<, überlegt er, >Diana ist doch in der Arbeit.<

Rasch zieht er den Morgenmantel über und will gerade den Hausgang betreten, als ihm Diana ziemlich aufgelöst entgegenkommt.

»Leo, ich muss ins Krankenhaus! Ich war gerade beim Arzt, weil ich in der vergangenen Nacht Blut erbrechen musste. Er meint, dass es sich möglicherweise aufgrund der Aufregung, nur um das bekannte Magenproblem handeln könnte. Aber er möchte es auf jeden Fall im Krankenhaus untersuchen lassen. Ich bin dort schon angemeldet und hoffe, dass ich bis zum Abend wieder hier bin. Hoffentlich kommt wirklich nichts anderes dabei heraus! Herr Arnstorfer weiß auch schon Bescheid.«

Bittend blickt sie auf Leo, der bisher nur zuhören konnte: »Leo, könntest du vielleicht ... ?«

Er lässt sie gar nicht erst ausreden und unterbricht ihren Redefluss: »Aber natürlich kümmere ich mich um die Kinder. Geh' du nur, ich drücke dir beide Daumen.«

Nur ein verweintes »Danke!« bringt Diana über ihre Lippen, bevor sie nach oben verschwindet.

»Ich bin dann fort«, hört er sie wenig später im Hausflur rufen. »Und nochmals Danke!«

Nachdenklich blickt er zum Fenster hinaus in den Garten. Sollte es tatsächlich jetzt losgehen. Was soll er den Kindern sagen, wenn Diana heute schon im Krankenhaus bleiben muss? Langsam beginnt er die Bürde, die er sich gerne und freiwillig auferlegt hat, zu spüren.

Kurzentschlossen zieht er sich an und marschiert los. Durch die Siedlung schlendernd, grübelt er über die Situation nach. Um Moritz abzuholen, ist es noch zu früh. Er schaut deshalb in einer Stehkneipe vorbei, die sich auf dem Weg zum Kindergarten befindet, und bestellt sich ein alkoholfreies Bier. Eine kleine zwanglose Unterhaltung mit dem Wirt lenkt ihn von seinen Gedanken ab. Nach einem anschließenden Cappuccino setzt er seinen Weg zum Kindergarten in etwas besserer Stimmung fort.

»Ha-Hallo L-Leo«, begrüßt ihn Moritz erfreut, »w-was gibt es d-denn zu ess-ssen?« Offensichtlich bringt er schon erheblichen Hunger mit und Leo fällt ein, dass er ja noch gar nichts vorbereitet hat.

»Weißt du was, wir gehen heute einfach Pizza essen. Was meinst du dazu?«

»Wow, s-super! I-Ich mag m-mit S-S-Salami ha-haben.«

Während sie zur Schule weitermarschieren, erzählt Moritz ohne Unterbrechung vom Kindergarten und seinen Freunden dort. »D-Das ist der b-b-beste K-Kin-Kindergagarten ü-über-haupt!«, schwärmt der Bub und läuft weiter erzählend neben dem Erwachsenen her.

Seine Schwester ist von der Idee ebenso angetan und nachdem jeder seine Pizza verdrückt hat, setzen sie ihren Weg nach Hause fort.

Schon die ganze Zeit überlegt Leo, ob er den Kindern erzählen soll, dass ihre Mutter möglicherweise nicht zu Hause sein wird, wenn sie ankommen. Zwar hat er mit dem Pizzaessen bereits eine gute Stunde gewonnen, aber so eine Untersuchung kann sich hinziehen. Deshalb beschließt, es zu riskieren, und erzählt zunächst nichts.

Unmittelbar bevor sie daheim ankommen klingelt sein Handy.

»Hallo Leo, es hat bei mir etwas gedauert, aber in einer halben Stunde komme ich. Ich kaufe gleich noch ein paar Sachen ein. Bis dann!«

Spürbar erleichtert vernimmt er die Nachricht. Anscheinend handelt es sich doch um nichts Schlimmeres. Zumindest noch nicht!

»Eure Mama geht noch einkaufen«, erklärt er den beiden, »sie kommt aber auch gleich heim.«

Die beiden sind zufrieden und daheim angekommen, setzt sich das Mädchen an den Tisch, um ihre Hausaufgaben zu erledigen. Moritz dagegen bittet noch um einen Pudding als Nachspeise.

Während sich Leo zu den Kindern setzt, kreisen seine Gedanken immer wieder darum, was wohl gewesen wäre, wenn Diana nicht hätte heimkommen können. Wenn er die Kleinen ansieht, beginnt sich in ihm alles zu verkrampfen. >Nun ja>, denkt er, >ein paar Tage würde ich mit den beiden bestimmt klarkommen. Aber was, wenn es länger dauern wird? Ich kann ihnen doch die Mutter nicht ersetzen. Außerdem darf ich das überhaupt? Einfach sich so um fremde Kinder kümmern? Das steht mir doch überhaupt nicht zu!< Schlagartig erkennt er die besondere Problematik und Sorgen um sein Verhalten beginnen die Gedanken zu erobern, als Diana zur Tür hereinkommt.

Sie umarmt die Kinder überschwänglich und begrüßt Leo mit einem »Danke Leo, dass ich mich auf dich verlassen kann.«

Während sie die gekauften Sachen wegräumt, wird auch das Mädchen mit ihren Aufgaben fertig und nimmt ihren Bruder mit in den Garten.

»Was wurde denn festgestellt?«

Beunruhigt blickt er Diana an, kann aber keinerlei Niedergeschlagenheit oder Ähnliches bei ihr erkennen.

»Ja, es scheint sich doch nur um eine Magensache zu handeln. Ich habe noch ein paar Tabletten mehr bekommen, die eine Normalisierung bewirken sollen. Ansonsten sind die Tumore wie erwartet weiter gewachsen.«

Leo holt tief Luft. Zwar ist er etwas erleichtert, aber trotzdem wird ihm wieder klar, dass das Ende unaufhaltsam näher kommt. Umso wichtiger erscheint ihm, die offenen Fragen bezüglich der Kinder zu klären.

Mit zwei Tassen Kaffee in den Händen kommt Diana zu ihm an den Tisch.

»Weißt du«, beginnt Leo etwas zaudernd, »mich treibt etwas um. Was wäre gewesen, wenn du heute im Krankenhaus hättest bleiben müssen? Dürfte ich die Kleinen überhaupt behalten? Könnte ich sie beim Elternabend vertreten? Es gibt so viele Sachen, die wir unbedingt noch lösen müssen. Ich möchte nämlich nicht, dass eines Tages das Jugendamt vor der Tür steht und die Kinder einfach abholt.«

»Aber Leo, was für Fragen, natürlich darfst du dich um die Kinder kümmern! Wer denn sonst? Warum zweifelst du plötzlich daran?«

»Ach, weißt du, wir sind ja nicht einmal verwandt. Ich bin verunsichert und finde mein Handeln bedenklich. Vor allem wegen des Sorgerechts und einer gesetzlichen Vertretung. Ach, da fällt mir gerade die Frau Lerchenauer ein. Die weiß über solche Sachen bestimmt Bescheid, nur heute ist es wohl schon zu spät.«

»Ich habe ihre Privatnummer und sie hat mir zugesichert, dass ich sie jederzeit anrufen darf. Soll ich es probieren?«

Zustimmend nickt er und geht derweil in die Küche um das Abendessen vorzubereiten.

Unruhig marschiert Diana während des Telefonats im Esszimmer auf und ab und erklärt ausführlich Leos Bedenken.

»Ja, natürlich darf er sich um die Kleinen kümmern! Sie müssen nur eine Vollmacht erteilen, die den Umfang möglichst genau beschreibt. Eigentlich hätte ich auch darauf kommen können. Morgen komme ich bei Ihnen vorbei und dann erledigen wir das gemeinsam. Wann könnte ich denn kommen?«

Da Diana noch nicht wieder zur Arbeit muss, verabreden sie sich gleich am Vormittag.

Sichtlich erfreut nimmt Leo die Auskunft entgegen.

»Das passt mir ganz gut. Ich darf doch dabei sein?«

»Natürlich, du musst sogar teilnehmen. Schließlich geht es ja auch in gewisser Weise um dich«, stellt sie verschmitzt klar.

Geschäftig kommt Frau Lerchenauer gleich zur Sache.

»Also, wir brauchen eine Erklärung, die Sie und auch ihr Mann unterschreiben müssen. Ich habe hier schon mal etwas aufgesetzt und jetzt gehen wir einfach mal die einzelnen Punkte durch. Anschließend lasse ich das auch noch vom Gericht bestätigen, damit alles seine Richtigkeit hat.«

Punkt für Punkt hat die Sachbearbeiterin den gesamten Tagesablauf aufgeschrieben und erläutert den beiden den Umfang der einzelnen Tätigkeiten.

Leo ist beruhigt und nickt zustimmend.

»Wie lange gilt denn eine solche Vollmacht?«, möchte er zum Schluss noch wissen.

»Im Grunde genommen gilt sie nur solange, wie Frau Hartmann sie widerrufen kann. Dies bedeutet, wenn sie geistig nicht mehr in der Lage ist, diese zurückzunehmen, erlischt sie automatisch und das Jugendamt oder ein vom Gericht eingesetzter Vormund übernimmt. Wir sollten wohl, für diesen Fall gleich die zukünftigen Adoptiveltern einsetzen lassen.«

Schweigend sitzt Diana daneben und stellt sich in Gedanken diesen eben beschriebenen Zustand vor. Ein gewaltiger Stein legt sich auf ihre Brust und droht ihr die Luft zum Atmen zu nehmen. Leise beginnt sie zu wimmern.

»Ich würde die Kinder aber gerne, wenn es dann soweit ist, die letzten Tage noch begleiten, auch wenn Diana vielleicht schon im Koma liegt. Für die Familie Groß wäre dies sicherlich auch leichter, wenn sie sich nicht gleich mit dem Leiden der Kinder auseinandersetzen müssten. Es wird auch so noch genug Trost zu spenden sein.«

Diana nickt mit wässerigen Augen. Ihr Herz verkrampft sich immer mehr bei der Vorstellung, wie die beiden leiden und ihre Mama vermissen werden. Mit Gewalt reißt sie sich zusammen und stimmt gefasst Leos Meinung zu.

»Das wäre ganz bestimmt besser. Gibt es denn keine Möglichkeit, zu warten bis ... ?« Weiter kommt sie nicht. Ein neuer Weinanfall nimmt ihr die Worte.

»Ich werde mich beim Gericht erkundigen, denn so genau kenne ich mich da auch nicht aus. Aber ich denke schon, dass dies vernünftig und möglich ist. Sie hören von mir, sobald ich beim Gericht war«, verabschiedet sich die Sachbearbeiterin.

Jetzt bricht Diana endgültig zusammen. Tränenüberströmt und vor sich hin schluchzend sitzt sie am Tisch.

»Leo, wie soll das bloß gehen. Ich kann doch die Kinder nicht allein lassen! Ich weiß nicht mehr, was ich tun soll. Das ist doch der reinste Horror!«

Schniefend wischt sie sich mit der Hand über das Gesicht und blickt Hilfe suchend ihr Gegenüber an.

Tief berührt legt er seinen Arm um ihre Schulter und zieht sie leicht zu sich heran. Dankbar lehnt sie sich an ihn und wird dabei wieder ruhiger.

»Ich weiß auch, dass dies alles sehr schlimm ist, ja sogar das Schlimmste überhaupt, das einer Mutter passieren kann. Aber auch ich kann es nicht ändern, obwohl ich alles dafür gäbe. Wir können nur versuchen damit zurechtzukommen. Glaube mir, ich werde dir und den Kindern bis zum Schluss zur Seite stehen. Ganz bestimmt!«

Halt suchend schmiegt sie sich an seine Schulter.

»Ach, du bist so lieb zu uns, aber ich werde damit einfach nicht fertig und kann mir das alles noch nicht so recht vorstellen. Trotzdem gebe ich dir eine Vollmacht für meine Kinder, unterschreibe einen Adoptionsvertrag! Ich komme mir vor, als würde ich meine Kinder verkaufen!«

»Aber Diana, du verkaufst sie doch nicht. Im Gegenteil, du versorgst sie, sodass sich jemand um sie kümmern kann, wenn du dazu nicht mehr in der Lage bist. Eine wirklich großartige Leistung von dir!«

Er streicht ihr eine Haarsträhne aus dem Gesicht und sieht sie an.

»Das schaffen wir schon. Gemeinsam wird uns die beste Lösung gelingen. Auch wenn es uns alle viel Kraft kosten wird«.

15 Die Gefahr wird Realität

Einen Monat später - kurz vor den Sommerferien -

Schreiend stürzt Sabine die Treppe herunter und kommt völlig aufgelöst und hysterisch zu Leo in die Küche der gerade das Frühstück zubereitet. »Schnell Leo, komm schnell! Die Mama ist ganz krank und hat gesagt, ich soll dich holen. Sie kann nicht aufstehen!«

Blitzschnell schaltet Leo den Herd aus und läuft hinter Sabine her, nach oben.

Aschfahl und zitternd sitzt Diana in ihrem Bett, neben ihr ein Eimer mit Erbrochenem und offensichtlich auch Blut. Mit kleinen, tief liegenden Augen blickt sie Leo entgegen.

»Ich fürchte, es ist soweit!« Leise und voll unendlichem Leid kommen ihr die Worte über die Lippen.

»Bitte geht ihr beiden in eure Zimmer und spielt ein wenig, ich komme dann gleich nach.«

Leo will den Kindern den weiteren Anblick der kranken Mutter ersparen und setzt sich zu Diana aufs Bett. Den Eimer stellt er auf den Boden und will wissen, was passiert ist, während er ihre Hand fest in seiner hält.

»Gestern schon sind diese Schmerzen im ganzen Körper immer stärker geworden. Zum Schlafen habe ich dann zwei von den Schmerztabletten genommen. Bereits nach wenigen Minuten ist mir schlecht geworden und ich habe mich im Bad erbrochen. Es war aber damit nicht vorbei. Die ganze Nacht über musste ich mich immer wieder übergeben, obwohl ich schon lange nichts mehr in mir hatte. Dazu kommen dann noch diese unerträglichen Schmerzen! Ich kann mich kaum bewegen, ohne dass ich schreien könnte. Der ganze Körper brennt wie Feuer. Morgens habe ich dann noch einmal eine Tablette genommen, aber auch sie hat die Übelkeit nur verstärkt. Offensichtlich vertrage ich sie nicht. Glaube mir, ich halte diese Schmerzen nicht mehr aus.« Leise bricht ihr die Stimme und er kann nur noch ein Flüstern hören.

Voller Schmerz und Mitleid streichelt und drückt er ihre Hand.

»Ich werde den Arzt anrufen. Oder besser, ich rufe einen Krankenwagen.«

»Ja bitte, vielleicht können sie mir ja im Krankenhaus etwas geben. Ich werde sonst verrückt vor Schmerzen!«

Leo nickt und ruft einen Rettungswagen. Rasch geht er ins Bad und holt ein paar Waschsachen und aus der Kommode ein Nachthemd, das er zusammen in eine Einkaufstasche steckt.

»Den Rest bringen wir dann später vorbei. Lass bitte etwas hören, sobald es geht, damit wir dich besuchen können. Im Kindergarten und in der Schule gebe ich Bescheid.«

Schon ist die Sirene des Krankenwagens vor dem Haus zu hören und die Kinder kommen aus den Zimmern gelaufen. Voller Angst stürmen sie zu ihrer Mutter ins Schlafzimmer.

Leo öffnet indessen den Rettungsassistenten die Tür und geleitet sie nach oben. Behutsam nimmt er Moritz in den Arm und schiebt Sabine sanft von der Mutter weg, damit die Sanitäter übernehmen können. Entsetzt und am ganzem Körper zitternd, klammert sich das Mädchen an sein Bein. Moritz dagegen versteckt sein Gesicht an Leos Brust und beginnt leise vor sich hin zu schluchzen.

»Bitte noch einen kleinen Moment«, wendet sich Leo an die Sanitäter, als sie Diana auf der Trage nach unten bringen wollen. »Die Kinder möchten sich bestimmt noch verabschieden.«

Vorsichtig tritt er an die Trage heran und Diana ergreift Sabines Hand. Moritz setzt er knapp an den Rand der Trage, sodass seine Mutter auch seine Hand ergreifen kann. »Na, ihr beiden, seid nicht traurig, ich komme ja wieder. Bleibt brav und folgt schön. Leo kümmert sich einstweilen um euch.«

Weinend drückt sie noch jedem einen Kuss auf die Wange und gibt dann den Sanitätern ein Zeichen. Die zu tiefst schockierten Kinder nimmt Leo ebenfalls mit nach unten. Traurig und vor Schmerzen weinend, winken sie hinter dem Rettungswagen her, bis er um die Ecke verschwindet.

>Jetzt ist es also soweit<, überkommt es Leo, >und ich bin gar nicht so richtig vorbereitet. Das ging plötzlich alles so schnell<.

Langsam droht Panik in ihm aufzusteigen. Der Bub zittert und keucht an seiner Brust. Sabine zupft ihn am Hosenbein und deutet Richtung Haustür.

Schweigsam gehen sie wieder ins Haus und in das Esszimmer, wo sie am Tisch Platz nehmen. Moritz klammert sich immer noch an Leo fest. Er will nicht allein sitzen.

Das Mädchen sieht Leo lange mit fragenden Augen an. Als Leo nichts sagt, fragt sie ängstlich: »Stirbt jetzt die Mama?«

Die Worte dringen Leo wie Messerstiche mitten ins Herz und er drückt Moritz instinktiv enger an sich. Verunsichert und mit heiserer Stimme antwortet er: »Nein, mein Schatz, jetzt gleich noch nicht!«

Erschrocken über seine Worte, überlegt er fieberhaft, ob er wirklich die ganze Wahrheit erzählen soll und darf. Doch schon kommt Sabines nächste drängende Frage.

»Wann dann, Morgen oder Übermorgen? Du verschweigst uns doch etwas. Komm Leo, lüge uns nicht an!«

Tief durchatmend und überzeugt davon, dass er damit Diana eine schwere Last abnehmen wird, antwortet er: »Also gut, eure Mama ist tatsächlich schwer krank. Sie benötigt jetzt viel Ruhe und vor allem die Hilfe von Ärzten, weshalb sie auch ins Krankenhaus kommt. Ich weiß nicht, wann sie wieder nach Hause darf. Wir werden sie jedenfalls dort bald besuchen und dann wird sie sich ganz bestimmt sehr freuen.« Mit den letzten beiden Sätzen hofft er die Stimmung etwas heben zu können. Das Mädchen jedoch bleibt hartnäckig und bohrt weiter.

»Das ist aber nicht alles. Gib es zu! Sie wird sterben, ich weiß es!« Wütend stößt sie die Worte hervor.

»Ja Kinder, sie wird sterben. Ich weiß nicht, wann es soweit sein wird, aber lange wird es bestimmt nicht mehr dauern.«

Mit wässerigen Augen sitzt er vor dem Mädchen, das ihn jetzt mit erschrocken aufgerissenen Augen anblickt. Moritz boxt wütend gegen Leos Brust und weint. Er will diese Worte nicht hören.

Die Schläge spürt Leo kaum, aber sie lenken ihn etwas ab.

»Na, willst du mich etwa niederboxen?«, versucht er etwas spaßig zu wirken. Der Erfolg bleibt allerdings kläglich. Weinend krümmt sich der Bub zusammen und schlägt noch wütender um sich.

Seine Schwester dagegen sitzt immer noch ruhig da und blickt einfach nur Leo an. Leise und ganz sachlich fragt sie: »Was passiert dann mit uns? Kommen wir dann in ein Kinderheim? Müssen wir dann weg von hier?«

Langsam beginnt sich auch noch sein Magen zu melden und mit traurigen Augen blickt er das Kind an. »Nein, ihr kommt in kein Kinderheim. Erst einmal bleibt ihr einfach bei mir. Später wollen euch dann die Eltern von Bruno bei sich aufnehmen. Ihr wisst schon, wo wir schon ein paar mal zu Besuch waren. Dort wird es euch auch sehr gut gehen und Bruno mögt ihr doch auch?«

Leo atmet auf, weil es ausgesprochen ist. Gespannt erwartet er eine Reaktion der Kinder, doch es bleibt still. Sabine blickt auf ihre Hände, die krampfhaft ineinander geschlungen auf dem Tisch liegen. Der Bub weint und wimmert weiter.

»Ich w-will a-aber nicht z-zu Br-Bruno! W-Will zu P-Papa!«

Verzweiflung breitet sich langsam bei Leo aus. Was soll er dem Kind nur sagen? Dass ihn der Papa nicht will? Nein, das bringt er nicht über sein Herz. Also anlügen! Auch das kann er nicht. Er drückt den Buben ganz fest an sich und streichelt ihn, wobei sich dieser etwas beruhigt.

»Es wird bestimmt alles wieder gut. Du wirst sehen, Kleiner«, kommt es Leo über die Lippen. Zwar weiß er, dass es nicht stimmt, aber Moritz fasst wieder etwas Zuversicht.

Sabine starrt immer noch auf ihre Hände. Langsam bewegt sie ihren kleinen Kopf hin und her. Nein, sie glaubt Leo nicht! Schweigend hebt sie den Kopf und blickt ihn mit einem seltsamen Blick einfach wieder nur an.

Allmählich beginnt er nervös zu werden, weil das Mädchen nichts sagt, sondern ihn eben nur ansieht. >Was will sie mir sagen? Verachtet sie mich jetzt, weil sie weiß, dass ich Moritz nicht die Wahrheit sage?<

Plötzlich kommt er sich hilflos vor und weiß nicht mehr wie er sich verhalten soll.

»Komm Moritz, wir gehen nach oben und spielen ein wenig.«

Abrupt steht das Mädchen auf und nimmt ihren Bruder an die Hand. Der rutscht von Leos Schoß und geht weinend mit seiner Schwester mit.

»Aber Sabine, Moritz, soll ich mitkommen?«

Beinahe panikartig ruft Leo hinterher, doch das Mädchen winkt ab. »Ich komme dann später noch einmal herunter, um mit dir zu reden.«

Verblüfft über den Ton und die Ruhe, mit der das Kind, das doch gerade erst vom nahenden Tod der Mutter erfahren hat, spricht. Nachdenklich blickt er den beiden hinterher.

<Was ist das doch für ein starkes Kind! Kaum acht Jahre alt und benimmt sich wie eine Erwachsene. Ja, sie kümmert sich um ihren kleinen Bruder beinahe wie eine Mutter.< Ob das Kind wirklich so stark ist, oder den Schmerz im Moment einfach nur verdrängt? Auf jeden Fall will er sich zunächst nicht einmischen. Wenn sie wieder herunterkommt, wird man weitersehen.

Voller Verzweiflung ruft er beim Jugendamt an.

»Es fängt also an«, meint die Sachbearbeiterin und Wehmut schwingt in ihrer Stimme mit. »Hoffen wir, dass Sie mit den Kindern tatsächlich zurechtkommen. Natürlich können Sie auch eine Haushaltshilfe bekommen, die Sie unterstützt, und zwar nicht nur solange Frau Hartmann im Krankenhaus bleiben muss, sondern auch hernach, wenn sie wieder daheim sein kann. Die Familie Groß werde ich anschließend auch verständigen. Ich hoffe nur, dass die Adoption bald genehmigt wird, damit wir noch rechtzeitig handeln können. Wenn Sie etwas brauchen, rufen Sie mich einfach an. Meine Unterstützung bekommen Sie, wo und wann Sie sie brauchen! Außerdem denke ich, sollte auch jemand den Vater der Kinder verständigen. Aber das überlassen wir besser zunächst mal Frau Hartmann.«

Leo bedankt sich und legt auf.

Sorgen um die Kinder treiben ihn nach oben. Er findet die beiden im Zimmer von Moritz. Sie liegen auf dem Ferraribett und Sabine versucht den weinenden Bruder zu trösten.

Vorsichtig klopft Leo an. »Darf ich reinkommen?«

Sabine blickt auf und nickt.

An der Bettkante findet er noch genug Platz, sodass er sich zu den Kindern setzen kann. Behutsam legt er seinen Arm über die beiden und beugt sich zu dem Buben hinab. »Keine Angst Moritz, es wird bestimmt wieder gut werden.« Mit verweinten Augen und waidwundem Blick sieht das Kind zu ihm auf. »B-B-Bestimmt?«

»Aber klar doch«, will Leo überzeugend wirken. Innerlich verspürt er Scham darüber, dass er den Jungen schon wieder belügt. ›Aber was soll ich ihm denn sonst sagen? Ich weiß doch auch nicht weiter!‹, denkt er ärgerlich über sich selber. Vielleicht hat er sich doch zu viel vorgenommen, wenn er schon in den ersten Stunden nicht mehr weiter weiß. Verzweifelt legt er seine Arme vorsichtig um die beiden.

»Wir werden eure Mama am Nachmittag bestimmt besuchen können. Da wird sie sich sehr freuen, wenn sie euch sieht.«

»Genau, und dann fragen wir den Arzt!«, verkündet Sabine und blickt Leo leicht verachtend an.

»Ja, genau das machen wir«, antwortet er erfreut darüber, dass wenigstens das Mädchen noch klar denken kann, wenn ihm ihre Verachtung auch wehtut. Sie hat ihn längst durchschaut und weiß, dass er mit seinen Worten lediglich ihren Bruder trösten will.

»M-Müssen w-wir dann n-nicht zu Br-Bruno?« Voller Hoffnung brechen die Worte aus Moritz heraus und er blickt Leo dabei ernst an.

»Ach, lieber Moritz, ich kann das leider nicht entscheiden. Es ist aber zu kompliziert, um dir das jetzt zu erklären. Mich schmerzt es ja auch.«

»Warum können wir denn eigentlich nicht bei dir bleiben? Willst du uns nicht mehr?«, meldet sich Sabine. »Schließlich sagst du doch immer, wir wären wie eine Familie. Bei einer Familie schickt man doch die Kinder nicht einfach weg!«

Jedes einzelne Wort trifft ihn wie ein Peitschenhieb. Voller Schmerz blickt Leo nachdenklich zum Fenster, um Sabines Blick auszuweichen. Was soll er nur antworten? Die beiden tun ihm ja wirklich leid! Aber ihm ist ebenso klar, dass sie nicht bei ihm bleiben können. Kurz schießt ihm eine Idee durch den Kopf, wie es denn wäre, wenn ...? Doch sofort blockiert er weitere Gedanken dieser Art, denn zusätzlich zu der Unmöglichkeit, die Kinder zu adoptieren, zweifelt er stark daran, ob er das so alleine überhaupt schaffen könnte. Vermutlich wäre es auch für die Kinder keine gute Lösung, versucht er sich zu rechtfertigen. Ehrlich zufrieden wird er damit aber nicht.

»Ich weiß, wir haben uns immer wie eine Familie gefühlt, aber da gehörte eben auch eure Mutter mit dazu. Ich allein darf euch nicht behalten. Lasst uns doch unten weiterreden. Eine Kleinigkeit essen müssen wir auch, sonst schimpft uns eure Mama. Kommt bitte mit!«

Das Mädchen steht auf und versucht ihren Bruder, der reglos liegenbleibt, aufzurichten. Leo greift mit ein und nimmt den Jungen auf den Arm, um ihn hinunterzutragen, wo er ihn auf seinen Stuhl im Esszimmer setzt.

»Ich hole bloß schnell Kakao und ein paar Brote, dann komme ich wieder zu euch.«

»Ich helfe dir dabei«, bietet sich das Mädchen an und befindet sich bereits auf dem Weg in die Küche. Während sie den Kakao zubereitet, bringt Leo Brot, Butter, Marmelade und Teller an den Tisch.

»So Moritz, jetzt wollen wir erst mal etwas essen.«

Sorgfältig streicht er ihm ein Brot, damit der Bub wenigstens schon essen kann und beschäftigt ist.

»Aber d-dann fa-fahren w-wir zu M-Mama!«, bittet der Kleine.

Leo versucht das Essen möglichst lange hinzuziehen, in der Hoffnung, dass in der Zwischenzeit ein Anruf von Diana kommt.

Das Mädchen versucht das Gespräch wieder auf ihre Zukunft zu lenken. »Jetzt erkläre doch mal, warum wir nicht bei dir bleiben können!«, fordert sie.

»O-oder b-bei Papa«, meldet sich Moritz mit vollem Mund.

»Ach Kinder, ich kann das so schwer erklären. Wisst ihr, da gibt es Gesetze und Vorschriften, die alle beachtet werden müssen. Das ist aber wirklich alles sehr kompliziert. Auf jeden Fall werde ich noch mit eurem Papa reden. Vielleicht sieht er ja doch eine Möglichkeit, euch bei sich aufzunehmen. Glaubt mir, auch ich würde euch gerne behalten. Aber schaut her, ich bin schon alt und fürchte, dass ich euch kein guter Betreuer sein könnte. Möglicherweise würde das alles auch zu viel für mich. Außerdem ist es ja sowieso nicht möglich.«

Sofort blitzen Sabines Augen auf. »Du würdest uns also behalten wollen! Das finde ich ganz toll und wenn wir dir viel helfen würden, dann könntest du es trotzdem schaffen. Du weißt, ich kann schon ganz schön fest helfen.« Hoffnungsvoll blickt sie Leo an.

»Oh, Mädchen, wenn es doch nur so einfach ginge. Eines will ich euch aber versprechen, ich werde noch einmal mit der Frau vom Jugendamt reden. Vielleicht findet sich doch noch ein Weg.«

Kaum hat er es ausgesprochen und den beiden Kindern neue Hoffnung gegeben, meldet sich sein Gewissen. >Was erzählst du denen? Du weißt doch ganz genau, dass es nicht möglich ist. Man darf doch keine Hoffnung schüren, die dann niemand erfüllen kann! Sie werden dich verachten und nie wieder sehen wollen, weil du nicht ehrlich warst!<

»Aber glaubt mir, es wird sehr schwierig, ja wahrscheinlich sogar unmöglich sein. Versuchen will ich es aber ganz bestimmt!«, verspricht er und ist tatsächlich ernsthaft dazu entschlossen. Wenn es eine Möglichkeit geben sollte, dann würde er die Kinder eben behalten. Eine wohlige Zufriedenheit breitet sich daraufhin in ihm aus, weil er denkt, dass die Kleinen damit auf beide Fälle genügend vorbereitet sind.

Endlich, als sie sich gerade auf den Weg zum Krankenhaus machen wollen, kommt der ersehnte Anruf.

16 Noch einmal gutgegangen

Neugierig betrachten die Kinder die nüchternen weißen Wände des Krankenhauses. Bedrückt gehen sie den langen Gang entlang, an dessen Ende das Zimmer liegt, in dem sich ihre Mutter befindet.

»Hallo meine Lieben«, begrüßt sie Diana freudig von ihrem Bett aus. »Wie geht es euch denn? Ich darf Morgen schon wieder heim und freue mich, wenn ich wieder bei euch sein kann.«

Die beiden Kinder klettern sofort auf das Bett und Leo kann ihnen gerade noch die Schuhe ausziehen, bevor sie sich zu ihrer Mutter legen, die sie glücklich in die Arme schließt.

»D-dann st-stirbst du n-nicht?«, stottert Moritz hoffnungsfroh.

Diana wirft einen schnellen Blick auf Leo und dieser nickt schuldbewusst. »Ich habe es ihnen gesagt, nachdem Sabine mir meine Ausreden nicht mehr gelten lassen wollte. Tut mir leid, aber ich wusste einfach nicht, was ich sagen sollte.«

»Schon gut, dann kann ich mir diese Last sparen.« Zärtlich streichelt sie die Kleinen und zieht sie noch näher zu sich heran.

Er berichtet von dem Telefonat mit Frau Lerchenauer und wie der Tag zu Hause verlaufen ist. Bei der Erwähnung seines Versprechens, sich noch einmal für einen Verbleib der Kinder bei ihm einzusetzen, lächelt sie wehmütig. Auch Diana wäre darüber sehr glücklich, aber die Problematik wurde ja schon oft genug durchgesprochen.

»Ich würde mich auch gerne einmal mit deinem Ex unterhalten. Vielleicht gibt es ja doch eine Chance. Das Jugendamt würde ihm sicherlich auch zur Seite stehen.«

»Das kannst du ja gerne versuchen, er will sowieso hernach vorbeikommen. Ich habe ihn angerufen und ihm Bescheid gegeben. Bestimmt nimmt er sich ein paar Minuten dafür Zeit.«

Nachdenklich beobachtet er die Kinder, die wie junge Kätzchen an die Mutter geschmiegt, neben ihr liegen.

»Was haben denn die Ärzte veranlasst, es scheint dir ja doch erheblich besser zu gehen?«

»Na ja, das Blut kommt wohl von einer Entzündung im Magen. Gegen die Schmerzen habe ich jetzt andere Medikamente bekommen. Offenbar vertrage ich die jetzt besser. Die Hauptursache liegt wahrscheinlich in der ganzen Aufregung und dafür muss ich jetzt zusätzlich Tabletten nehmen. Langsam komme ich mir schon wie eine Apotheke vor.«

Sie lächelt dabei genau dieses Lächeln, das Leo schon immer so schön an ihr fand. Die Augen haben den alten Glanz wieder bekommen. Ganz offensichtlich zeigen die neuen Medikamente eine hervorragende Wirkung.

»Übrigens darf ich Morgen nach der Mittagsvisite schon wieder heim!«, hängt sie noch freudig an.

»Oh, sehr schön, wir holen dich ab. Gleich nach der Schule kommen wir her und bringen dich nach Hause.«

Erleichtert und froh über Dianas gesundheitliche Besserung streicht er ihr liebevoll über die Wange.

Plötzlich verspürt die Mutter den Drang, mit den Kindern über deren Zukunft zu reden.

»Wisst ihr zwei, ihr seid mir das aller Wertvollste auf der Welt. Ich möchte, dass es euch immer gut geht und dass ihr ohne Sorgen leben könnt. Leider werde ich in diesem Fall nicht gefragt. Seht, es wird nicht mehr lange dauern und ich muss sterben. Weihnachten bin ich dann schon nicht mehr bei euch.«

Erschrocken und mit aufgerissenen Augen blicken die beiden ihre Mutter an. Diese lächelt bei ihren Worten und legt ihre Arme noch enger um sie.

»Ich verspreche aber ganz fest, dass ich immer bei euch bin und für euch da sein werde, auch wenn ihr mich nicht sehen könnt. Immer werde ich auf euch aufpassen, glaubt mir.«

Allmählich wird Leo das Gespräch zu persönlich und er fühlt sich etwas unbehaglich dabei. Mit einem Handzeichen bedeutet er der Mutter, dass er kurz nach draußen geht, um sich einen Kaffee zu holen.

Diana nickt nur kurz und wendet sich wieder an die Kinder.

»Ganz egal, wo ihr euch aufhalten werdet, immer wenn ihr an mich denkt, bin ich direkt bei euch. Auch wenn ihr neue Eltern bekommt, werde ich euch dennoch stets begleiten. Ob ihr bei Leo bleiben könnt, kann ich nicht sagen. Wisst ihr, diese Entscheidung hängt von vielen Dingen ab. Er will es aber noch einmal versuchen. Bitte seid immer lieb und nett zu ihm, er hilft uns so sehr. Aber auch bei neuen Eltern müsst ihr euch brav und folgsam verhalten. Dort wird es euch bestimmt gut gehen und es wird euch sicher auch gefallen. Denkt immer daran, ich liebe euch über alles. So, und jetzt freuen wir uns einfach auf morgen.«

Voller Liebe und Zuneigung zieht sie die beiden an ihre Brust und lächelt glücklich. Die Medikamente erzeugen ein regelrecht euphorisches Glücksgefühl in ihr, sodass sie momentan die ganze Welt umarmen könnte.

Leo holt sich einen Becher Kaffee aus dem Automaten, der sich auf halber Ganglänge befindet und setzt sich nachdenklich auf einen Stuhl, neben dem Automaten. Ob es wirklich einen Sinn haben würde, nochmals mit Frau Lerchenauer wegen der Kinder zu reden? Im Grunde gibt es doch überhaupt keine Chance für ihn! Diese Fakten muss er eben akzeptieren, auch wenn es schwerfällt. Vielleicht schon in einem Monat werden sie fort sein und er wieder allein in seinem großen Haus. Wie schön wäre es doch gewesen, ohne diese Krankheit!

Dieses Lächeln von Diana lässt ihn gar nicht mehr los und plötzlich bemerkt er, dass er nur noch an die arme Frau denkt.

»Hallo Herr Mitterndörfer«, begrüßt ihn Dianas früherer Ehemann und weckt ihn aus seinen Gedanken.

»Oh, Herr Hartmann, schön, dass ich Sie hier treffe. Ich wollte sowieso noch einmal wegen der Kinder mit Ihnen reden. Können Sie ein paar Minuten entbehren?«

»Ja, gerne. Was gibt es denn für Probleme? Ich dachte, das Verfahren mit der Adoption läuft schon.«

Die beiden Männer setzen sich wieder und Herr Hartmann blickt Leo fragend an.

»Ach, wissen Sie, die Sache gestaltet sich nicht so ganz einfach. Die Familie Groß freut sich zwar, aber die Kleinen sind davon nicht sonderlich begeistert. Vor allem Moritz möchte unbedingt zu seinem Papa oder eben bei mir bleiben. Ich möchte Sie deshalb fragen, ob es nicht doch eine Möglichkeit gäbe, die Kleinen zu sich zu nehmen. Unterstützung vom Jugendamt würden Sie auch erhalten. Gibt es wirklich keine Chance?«

»Ich weiß, dass gerade Moritz sehr auf mich fixiert ist und an mir hängt. Glauben Sie mir, es tut mir in der Seele weh, dass ich sie nicht nehmen kann. Aber es geht einfach nicht!«

Etwas erstaunt blickt Leo seinem Gegenüber in die Augen und meint tatsächlich so etwas wie Wehmut in seinem Blick zu erkennen. Offensichtlich leidet der Mann unter dem Schicksal der Kinder.

»Ich fürchte, ich verstehe jetzt nicht ganz, wie das zusammenpasst. Einerseits der Schmerz, andererseits die Ablehnung.«

»Ach wissen Sie, Sie kennen mich nicht. Schon als Kind bin ich immer wieder aufgefallen und habe Ärger bekommen, weil ich so etwas wie *ausgerastet* bin. Verstehen Sie, ich kann sehr lieb und nett sein, aber bei der kleinsten Störung drehe ich durch und brülle die Kinder an. Ich habe auch schon eine Therapie durchgezogen. Der

Erfolg ist, dass ich mir anschließend, wenn ich wieder zur Ruhe gekommen bin, die schlimmsten Vorwürfe deshalb mache und regelrecht depressiv werde. Dies verstärkt aber wiederum meine Empfindlichkeit, sodass ich sofort wieder die Beherrschung verliere. Sie müssen wissen, ich fürchte mich regelrecht vor mir selber und habe Angst, dass ich den Kindern vor Wut etwas antun könnte. Das war übrigens auch der Grund, weshalb ich Diana die Trennung angeboten habe. Ich bin gegangen, um meine Familie vor mir zu schützen! Auch, wenn es auf andere Menschen herzlos wirken mochte.«

»Um Himmels Willen, das ist ja ganz furchtbar!«, stößt Leo erschüttert hervor. »Jetzt kann ich Sie verstehen. Danke für Ihre Offenheit. Ich hätte Sie sonst wirklich vollkommen falsch beurteilt.«

Nachdenklich trinkt Leo von seinem Kaffee, während Herr Hartmann verstohlen eine Träne aus seinem rechten Auge wischt.

»Als ich hörte, dass die drei bei Ihnen eine Wohnung gefunden hatten, habe ich mich ehrlich gefreut. Die Kinder waren bei Ihnen immer so glücklich gewesen, wenn ich sie gesehen habe. Leider viel zu selten! Auch ich werde nicht froh darüber, dass sie zu anderen Menschen müssen und glaube, dass sie bei Ihnen wirklich am glücklichsten wären. Aber das ist eben leider auch nur ein Traum!«

Verzweifelt wendet er sich ab, steht auf und holt sich ebenfalls einen Kaffee.

Schweigend und ratlos sitzen die beiden Männer bei-einander und fühlen sich plötzlich im Schicksal ganz eng verbunden.

»Jetzt muss ich aber zu Diana und den Kindern gehen, sonst läuft mir die Zeit davon. Kommen Sie auch mit?«

»Später«, antwortet Leo. Er möchte nicht als Störfaktor wirken, wenn die Kinder ihren Papa begrüßen. Außerdem gibt es ja vielleicht etwas zu bereden, das er nicht unbe-dingt mitbekommen muss!

In sich versunken steht er auf, um kurz im Garten spa-zieren zu gehen.

»Hallo Papa«, ruft Sabine begeistert, als sie ihren Vater eintreten sieht. Moritz rappelt sich auf und springt vom Bett, um ihn zu umarmen.

Herr Hartmann drückt Diana einen Kuss auf die Wange und setzt sich auf die Bettkante. Moritz nimmt er dabei auf seinen Schoß und Sabine setzt sich gegenüber an die Seite ihrer Mutter.

»Ich habe dich gebeten zu kommen«, beginnt Diana das Gespräch, »weil es mir langsam immer schlechter geht. Außerdem wollte Leo noch einmal mit dir reden, wegen der Kinder. Zwar habe ich ihm gesagt, dass ....«

»Entschuldige, aber wir haben das bereits draußen ge-klärt. Es geht einfach nicht und er kann mich jetzt auch verstehen. Aber weg von diesem Thema. Wie geht es denn dir, du siehst gar nicht so krank aus?«

»Ach, die Medikamente zeigen lediglich ihre Wirkung. Die Schmerzen werden dadurch unterdrückt und übel wird mir auch nicht mehr. Vermutlich bin ich sogar ein bisschen high!«

Lächelnd streicht sie Sabine über die Haare, um dann frustriert zur Decke zu blicken.

»Es wird aber nicht lange so gehen, sagen die Ärzte, und ich werde hierbleiben müssen. Es gibt hier sogar eine eigene Abteilung für solche Fälle.«

Vor den Kindern will sie jetzt nicht zu sehr ins Detail gehen und beginnt ihn nach seinem Leben zu fragen, als Leo in den Raum kommt und die Kinder mit in den Garten lockt.

»Vielleicht noch drei bis vier Wochen meinen die Ärzte, dann müsste ich hier in die Palliativabteilung einziehen. Den Kindern sollte ich den Anblick und die Angst unbedingt ersparen. Für die Besuche würden sie mich, so gut es eben gehen würde, herrichten und aufpäppeln.«

Entsetzt blickt er sie an und seine Augen werden wieder feucht.

»Du musst nicht weinen. Ich habe mich damit abgefunden, dass es eben keinen anderen Weg gibt. Nur um die Kinder sorge ich mich, auch wenn die Familie, in die sie dann kommen sollen, einen recht netten Eindruck erweckt. Hoffentlich gewöhnen sie sich schnell ein! Vielleicht kannst du sie ja dann auch etwas öfter besuchen. Sie würden sich bestimmt freuen.«

»Also, das ist wirklich etwas, das ich tatsächlich eingeplant habe. Wobei mich ganz ehrlich gesagt, schon auch ein sehr schlechtes Gewissen dabei drückt, die Kinder einfach so gehen zu lassen. Aber es hilft eben alles nichts, ich kann sie nicht nehmen.«

Als Leo mit den Kleinen zurückkommt, verabschiedet sich deren Vater gerade. Er nimmt die beiden noch einmal in die Arme und küsst sie auf die Wangen. »Ich besuche euch bald wieder«, verspricht er, bevor er das Zimmer verlässt.

Langsam lässt die aufputschende Wirkung der Medikamente nach. Dianas Bewegungen wirken zunehmend müde und fahrig. Leo fasst ihre rechte Hand und umschließt sie mit beiden Händen. Ganz intensiv blickt er ihr in die Augen und möchte gerne etwas sagen. Der fragende Blick der Kranken wartet voller Sehnsucht auf die Worte, die dann aber doch nicht kommen.

Noch lange liegt Diana nachdenklich mit offenen Augen da. Sie glaubt etwas bei Leo entdeckt zu haben, das sie sich schon lange gewünscht hat, aber es eben nicht auszusprechen gewagt hat. Vielleicht ist es jedoch nur Einbildung oder dem Morphium geschuldet, versucht sie jeden weiteren Gedanken daran abzuwürgen und schläft sanft ein.

17 Die nächste Enttäuschung

Aufgeregt wartet Moritz bereits, als Leo ihn abholen kommt. Voller Tatendrang möchte er gleich los, um die Mama heimzuholen.

»Wir dürfen aber deine Schwester nicht vergessen«, erklärt ihm Leo. »Die wäre sicher sehr traurig, wenn wir sie nicht mitnehmen würden. Sie wird ja bestimmt gleich kommen.«

Während Sie im Auto vor der Schule warten, klingelt sein Telefon. Frau Lerchenauer vom Jugendamt meldet sich mit drängender Stimme.

»Herr Mitterndörfer, ich war heute Vormittag bei Frau Hartmann im Krankenhaus. Dabei haben wir ein sehr schwieriges Gespräch geführt. Sie sind wohl gerade unterwegs, um die Kinder zu holen?«

»Ja, wir warten momentan auf Sabine und dann wollen wir ihre Mutter abholen. Aber erzählen Sie doch!«

»Bei Frau Hartmann wird sich die Entlassung etwas hinziehen. Mir wurde gesagt, dass der Arzt noch mit einer größeren Operation beschäftigt sei und wird wohl erst gegen drei Uhr zur Visite kommen können. Gerne würde ich Sie vorher noch im Krankenhaus sprechen. Darf ich Sie dort beim Eingang erwarten.«

»Aber warum so drängend? Ist etwas passiert?«

»Allerdings, die Familie Groß scheidet für eine Adoption ebenfalls aus. Aber das erzähle ich Ihnen hernach. Also, bis in einer halben Stunde?«

»Gut, da bin ich aber gespannt.« Irritiert steckt er das Telefon wieder in seine Tasche.

»W-warum ge-spannt?«, möchte Moritz wissen.

»Ach Bub, ich weiß es auch nicht so genau. Schau, da kommt deine Schwester schon angelaufen.«

Rasch steigt er aus, um Sabine die hintere Tür zu öffnen und ihren Schulranzen im Kofferraum zu verstauen.

Aufgeregt erzählt das Mädchen, dass ihre Mitschülerinnen und auch die Lehrerin sich nach ihrer Mama erkundigt haben und ihr alles Gute wünschen.

»Die Lehrerin hat mich sogar in der Pause zu sich geholt und mich gelobt, weil ich so stark sei. Ganz genau weiß ich zwar nicht, was sie damit gemeint hat, aber es hat mich trotzdem gefreut.«

Am Eingang des Klinikums werden die drei schon von Frau Lerchenauer erwartet und gemeinsam nehmen sie den Lift zu der Station im 2. Stock.

»Na ihr beiden, lauft doch schon mal voraus. Ich komme gleich nach«, meint Leo zu den Kindern, die auch sofort losstürmen.

»Also erzählen Sie, was gibt es Neues?«

»Der Herr Groß wurde gestern in einen schweren Autounfall verwickelt und liegt im Koma. Wahrscheinlich wird er in nächster Zeit auch nicht aufwachen. Selbst dann weiß man nicht, wie es mit seiner Gesundheit aussehen wird. Frau Groß sieht sich verständlicherweise außerstande, die Adoption weiter voranzutreiben. Persönlich kann ich das gut verstehen, nur den Kindern ist damit leider nicht geholfen.«

»Aber das ist ja schrecklich!«, wirft Leo entsetzt ein. »Sowohl das Unglück mit Herrn Groß wie auch die Aussichten für die Kinder.«

»Ja, ich habe mit Frau Hartmann auch darüber gesprochen. Natürlich ist sie fix und fertig, weil eine neue Chance tut sich momentan nicht mehr auf. Jedenfalls nicht in der verbleibenden Zeit. Ein wirklich furchtbares Schicksal!« Sichtlich von Mitleid gerührt sieht sie Leo an. »Was soll jetzt bloß geschehen?«

Erschüttert und mit versteinertem Gesicht blickt er zu der Frau hinüber.

»Dass den dreien aber auch überhaupt kein Glück zuzustehen scheint! Übrigens habe ich noch mit dem Vater gesprochen, aber der scheidet definitiv aus.«

»Ja, dann bleibt vorerst doch wieder nur das Heim. Ich werde mich umschauen und Ihnen Bescheid geben. Bitte halten Sie mich auch auf dem Laufenden.«

Mit diesen Worten verabschiedet sie sich und Leo geht langsam und deprimiert zu Dianas Krankenzimmer. Bei dem Gedanken an die Kinder presst sich sein Herz zusammen und er fühlt einen unsäglichen Schmerz in seiner Brust. Siedend heiß fällt ihm sein Versprechen ein, sich selber noch einmal um ihre Fürsorge zu bemühen.

Das wäre doch gerade die Gelegenheit gewesen, sich noch einmal ausführlich zu erkundigen.

<Aber es führt ja doch kein Weg hin>, gibt er den Gedanken schweren Herzens wieder auf.

Diana sitzt mit den beiden Kindern im Arm im Bett und blickt hoch erfreut auf, als Leo das Zimmer betritt. Er ist von dem Bild so bewegt, dass er Diana spontan einen Kuss auf die Wange drückt.

»Oh, da freut sich wohl noch jemand«, lacht sie und die beiden Kinder sehen Leo neugierig an.

»Ja, ich freue mich tatsächlich, wenn du wieder daheim bist«, antwortet er leicht verlegen. Noch nie war er so persönlich geworden, aber jetzt freut er sich darüber, es getan zu haben.

Fragend blickt ihn Diana an. »Du weißt schon ...?«

»Ja, Frau Lerchenauer hat mir schon erzählt. Lass uns daheim darüber reden«, bittet er mit Blick auf die Kleinen.

Diana nickt und drückt die beiden Kinder noch stärker an sich.

»Wann können wir denn endlich gehen?« Ungeduldig zappelt Sabine mit den Beinen.

»G-Genau heim g-ge-hen«, verlangt auch Moritz.

»Wir müssen noch warten, bis der Arzt zur Visite kommt. Aber ich habe schon alles gepackt, somit können wir dann gleich los.

Aus einer Einkaufstüte holt Leo ein Kleid und Wäsche heraus, damit sich Diana nach der Visite umziehen kann.

»Du denkst aber auch an alles«, lobt sie ihn dafür und schenkt ihm einen dankbaren Blick. »Ich bin wirklich froh, dass ich nicht im Nachthemd mitfahren muss.«

Auf der Heimfahrt zwängt sich Diana auf der Rückbank zwischen die beiden Kindersitze, um möglichst nah bei ihren Liebsten zu sein. Die drei halten sich an den Händen und genießen die Nähe zueinander.

»Wisst ihr was, heute gibt es Pfannkuchen mit Apfelkompott und anschließend werden wir auf der Couch ganz ausgiebig kuscheln. Darauf freue ich mich schon riesig. Ihr habt mir nämlich sehr gefehlt«, erklärt Diana.

»Mir h-hast d-du a-auch g-ge-fehlt!«, antwortet Moritz und strahlt seine Mutter an.

Schweigend zieht das Mädchen die Hand der Mama an ihren Mund, drückt einen Kuss darauf und legt sie sich anschließend liebevoll und sanft an die Wange.

Gerührt beugt sich Diana zu ihrer Tochter hinüber und streicht dem Mädchen über den Kopf.

»Wie lange wird es dauern, bis du wieder in das Krankenhaus musst?« Mit feuchten Augen blickt Sabine die, von der Frage überraschte, Mutter an.

»Ach mein Schatz, das weiß ich nicht, aber ich werde versuchen solange es irgendwie geht, bei euch zu bleiben. Aber was machst du dir da für Gedanken?«

Besorgt schüttelt die Mutter den Kopf. Offensichtlich beschäftigt ihr Schicksal das Kind ganz gewaltig. Wenn sie daran denkt, wie sehr es jetzt schon leiden muss, be-

ginnt eine stille Angst von ihrem Körper besitz zu ergreifen. Ein Riesenknoten droht ihr außerdem die Luft ab-
zuschnüren.

18 Wieder daheim

Leo bietet sich an, eine kleine Brotzeit vorzubereiten,
damit Diana bei den Kindern bleiben kann. Dankbar
nehmen die drei das Angebot an und verschwinden in ihrer Wohnung, wo sie sich auf der Wohnzimmercouch eng
aneinander kuscheln.

Die Mutter genießt die Gemeinsamkeit mit den Kleinen
und fühlt sich, auch dank der Medikamente, geborgen
und körperlich wohl. Die Vorstellung an den baldigen
und endgültigen Abschied verfolgt sie dennoch grausam.
Vor allem, nachdem sie von dem Unglück des Herrn Groß
erfahren hatte, war ihr wieder jegliche Hoffnung auf ein

glückliches Leben für die Kinder entschwunden. Sie will aber diese Gedanken jetzt nicht überhandnehmen lassen und drückt deshalb die Kinder noch enger an sich.

»Kommt mit runter, wir wollen doch einmal nachschauen, was der Leo gezaubert hat.«

Sie erhebt sich und nimmt ihren Sohn auf den Arm, denn er liebt es von der Mama getragen zu werden.

Im Esszimmer werden sie bereits erwartet. Kaffee und Kakao stehen bereit und ein paar Brote sind ebenfalls vorbereitet.

Die Kinder haben mächtig Hunger, war doch heute das Mittagessen ausgefallen. Sogar Diana greift gerne zu, wenn auch nicht mit übergroßem Appetit.

»Was meinst du, wie wird es jetzt weitergehen?«, wendet sich Diana an Leo, als die Kinder sich im Garten beschäftigen. »Jetzt, wo eine rechtzeitige Adoption ausscheidet, werden sie wohl in einem Heim landen.«

»Ja, etwas anderes wird kaum mehr infrage kommen. Die Heime heutzutage sind bestimmt auch in Ordnung. Aber, ehrlich gesagt, habe ich mich bisher noch gar nicht damit beschäftigt und kann deshalb nur vermuten. Unsere liebe Helferin vom Jugendamt kann uns da bestimmt Auskunft darüber geben.«

Versonnen blickt er aus dem Fenster, wo die Kleinen im Garten mit schaukeln beschäftigt sind.

»Du hast recht und da die Zeit drängt, rufe ich gleich mal an.«

Sie nimmt ihr Telefon und wählt die eingespeicherte Nummer.

Frau Lerchenauer zeigt sich erfreut, dass es Diana wieder besser geht und dass sie sich mit dem Gedanken an ein Kinderheim auseinandersetzt.

»Wissen Sie, es gibt hier in München das Waisenhaus. Ein sehr gut geführtes Haus mit mehreren Außenstellen. Es möchte wirklich ein neues Zuhause auf Zeit für alle die Kinder sein, die in Not geraten sind. Ich kenne es recht gut, weil ich dort öfters zu tun habe. Wir könnten gleich morgen nach der Schule einen Besichtigungstermin vereinbaren. Dann können Sie sich selber überzeugen, dass die Kleinen in dieser Einrichtung sehr gut aufgehoben wären. Mit mehreren Kindern zusammen bilden sie dort Gruppen, die wie Familien aufgebaut sind. Außerdem gehen die Kinder, genauso wie andere auch, zur Schule oder in den Kindergarten. Engagierte Pädagogen und Therapeuten kümmern sich sehr intensiv und liebevoll um die Sorgen und Belange der Kleinen. Durch diesen Aufenthalt werden sie bestimmt keinen Schaden nehmen. Im Gegenteil, ihre Begabungen und Interessen werden ganz gezielt gefördert werden.«

Etwas beruhigt nach dem recht euphorischen Bericht der Sachbearbeiterin bestätigt Diana den Termin.

»Würdest du uns dann bitte begleiten? Wer weiß, wie es mir morgen gehen wird und wie ich reagiere, wenn es tatsächlich eine Enttäuschung gibt.«

»Ja, gerne, wenn ihr das möchtet, komme ich natürlich mit.«

»Danke, Leo. Ich kann es nur immer wiederholen: Was würde ich nur tun, wenn wir dich nicht hätten! Du nimmst mir so selbstverständlich viele Sorgen ab und hältst immer zu uns. Warum nur? Warum tust du dir das an? Wir bräuchten dich doch gar nicht zu interessieren. Meine Eltern interessiert das doch auch alles nicht. Dabei sind es ja schließlich die Großeltern der beiden. Aber nein! Der liebe Leo kümmert sich darum! Ich weiß überhaupt nicht was ich sagen oder machen soll.«

Liebevoll und gleichzeitig voller Verzweiflung sieht sie Leo an, der verlegen den Blick senkt.

»Wenn mir bloß noch die Zeit bliebe, ich würde ....« Ein plötzlicher Weinkrampf beendet ihre Rede.

Leo erhebt sich rasch und nimmt das weinende Bündel in die Arme. Hilflos hängt sie an ihm und die Tränen rinnen haltlos über ihre Wangen, als die Kinder durch die Terrassentür gestürmt kommen. Erschrocken bleiben die beiden stehen und mit großen Augen bringt Moritz vor Angst nur ein paar Brocken heraus: »M-Mama! N-Nicht wei-weinen! Ich b-bin a-auch g-g-ganz l-lieb!«

Sabine hängt sich an Dianas Bein und blickt stumm in Leos Augen.

»Kommt, wir gehen nach oben. Eure Mama kann sich dann hinlegen und ausruhen.«

Behutsam hakt er Diana unter und führt sie zur Tür. Sabine zieht ihren Bruder an der Hand hinterher.

Nachdem sich Diana wieder etwas erholt hat, nimmt sie ihre Liebsten in die Arme und bedankt sich nochmals bei Leo.

»Wir reden später noch einmal«, bemerkt sie mit einem vielsagenden Blick auf die Kinder.

Verständnisvoll nickt er nur leicht, dreht sich um und verlässt die Wohnung.

Ein sonderbares Gefühl breitet sich in ihm aus. Er weiß nichts Rechtes damit anzufangen. >Das muss Mitleid sein,< denkt er für sich, >klar, was denn sonst.< Es hat sich geregt, als Diana so hilflos in seinem Arm lag. >Komisch, wenn sich diese Gelegenheit früher ergeben hätte, wer weiß?<

Unten angekommen, versucht er Informationen über das Waisenhaus im Internet zu finden. Nach einigen Recherchen bekommt er einen recht positiven Eindruck davon. Echte Freude darüber will bei ihm dennoch nicht aufkommen. Warum nur nicht? Er ist total verwirrt, gerade so, als ob seine Gefühle durcheinander geraten wären. »Das kann aber doch nicht sein«, brummelt er leise vor sich hin. »Das gibt es doch nicht!«

So recht überzeugen kann er sich damit allerdings nicht.

Irritiert schenkt er sich ein Glas Rotwein ein und legt sich auf die Couch, wo er kurz darauf einnickt.

Ein leises, zaghaftes Klopfen weckt ihn. Überrascht richtet er sich auf und versucht den Schlaf abzuschütteln.

»Komm rein«, lädt er Diana zu sich in das Wohnzimmer ein. Rasch holt er noch ein Glas Wasser und stellt es vor seinen Gast auf den Wohnzimmertisch.

»Hast du dich wieder etwas erholt«, stellt er fest. »Sind die beiden schon im Bett?«

»Ja, es fehlte ihnen heute ja der Mittagsschlaf und so waren sie entsprechend müde. Ich mache mir ernsthaft Sorgen um Sabine. Sie weint kaum einmal und versucht sogar Moritz gegenüber, so etwas wie einen Mutterersatz zu spielen. Anscheinend will sie sich damit ablenken und frisst die Probleme und Sorgen still in sich hinein. Das ist aber bestimmt nicht gut für sie.«

»Hm, ja, das ist mir auch schon aufgefallen. Wir sollten zukünftig ein Augenmerk darauf haben. Aber .... « Er bricht seinen Satz abrupt ab und Diana blickt neugierig zu ihm auf.

»Was wolltest du denn sagen? Sprich ruhig weiter«, ermuntert sie ihn, seine Rede fortzusetzen.

Ursprünglich wollte er jetzt nicht über das Waisenhaus und die Zukunft der Kinder reden, doch er sieht ein, dass sich dieses Thema einfach nicht vermeiden lässt.

»Ich habe mich vorhin im Internet etwas über das Waisenhaus informiert und dabei einen recht guten Eindruck davon gewonnen. Es gibt dort Therapeuten, die sich um Sabine professionell kümmern werden. Sie ist da bestimmt gut aufgehoben.«

Verlegen senkt er seinen Blick. Seine Worte kommen ihm wie Ausflüchte vor, aber warum nur? Er hat es gelesen und Frau Lerchenauer hatte dies ebenfalls erwähnt.

Woher kommt dann nur dieses ständige Nagen in ihm. Normalerweise müsste doch die Freude oder zumindest eine gewisse Genugtuung darüber vorherrschen, dass es den beiden dort gut gehen wird.

»Bestimmt wird es so sein. Aber ich spüre so ein leises Gefühl, als ob dich das nicht so recht zufrieden stellen würde. Sehe ich das richtig?«

»Ja«, antwortet er zögerlich, »das stimmt schon, obwohl es überhaupt keinen Grund für irgendwelche Zweifel gibt. Trotzdem treibt mich ein seltsames Gefühl um, das ich selber nicht recht deuten oder beschreiben kann.«

»Sich jetzt den Kopf darüber zu zerbrechen, bringt doch auch nichts. Morgen werden wir mehr wissen. Ich bin wirklich schon gespannt darauf, was dabei herauskommen wird. Vor allem, was die Kinder dazu meinen werden. Schließlich habe ich mich noch nie mit dem Thema Waisenhaus und so beschäftigt.«

»Du hast recht, lassen wir uns positiv überraschen.«

Leo lehnt sich in seinem Sessel zurück und nimmt einen Schluck von seinem Wein.

»Komm, lass uns ein paar gemeinsame Fotos anschauen«, versucht Diana den Gesprächsfaden wieder aufzunehmen. Nachdem das Thema Kinder beiseite gelegt worden war, drohte die Unterhaltung einzuschlafen.

Erfreut über den Themenwechsel steht er auf und holt ein Fotoalbum aus dem Schrank. Mit dem Einzug der Hartmanns hatte er mit den Fotos begonnen und bio heute fortgeführt. Zwei bis drei Bilder pro Woche wurden jeweils sorgfältig beschriftet und eingeklebt. Viele weitere liegen sauber sortiert in einem Karton im Wohnzimmer-schrank.

Behutsam, als könnte es dabei Schaden nehmen, legt er das Album auf den Tisch und setzt sich neben Diana.

Gemeinsam gehen sie die einzelnen Seiten durch und amüsieren und freuen sich über die Erinnerungen. Dabei kommen sie sich, wenn sie ein Bild näher betrachten wollen, auch körperlich recht nahe. Plötzlich stoßen sie mit ihren Köpfen aneinander und zucken sogleich zurück. Gleichzeitig versuchen beide sich gegenseitig zu entschuldigen, bevor sie spontan laut zu lachen beginnen.

19 Endstation Waisenhaus?

Angespannt fahren sie gleich, nachdem sie Sabine von der Schule abgeholt haben, Richtung Waisenhaus. In einem Schnellrestaurant bekommen die Kinder zuvor noch etwas zu essen. Bereits am Morgen hatte Diana den beiden erklärt, dass sie am Nachmittag ein mögliches zukünftiges zu Hause für sie besichtigen wollen und so auf den Besuch dort vorbereitet.

Moritz hatte vehement protestiert. Lieber wolle er bei Leo oder seinem Papa bleiben. Seine Schwester dagegen hatte nur stumm und mit versteinerter Miene genickt. Dabei stieß sie ein leises >OK< über ihre zusammengepressten Lippen.

Am Haupteingang des Gebäudes werden sie bereits von Frau Lerchenauer erwartet. Sie führt die Besucher zunächst in den Garten mit dem großen Spielplatz. Dort sollen die Kinder sich schon mal umsehen, während die Erwachsenen auf die Leiterin des Waisenhauses warten.

Begeistert von der Anlage läuft Moritz sofort zu einem Klettergerüst, auf dem bereits ein paar andere Kinder herumturnen. Sabine dagegen geht langsam und vorsichtig auf eine Mädchengruppe in ihrem Alter zu, die im Rasen sitzt und sich mit Luftballons beschäftigt.

»Bist du neu?«, will eines der Mädchen wissen, als Sabine die Gruppe erreicht.

»Ja, mein Bruder Moritz und ich werden wohl demnächst hier einziehen müssen, weil unsere Mama sterben wird.«

Die anderen Mädchen blicken auf.

»Komm, setz dich zu uns, ich bin die Maria und wohne schon seit zwei Monaten hier.«

»Ich heiße Sabine. Wie gefällt es euch denn hier?« Sie setzt sich zu der Gruppe auf den Boden.

»Uns gefällt es hier ganz gut«, antwortet Maria und zeigt auf die anderen Mädchen. »Wir hier bilden eine Wohngruppe. Das sind Lisa, Miriam, Katrin und Anna. Die Carmen ist unsere Betreuerin und sie bemüht sich wirklich sehr.«

»Ja, die Carmen ist wirklich nett und mag uns ganz gerne«, lobt Anna die Gruppenbetreuerin. »Wir wohnen zusammen und nach der Schule kochen wir sogar gemeinsam. Mit gefällt es wirklich gut hier. Auch bei den Hausaufgaben hilft uns die Carmen. Anschließend dürfen wir immer spielen.«

Sabine nickt nachdenklich, während ihr Anna einen Luftballon zuspielt. »Komm, wir schlagen uns den Ballon zu und niemand darf dabei aufstehen. Das ist echt lustig.«

Den ersten Luftballon den Sabine erwischt, versucht sie an Miriam, die links von ihr sitzt, weiterzuschlagen. Schnell merkt sie, dass es gar nicht so einfach ist, ihn gezielt in eine Richtung zu bringen. Die Mädchen lachen und kreischen, wenn sich eine bei dem Bemühen, den Ballon zu erreichen, zur Seite beugen, auf den Rücken legen oder sich gewaltig strecken muss.

Bei der Gruppe bekommt Sabine schnell ein Gefühl der Zugehörigkeit und sie fühlt sich wohl dabei. Ganz gelöst und mit Begeisterung spielt sie mit. Plötzlich sind die negativen Gedanken komplett in den Hintergrund gerückt.

Ihr Bruder hat ebenfalls bereits Freunde gefunden, die sein Stottern überhaupt nicht stört. Voller Freude turnt er mit ihnen an dem Klettergerüst und rutscht die angebaute Rutschbahn hinab in den Sand.

Diana und Leo beobachten die beiden von einer Gartenbank aus.

»Es scheint ihnen recht gut zu gefallen«, brummt Leo beinahe ärgerlich. »Nur, ob das auf Dauer so bleiben wird. Schließlich wechseln die Spielgefährten immer wieder. Die meisten der Kleinen sollen doch nur für ein paar Monate hier betreut werden, bevor sie in andere Familien kommen.«

Nachdenklich betrachtet Diana Leo von der Seite. »Ja sicher, aber für die Zeit sind sie bestimmt gut umsorgt. Offensichtlich gefällt es ihnen hier«, bemüht sie sich, die positive Seite herauszustellen.

»Aber stell dir vor, wie das sein muss, wenn du gerade eine Freundin gewonnen hast und diese dann in eine Familie kommt und du musst zurückbleiben. Das wird bestimmt ganz schön wehtun.«

»Ja natürlich, das stimmt schon. Aber mir bleibt doch keine andere Wahl und du musst jetzt nicht alles schlecht reden. Ich bin sehr froh, dass es den beiden hier gut gefällt. Jetzt wollen wir doch mal sehen, was das Haus sonst noch alles bietet. Sieh, da kommen die beiden ja schon.«

Frau Lerchenauer stellt die Waisenhausleiterin, Frau Baier vor.

»Na, den Kindern scheint es ja zu gefallen. Kommen Sie bitte mit, ich zeige Ihnen erst mal unser ganzes Außengelände. Anschließend wollen wir gemeinsam mit den Kindern hineingehen und uns das Leben in einer Wohngruppe anschauen«, lädt die Hausleiterin mit einer ausholenden Geste ihrer rechten Hand ein.

Während des Rundgangs berichtet sie von den Kindern, die derzeit im Haus wohnen. Außerdem weist sie darauf hin, dass regelmäßig Pfleglinge das Waisenhaus wieder verlassen, weil sie Pflege- oder Adoptiveltern bekommen. Die Hausherrin kann dabei so impulsiv und warmherzig erzählen, dass es Diana ganz leicht ums Herz wird. Den beiden wird es hier ganz sicher gut gehen, ist sie überzeugt.

»So, jetzt wollen wir die Kleinen aber mitnehmen, damit sie sehen können, was sie drinnen erwartet.«

Frau Baier lenkt die Schritte wieder zum Spielplatz zurück und Diana ruft die Kinder zu sich.

»Na, euch beiden gefällt es hier wohl schon?«, begrüßt die Hausleiterin die beiden.

»Ja, i-ich ha-be a-auch sch-schon Freunde g-ge-funden«, schwärmt der Junge.

Diana nimmt ihn dankbar in ihre Arme und drückt ihm einen Kuss auf den Kopf.

»Naja, die Mädchen sind ganz nett und wir haben uns auch schon angefreundet«, meint seine Schwester etwas zurückhaltender.

Auch sie bekommt einen Kuss von ihrer Mutter, die beinahe einen glücklichen Eindruck erweckt. Leo dagegen ist immer noch skeptisch und gar nicht so begeistert von der Freude der Kleinen. Er sagt aber nichts.

Im Haus besichtigen sie die Wohn- und Aufenthaltsräume der Bewohner. In einer Wohngruppe helfen fünf Buben gerade, einer Betreuerin, das Abendessen vorzubereiten. Mit Schürzen bekleidet stehen die Kleinen am Tisch und helfen Teig für eine Pizza zu rühren und andere bereiten bereits das Backblech vor. Dabei lassen sie sich von den Besuchern überhaupt nicht stören.

»Sehen Sie, hier findet das eigentliche Leben statt. Wie in einer richtigen Familie«, schwärmt die Heimleiterin.

Diana und Leo lächeln sich zu. Sie fühlen sich sofort an zu Hause erinnert, wo die Kinder mit eben solcher Begeisterung beim Kochen helfen.

Auf der Heimfahrt unterhält sich Diana mit den Kindern über das Waisenhaus. Leo dagegen, spielt schweigsam den Chauffeur. Nur hin und wieder blickt er kurz in den Rückspiegel. Die Kleinen scheinen sich damit abzufinden, dass sie demnächst in das Heim einziehen werden.

»Was ist denn mit dir, Leo«, möchte Diana, als sie nach dem Abendessen zusammen die Küche aufräumen, wissen. »Du bist so schweigsam.«

»Ach, weißt du, ich bin ja sicher ungerecht. Aber, ich kann und will mich auch gar nicht darüber freuen, dass es den Kindern dort gut gehen wird. Ich bin eben ein Egoist, weil ich dabei nur an den denke, der dann wieder ganz alleine hier in diesem Haus herumhockt und sich zu Tode langweilt. Ihr werdet mir einfach fehlen und das tut mir jetzt schon schrecklich weh. Wenn es doch nur eine andere Möglichkeit gäbe!«

»Aber Leo, bitte mach du mir jetzt nicht auch noch Kummer. Du weißt genau, dass ich alles darum gäbe, wenn ich eine Alternative sehen würde. Es gibt eben keine! Schließlich freue ich mich auch nicht darüber, dass ich meine Lieben verlassen muss, aber ich kann es eben nicht ändern. Da finde ich diese Lösung doch ganz gut.«

Diana beginnt leise zu schluchzen und Leo versucht zu beschwichtigen. »Ja, diese Unterbringung geht ja auch in Ordnung und ich werde schon fertig damit. Es ist einfach bloß so schade.«

»Ach du, du kannst dir ja gar nicht vorstellen, wie gerne ich hierbleiben würde. Wir waren alle so glücklich und hatten es immer so schön! Aber das Schicksal lässt es nun mal nicht zu. Ich weiß auch nicht, was ich angestellt habe, dass wir so bestraft werden müssen.«

Langsam verliert sie wieder ihre Fassung und weint einfach darauf los.

Voller Liebe und Fürsorge geht er auf die Frau zu und nimmt sie in seine Arme. Zärtlich streicht er über ihre Wangen und versucht sanft die Tränen wegzuwischen.

Diana fühlt Wärme in sich aufsteigen und plötzlich fühlt sie sich so richtig wohl und geborgen. Ihre geröteten Augen blicken ihn fragend an.

Zärtlich zieht er sie fester an sich und drückt ihren Kopf an seine Brust.

»Ich glaube, wir beide waren ganz schön dumm. Weißt du, ich empfinde für dich viel mehr als nur Freundschaft und ich spüre so ein Gefühl, dass es bei dir nicht viel anders ist. Aus Angst, dir dabei zu nahezutreten und euch damit vielleicht sogar zu verlieren, wagte ich niemals es auszusprechen. Das Gefühl kam schon bald nach eurem Einzug und es fällt mir einfach wahnsinnig schwer, jetzt mit dem Ende zurechtzukommen.«

Wehmütig und voller Liebe zieht er sie noch enger an sich und drückt ihr einen Kuss auf die Wange.

»Diana ich habe mich so richtig in dich verliebt und es wird so bleiben, bis zum Schluss. Glaube mir!«

Mit aller Hingabe, die sie aufbringen kann, schmiegt sie sich an ihn und blickt ihm immer wieder in die Augen.

»Ach Leo, mir geht es doch genau so, das hast du schon richtig bemerkt. Aber ich hatte Angst, dann als Erbschleicherin, die nur ein schönes Nest für sich und ihre Kinder sucht, zu gelten. Du hättest uns ja auch aus dem Haus jagen können und wir wären wieder auf der Straße gestanden. Deine Zuneigung habe ich durchaus bemerkt und auch genossen!«

Schmerzhaft lächelnd lehnt sie sich wieder gegen seine Schulter, und eine neue Träne rollt ihr über die Wange.

Während sie still und eng umschlungen in der Küche stehen wagt es keiner, die romantische Stimmung zu unterbrechen. Erst als sich bei Leo leichte Rückenschmerzen von der etwas gekrümmten Haltung einstellen, beginnt er sich vorsichtig zu bewegen.

»Komm, lass uns doch auf die Couch setzen, dort ist es etwas bequemer.«

Hand in Hand und glücklich lächelnd gehen die frisch verliebten in sein Wohnzimmer. Dort schenkt er sich den allabendlichen Schluck Wein ein und stellt für Diana ein Glas mit Wasser auf den Tisch. Eng aneinander sitzend weiß im Moment keiner von ihnen so recht, wie es weitergehen soll.

Vorsichtig legt Leo seinen Arm um ihre Schultern und sie kuschelt sich sofort an ihn. Verliebt und verträumt sitzen sie da und hängen ihren Gedanken nach.

Plötzlich richtet sich Diana auf und blickt Leo schelmisch an. »Wir mögen ja in der Vergangenheit dumm gewesen sein, aber ein paar Tage hätten wir ja noch. Was meinst du? Jetzt brauchen wir keine Angst mehr vor irgendwelchen Konsequenzen zu haben und könnten uns doch noch eine schöne Zeit machen. Wenn sie auch nur kurz sein wird. Diese Erinnerung würde ich aber sehr gerne noch mitnehmen. So gut es eben geht«, schränkt sie noch bedauernd ein.

Glücklich lächelnd beugt sich Leo zu ihr hinüber und küsst sie voller Hingabe.

Er erwacht, als sich Diana leicht bewegt. Zunächst ist er etwas verwirrt, bis die Erinnerung an den Abend zurückkommt.

Behutsam richtet sie sich auf und drückt ihm einen Kuss auf seine Lippen.

»Ich gehe jetzt besser nach oben. Der Moritz kommt in letzter Zeit meist so gegen vier Uhr zu mir ins Bett. Ich möchte nicht, dass er mich sucht und nicht findet. Schließlich plagt ihn ja schon Kummer genug. Danke für den schönen Abend.«

Lächelnd nickt er und zieht ihren Kopf noch einmal zu sich, um ihr einen Kuss auf die Stirn zu drücken.

Aufgewühlt liegt er wach auf seiner Couch und zieht die Wolldecke enger um sich. Plötzlich fühlt er sich jung und glücklich wie schon lange nicht mehr.

Doch, je länger er nachdenkt, desto stärker drängen sich die Gedanken an das bevorstehende Schicksal in den Vordergrund. Obwohl er jetzt absolut nicht daran denken will, lassen sie sich nicht abschütteln. Schweren Herzens grübelt er weiter darüber nach, wie er bald wieder allein in seinem Haus sitzen und alles still und geordnet seinen Weg gehen wird. Kein Wirbelwind wird mehr durch die Zimmer sausen und für Unordnung und Spaß sorgen. Seine Depressionen werden sicherlich bald wieder zurückkehren und er kann dann nur der Vergangenheit nachweinen. Ihm graut regelrecht davor, wieder nur für sich allein zu kochen und zu essen. Der Garten wird verwaisen und kein Kindergeschrei die Ruhe stören. Seine Hilfe benötigt dann niemand mehr und keiner wird ihn auffordern, irgendeinen Unsinn mitzumachen oder ein Spielzeug zu reparieren.

Um der aufkommenden Schwermut aus dem Weg zu gehen, steht er auf und geht ins Bad. Die Uhr zeigt erst kurz nach fünf. Er entschließt sich, noch eine Joggingrunde vor dem Frühstück zu absolvieren. Vielleicht vertreibt die Bewegung an der frischen Luft die schweren Gedanken.

Kaum ist Diana in ihr Bett geschlüpft, kommt der Junge schon mit seinem Teddy und der Schmusedecke in der Hand anmarschiert. Still krabbelt er zu seiner Mama unter die Decke, die ihn voller Freude und inniger Liebe an sich zieht. Sie möchte ihr Glück mit ihm teilen und drückt ihm, bevor er wieder einschläft, einen sanften Kuss auf die Stirn. Freudig erregt liegt sie wach und denkt über das Geschehene nach. Warum nur hatte sie nicht schon früher von ihren Gefühlen gesprochen? Es hätte noch so schön sein können! Aber es war ja auch so eine wundervolle Zeit, überlegt sie. Viel schöner wäre kaum möglich gewesen. Und dennoch! Sinnierend beschließt sie, die verbleibende Zeit zu nutzen und Leo noch möglichst viel Liebe zurückzugeben. Am Morgen werden die Kinder beim Frühstück ihr Glück bestimmt in ihren Augen sehen können. Sanft legt sie einen Arm um ihren Kleinen und schläft glücklich ein.

Während Leo durch den Park seine Runde dreht, denkt er intensiv über die Geschehnisse der letzten Nacht nach. Beim Laufen kann er immer gut überlegen und störende Ängste dabei ausblenden. Seine Gedanken geben sich aber nicht damit zufrieden, dass ihnen nur noch ein paar Tage, vielleicht auch noch drei oder vier Wochen bleiben. Nein, sie verbeißen sich immer stärker in die Zeit danach. Wie soll es dann nur werden? Er kann doch die Kinder in ihrem Schmerz nicht einfach anderen überlassen und sagen, dass es das eben gewesen sei. Es muss einfach eine andere Möglichkeit geben!

Verschwitzt und in Gedanken versunken führt ihn sein Weg in Richtung Parkwirtschaft. Sofort ändern sich die Gedanken und er erinnert sich daran, wie die Kinder dort ihr erstes Eis bekommen haben. Seine Stimmung hebt sich leicht und als er die Wirtschaft erreicht, setzt er sich verträumt auf einen Stuhl, gleich neben der Eingangstür.

»Na, schon müde heute?«, spricht ihn der Wirt an, der gerade mit seinem Lieferwagen gekommen ist. Die beiden kennen sich gut, denn Leo kommt seit Jahren gerne hierher.

»Na ja, eigentlich nicht«, antwortet er und erhebt sich, »einfach den Gedanken nachhängen. Aber was treibt Sie denn heute schon hierher. Es wird doch erst um zehn geöffnet. Oder ist mir da etwas entgangen?«

»Nein, nein, das stimmt schon. Wir haben heute eine Hochzeit und da muss geschmückt und vorbereitet werden. Die ersten Gäste wollen bereits gegen halb zehn zum Weißwurstfrühstück erscheinen. Da gibt es noch viel zu erledigen. Einen schönen Tag noch, ich muss ...«

Leo grüßt zurück, wünscht eine schöne Feier und setzt seine Laufrunde fort.

Während er über die Wirtschaft und den Wirt, der es immer wieder gut versteht, Hochzeiten und andere Veranstaltungen auszurichten, nachdenkt, trifft es ihn wie ein Blitz!

»Genau, das ist die Lösung! Sofort nach dem Frühstück werde ich mit ihr darüber reden!« Gerne hätte er es laut hinausgeschrien, so aber brummelt er lächelnd die Worte vor sich hin.

Mit neuem Elan erfüllt kommt er zu Hause an und beginnt nach der Dusche mit dem Vorbereiten des Frühstücks. Genießerisch deckt er den Tisch und drückt auf Dianas Teller einen Kuss.

Kaum dass der Kakaoduft durch den Raum zieht, kommen die Kinder schon die Treppe heruntergestürmt.

»G-guten-Mo-morgen L-Leo. M-Mama k-k-kommt gl-gleich«, begrüßt ihn Moritz und setzt sich an seinen Platz.

»Guten Morgen«, begrüßt ihn auch Sabine und nimmt ihm im Vorbeigehen das Körbchen mit dem Toast ab. Freudig gelaunt geht er zu den beiden und streicht ihnen liebevoll über die Köpfe. >Freunde, ich weiß die Lösung für euch beide. Ihr müsst jetzt nur noch helfen, eure Mama davon zu überzeugen<, denkt er heimlich bei sich, und schmunzelt wie ein Lausbub in sich hinein.

Als auch Diana im Esszimmer erscheint und sich, wie immer, neben Leo setzt, streicht sie ihm zur Begrüßung leicht mit der Hand über den Rücken. Die Kinder sollten eigentlich noch nichts merken, doch den wachsamen Augen ihrer Tochter ist es nicht entgangen. Neugierig blickt sie ihre Mutter mit einem fragenden Ausdruck im Gesicht an und lächelt dabei verschmitzt.

Ertappt gefühlt, will Diana jetzt nicht länger ein Geheimnis daraus machen.

»Na gut, ihr beiden«, meint sie leicht verlegen, »der Leo und ich haben uns gern. Habt ihr vielleicht etwas dagegen?«

Sabines Augen beginnen zu strahlen. »Endlich habt ihr es auch kapiert! Das war doch schon immer so! Alle haben es gewusst, nur ihr nicht«, grinst sie recht altklug die beiden Erwachsenen an.

Diese blicken sich erstaunt an und beginnen ebenfalls zu lachen.

Moritz spuckt eilig den soeben in den Mund geschobenen Toast aus und schreit regelrecht vor Freude. »D-Das i-ist a-aber pri-ma. Ich ha-be L-Leo auch g-gern!«

»Na, nachdem dies geklärt ist«, meint Leo gut gelaunt, »gibt es für jeden, der mich gern hat, erst einmal einen Kuss.«

Dabei beugt er sich zu Diana, zieht deren Kopf zu sich und küsst sie auf die Lippen.

Während diese noch etwas überrascht und verwirrt wirkt, brandet von den Kindern Beifall auf. Sie klatschen mit ihren Händen und johlen vor Begeisterung.

Anschließend gibt es von Leo auch für die Kleinen jeweils einen Schmatz auf die Wange. Moritz putzt sich schnell noch seinen Mund ab, bevor er Leo ebenfalls einen Kuss auf die Wange drückt.

Vergessen sind die Krankheit und die desaströsen Aussichten. Alle freuen sich und genießen einfach den schönen Moment.

Heute bringen sie gemeinsam die Kinder zum Kindergarten und in die Schule. Leo hatte Diana gebeten mitzukommen, weil das Wetter so schön sei und sie anschließend noch im Park spazieren gehen könnten. Im Grunde möchte Diana zwar ablehnen, weil sie trotz ihres Glücks, heute wieder verstärkt Schmerzen im Bauch- und Brustraum verspürt. Selbst von den Medikamenten lassen sie sich nicht ganz unterdrücken. Andererseits bringt sie es nicht übers Herz, Leo die Stimmung zu verderben.

Zielgerichtet steuert er die Wirtschaft im Park an, wo bereits die Hochzeitsfeier voll im Gange ist. Eng umschlungen schlendern sie dahin und unterhalten sich über das Frühstück und darüber, dass Sabine sie wohl schon lange durchschaut hatte.

Als sie sich der Parkwirtschaft nähern, beginnt eben die Musikkapelle zu spielen, gerade so, als ob sie die beiden empfangen wollte.

»Schau, da ist heute eine Hochzeitsfeier«, meint Diana, als sie die Musik spielen hört und die fein gekleideten Gäste sieht.

»Tatsächlich«, spielt er den Ahnungslosen. »So eine Feier würde mir auch gefallen. Was denkst du darüber?«

Verständnislos und verwirrt sieht sie ihn an. »Ich verstehe nicht. Wie meinst du das?«

Nervös wie ein Schulbub druckst er verlegen herum, fasst sich ein Herz und fragt: »Diana, möchtest du mich heiraten?«

Total perplex blickt sie ihn an.

»Leo«, antwortet sie etwas laut und streng, »ich bin zwar momentan sehr glücklich, aber solche Späße mag ich nicht. Was ist denn in dich gefahren? Du kennst doch unsere Situation!«

»Ach, vergiss doch jetzt einfach die Krankheit für den Augenblick. Würdest du mich in gesundem Zustand heiraten?«

»Also, was soll das? Wahrscheinlich würde ich ja sagen. Quatsch, ganz bestimmt sogar! Die aktuelle Situation ist aber eben anders. Wieso kommst du gerade jetzt mit diesem Thema daher?«

»Aber Diana, schau doch mal, wir lieben uns und die Kinder mögen mich auch. Ich könnte die Kinder adoptieren und dann bräuchten sie auch in kein Heim. Du würdest wissen, dass sie gut aufgehoben sind und ich könnte ihnen helfen, den Trauerschmerz leichter zu überstehen. Für mich gäbe es nichts Schöneres, als dich glücklich zu sehen und die beiden beim Erwachsenwerden begleiten zu dürfen.«

Verstört entzieht sie Leo ihre Hand, um sie auf ihre Brust zu drücken. »Komm, lass uns hier hinsetzen«, bittet sie und deutet auf eine Bank, die am Rand des Weges steht. Ihre Wangen sind blass geworden und sie drückt mit beiden Händen gegen ihren Oberkörper.

»Was ist«, fragt Leo erschrocken und besorgt. »Verspürst du Schmerzen?«

»Ja, seit heute Morgen schon. Die Tabletten helfen wohl nicht mehr so recht. Es wird aber schon wieder leichter.«

Tapfer lächelt sie ihn an und ergreift wieder seine Hand. »Vielleicht hat ja auch die Aufregung noch etwas dazu getan.«

Besorgt legt er seinen Arm um sie und streichelt ihre Wange, bis wieder etwas Farbe im Gesicht erscheint.

»Habe ich dich so erschreckt? Das wollte ich aber ganz bestimmt nicht. Weißt du, es ist nur so … »

Liebevoll legt ihm Diana ihren Finger auf die Lippen und sieht ihn an. »Schau Lieber, lass uns vernünftig bleiben! Es freut mich wirklich wahnsinnig, aber du kennst doch unsere Lage. Wer weiß, wie viele Tage mir überhaupt noch bleiben und wie lange ich davon noch bei euch sein kann. Du würdest dir doch nur eine Bürde aufhinden und es bestimmt schon bald bereuen. Deine Kinder würden dich sicherlich auch für verrückt erklären. Lass es lieber! Es ist eben zu spät.«

Vor Wehmut und Rührung beginnt sie zu weinen und verbirgt ihr Gesicht an seiner Schulter. Zärtlich drückt er ihren Kopf an sich und streichelt ihren Rücken. Alle möglichen Gedanken schießen ihm dabei durch den Kopf. >Ja, die Kinder würden wohl erstaunt sein, aber bestimmt keine ernsthaften Einwände vorbringen. Schließlich sind sie und die Enkel alle gut versorgt und brauchen sich um das Erbe nicht zu sorgen. Vermutlich würden sie sich sogar freuen, wenn sie wüssten, dass ich eine Aufgabe hätte.<

Nachdem sich Diana wieder etwas erholt hat, versucht er sie erneut zu überzeugen. Zärtlich nimmt er ihren Kopf zwischen seine Hände und blickt ihr in die verweinten Augen.

»Glaubst du wirklich, ich hätte das nicht schon alles bedacht? Ganz so spontan war die Idee nämlich auch wieder nicht und alt genug, um die Tragweite einer solchen Entscheidung zu übersehen, bin ich doch sicherlich auch. An meine Kinder brauchst du bestimmt keine Gedanken verschwenden, im Gegenteil, die werden sich freuen, wenn sie sich nicht um mich zu kümmern brauchen. Du musst dich ja auch nicht gleich hier an Ort und Stelle entscheiden. Aber denke bitte darüber nach.«

»Ach Leo, was soll ich sagen? Du bist so lieb und ich kann dir einfach nichts geben. Ich hätte ein so schlechtes Gewissen dabei. Bestimmt würde es dann gleich heißen, dass ich dich gerade noch rechtzeitig um den Finger gewickelt habe, damit die Kinder versorgt wären und so weiter. Du kennst doch die Leute!«

»Aber, lass doch die Leute. Die sollen reden, was sie wollen und du brauchst dir überhaupt kein schlechtes

Gewissen einzureden, schließlich geht die Initiative ja von mir aus. Ich möchte dich heiraten!«

»Ach Schatz, mach es mir doch nicht so schwer! Ich sehe ja auch, dass es eine schöne, ja geradezu ideale Lösung sein könnte, aber ich kann dir das einfach nicht antun. Schau, in wenigen Wochen würdest du schon wieder Witwer und von mir bliebe dir nichts mehr, als ein Grabstein auf dem Friedhof draußen. Natürlich würde es den Kindern gefallen und es würde ihnen ganz bestimmt auch gut gehen. Ich kann das aber nicht. Bitte glaube nicht, dass ich dich nicht auch lieben würde, aber das ist ein ganz anderes Thema! Ich käme mir beinahe vor, als würde ich meine Kinder im letzten Moment an den Meistbietenden verkaufen! Nein, Leo, ich kann das nicht!«

Weinend vergräbt sie sich wieder an Leos Brust.

Insgeheim hat er schon so eine Antwort befürchtet und ist deshalb auch nicht besonders enttäuscht. Leise vor sich hin lächelnd blickt er einigen Vögeln nach, die von einem frei laufenden Hund aufgescheucht worden sind. >Gib ihr einfach etwas Zeit, dann wird es schon werden<, denkt er und überlegt bereits, wie sie das alles in ein paar Tagen hinbekommen könnten.

Still und vor sich hin sinnierend, treten sie langsam den Rückweg an. Kurz vor dem Ende des Parks möchte sich Dana noch einmal auf eine freie Bank setzen.

»Entschuldige bitte, aber mir wird der Weg zu lange. Ich brauche eine kleine Pause«, meint sie erklärend dazu.

Er hat seinen Arm um sie gelegt und sieht sie an. Dabei glaubt er, in ihrem Gesicht den Kampf, der sich im Inneren abspielt, direkt beobachten zu können. Lächelnd legt er seinen Kopf an ihren.

»Ach Leo, es wäre so schön. Wenn mir bloß noch etwas mehr Zeit bliebe! Die Kinder würden wirklich glücklich sein, wenn sie bei dir bleiben könnten. Aber, ich bin einfach etwas überfahren momentan. Das geht mir alles zu schnell und meine Gedanken drehen sich eben vorrangig um meine Krankheit, die ich ja permanent spüre. Deshalb kann ich sie auch nicht so mir nichts dir nichts abstellen. Bitte lass mir noch bis heute Abend Zeit!« Mit einem Kuss auf seine Lippen beschließt sie vorerst das Thema.

Wieder daheim geht Diana nach oben in ihr Wohnzimmer, um sich etwas auszuruhen. Es war der erste größere Spaziergang seit längerer Zeit und ihr Körper ist offensichtlich schon stärker geschwächt, als sie angenommen hatte. Erschöpft legt sie sich auf das Sofa und zieht eine leichte Wolldecke über sich.

Eigentlich wollte sie ja nachdenken, aber schon nach wenigen Augenblicken schläft sie tief und fest. Im Traum sieht sie Leo und die Kinder im Haus und im Garten glücklich spielen. Aber, wo sie auch hinsieht, sie kommt in dem Traum nicht vor. Lediglich ein Foto auf Leo`s Wohnzimmertisch erinnert an sie. In diese Idylle hinein kommt Frau Lerchenauer mit einem Betreuer aus dem Waisenhaus, um die Kinder abzuholen. Die beiden Geschwister flüchten verängstigt und weinend in den Garten und verschanzen sich in ihrem Baumhaus, während Leo mit dem Besuch zu diskutieren versucht.

»Nein, nein«, schreit Diana und wird von ihrer eigenen Stimme wach. Voller Angst und mit rasendem Herzen richtet sie sich auf und blickt sich um. Langsam erkennt sie, dass es doch nur ein Traum war.

Langsam beruhigt sie sich wieder und mit offenen Augen denkt sie über den Traum nach. Dabei wird ihr rasch klar, dass sie ein solches Drama den Kindern unbedingt ersparen möchte. In ihrem Herzen weiß sie auch schon lange, dass sich die Kinder im Waisenhaus bestimmt nicht wohlfühlen würden. Bisher hat sie dieses Wissen eben einfach als notgedrungen akzeptiert. Schließlich zeigte sich weit und breit keine andere Lösung. Aber jetzt hätte sie ja eine Chance! Dann muss sie aber Leo`s Angebot annehmen! Wieder beginnt alles von vorne!

Hin- und hergerissen drehen sich ihre Gedanken im Kreis. Im Grunde wäre die Hochzeit mit Leo der Traum schlechthin. Aber sofort kommen wieder die Bedenken, dass sie ihm ja keinerlei Gegenleistung bieten könnte. Stattdessen würde er sie in wenigen Tagen begraben müssen!

Tränen suchen sich zum wiederholten Male einen Weg über ihre Wangen. Aber mit der Erkenntnis, dass sie sehr schnell eine Entscheidung treffen muss, bäumt sie sich gegen ihre Gedanken auf und unterdrückt die Tränen. >Keine Zeit mehr zum Weinen<, sagt sie sich und erhebt sich. Im Bad nimmt sie ihre Medikamente und steigt langsam und vorsichtig die Treppe hinunter. Sie will jetzt unbedingt noch mit Leo reden, bevor er die Kinder abholt.

»Na, geht`s wieder?«, begrüßt er sie erfreut aus der Küche, wo er das Mittagessen vorbereitet.

»Komm und setz dich bitte kurz zu mir. Ich möchte mit dir reden.«

An ihm vorbei, geht sie ins Esszimmer, setzt sich an den Tisch und wartet, bis Leo ebenfalls Platz genommen hat.

»Mir ist schlagartig klar geworden, dass ich die Kleinen nicht im Waisenhaus sehen möchte. Auch, wenn es ihnen dort bestimmt gut gehen würde. Sie würden jetzt von hier und in ein paar Monaten auch wieder von dort herausgerissen! Niemand kann sagen, wo sie dann landen werden. Das wird einfach zu viel für die beiden. Ich habe mich deshalb entschlossen, ja zu sagen. Aber du musst mir wirklich glauben, dass ich dich nicht nur wegen der Kinder, auch wenn sie jetzt natürlich im Vordergrund stehen, heiraten möchte. Auch dich möchte ich glücklich sehen und das geht wohl nur, wenn die Kinder bei dir bleiben können. Mich erhältst du dann eben als notwendiges Übel gratis dazu!« Ein bitteres Lächeln gleitet dabei über ihre Lippen.

Überrascht und voller Freude erhebt sich Leo und schließt sie in seine Arme.

»Danke, mein Schatz! Du glaubst ja gar nicht, wie groß der Stein ist, der mir soeben vom Herzen fällt. Wir werden noch sehr glückliche Tage erleben und eine schöne Hochzeit im ganz Kleinen feiern. Da werden die Kinder aber Augen machen! Ich verspreche dir, dass du, wenn es einmal soweit sein wird, ganz beruhigt und frohen Herzens wirst gehen können. Wir werden immer bei dir sein.«

Beherzt und voller Übermut zieht er sie ganz fest an sich und küsst sie liebevoll auf den Mund. Ihr dagegen rollen immer mehr Tränen über die Wangen, jetzt aber vor Glück! Leise stammelt sie vor sich hin: »Womit verdienen wir das bloß?«

Lächelnd löst sich Leo von ihr. »Du, ich muss aber los und die Kinder abholen, sonst komme ich zu spät. Ich freue mich ja so, wenn wir es den beiden erzählen.«

Nach dem Essen bittet Diana die Kinder, noch einen Moment am Tisch sitzen zu bleiben.

»Ja, meine Engel, ich muss euch unbedingt noch etwas sagen: Ihr dürft bei Leo bleiben! Wir wollen nämlich noch heiraten und Leo wird euch beide adoptieren. So braucht ihr in kein Heim und auch nicht zu anderen Eltern! Was sagt ihr dazu?«

»U-U-Und d-du st-stirbst d-d-dann nicht?« Der Bub bringt vor Aufregung beinahe gar nichts mehr heraus.

»Ach Moritz, mein Schatz, das kann ich leider nicht verhindern. Aber bis dahin werden wir alle noch ganz glücklich sein!«

Leise geht Sabine mit fragendem Blick zu ihrer Mutter und hängt sich an deren Arm. »Macht ihr das jetzt nur wegen uns, damit wir nicht weg müssen?«

»Aber nein, Sabine«, mischt sich jetzt Leo in das Gespräch ein. »Du hast es doch schon länger als wir gewusst, dass wir uns gernhaben! Jetzt, wo wir es endlich auch kapiert haben, muss es eben recht schnell gehen. Ihr beide seid sozusagen die Mitgift eurer Mutter und glaubt mir, eine schönere könnte ich mir nicht vorstellen.«

Der Bub sitzt mittlerweile auf Leos Schoß und strahlt über das ganze Gesicht. Sabine schlingt ihre Arme um die Mutter und beginnt leise zu weinen. »Aber Mama, du musst einfach bleiben und wieder gesund werden. Wir brauchen dich doch auch!«

Diana stockt vor Schmerz der Atem ab. Stammelnd und unter Tränen antwortet sie wehmütig: »Aber Sabine, ich bin doch immer bei euch! Glaub mir, ich werde immer da sein, auch wenn du mich nicht siehst. Du wirst es ganz bestimmt spüren.« Dabei drückt sie das Mädchen fest an sich, um das Gesagte noch zu verstärken.

»So, jetzt wollen wir uns aber sputen, damit wir alles noch rechtzeitig hinbekommen. Nicht, dass uns zum Schluss noch die Zeit davonläuft. Bei den Behörden kann das nämlich dauern. Ich rufe doch gleich mal die Frau Lerchenauer an, die kann uns dabei bestimmt weiterhelfen.«

Leo hebt Moritz von seinem Schoß und stellt den Buben auf seine Beine.

»W-wirst du d-dann uns-er Papa?«

»Nein mein lieber Moritz. Euer Papa bleibt euer Papa. Ich darf euch sozusagen betreuen. Aber ich verspreche ganz fest, dass wir ihn in unsere Familie einbinden werden. Er kann uns, so oft er will, besuchen kommen. Aber jetzt kümmerst du dich bitte einstweilen um die beiden Damen.«

Frau Lerchenauer ist begeistert und verspricht alles für eine schnelle Adoption vorzubereiten. Um das Standesamt sollten sie sich aber selber kümmern, meint sie mit einem Zwinkern in den Augen. »Erklären Sie einfach auf besonders dringlich und schildern Sie die Situation, dann wird es sich bestimmt rechtzeitig einrichten lassen.«

Gleich nach dem Anruf ist sie auf eine Tasse Kaffee und ein Gespräch vorbeigekommen.

»Als ich das gehört habe«, beginnt sie, »habe ich mich richtig gefreut. Mehrfach hatte ich mir schon überlegt, diesen Vorschlag zu unterbreiten, denn dass Sie sich mögen, war ja nicht zu übersehen. Aber der Amtsmensch in mir hat dann wieder gewonnen und gesagt, das geht dich nichts an! Das ist reine Privatsache.«

Diana und Leo blicken sich verblüfft an und beginnen dann zu lachen.

»Aha«, sagt Leo mit grinsendem Gesicht, »noch so jemand.« Anschließend erklärt er der Frau den Hintergrund ihrer Fröhlichkeit.

»Nun, es war ja tatsächlich kaum zu übersehen. So wie Sie beide miteinander umgegangen sind, konnte ja gar nichts anderes dahinter stecken. Aber, ich weiß schon, die Betroffenen merken es meist erst zum Schluss.« Auch sie kann sich jetzt ein Lächeln nicht mehr verkneifen.

Mit einem schmunzelnden »Sie hören von mir« verabschiedet sie sich, um gleich noch mit dem Vormundschaftsgericht sprechen.

»Na, was meinst du dazu?« Leo wendet sich Sabine zu, die an Dianas Arm hängt und sich mit Kommentaren bisher zurückgehalten hat.

»Natürlich freut es mich, dass wir hier bleiben dürfen, aber vielleicht kannst du ja doch noch etwas unternehmen, dass auch Mama da bleiben kann. Du kannst doch immer alles!« Hilflos wischt sie sich dabei über ihr Gesicht.

Verlegen und ratlos blickt er das Mädchen an und schüttelt bedauernd seinen Kopf. »Nichts auf der Welt würde ich lieber tun, aber hier weiß ich auch keinen Rat. Ich bin kein Arzt, obwohl die ja auch keine Hilfe mehr wissen. Es schmerzt mich auch fürchterlich, das darfst du mir glauben, aber ich kann einfach nichts dagegen unternehmen.«

Mit wässerigen Augen nickt Sabine und reicht Leo ihre kleine Hand. »Danke Leo!« Mehr bringt sie im Moment nicht heraus. Offensichtlich überwiegt bei ihr der drohende Verlust der Mutter alles andere.

21 Der Tod kommt näher

Mit eingeschaltetem Blaulicht wartet der Krankenwagen vor der Tür, während zwei Sanitäter Diana die Treppe heruntertragen. Leichenblass liegt sie auf der Trage und versucht ein krampfhaftes Lächeln, als sie an Leo vorbeikommt. Sabine und Moritz hängen an seinem Hosenbein und weinen lauthals.

Kurz danach stehen sie bereits auf der Straße und winken mit schmerzverzerrten Gesichtern noch zaghaft hinter dem Rettungswagen her, bis er um die nächste Kurve verschwindet.

Die beiden Kinder sitzen bei Leo auf dem Schoß und er versucht sie zu trösten.

»Heute geht ihr nicht in den Kindergarten und zur Schule. Sobald wir wissen, dass es eurer Mama wieder besser geht, werden wir sie besuchen. Zuerst wollen wir aber frühstücken.«

»Geht euch schon mal waschen und anziehen. Ich kümmere mich derweilen um das Frühstück.«

Während die beiden langsam und immer noch schluchzend nach oben verschwinden, steht Leo tief betroffen in der Küche.

Natürlich, er wusste ja Bescheid! Aber jetzt, wo es offensichtlich ernst wird, kann er es dennoch kaum fassen.

Gerade letzte Woche hatten sie im ganz kleinen Rahmen zu Hause Hochzeit gefeiert. Seine beiden Kinder hatten sie noch beglückwünscht und wollten aber erst in ein paar Tagen vorbeischauen, weil ihnen der Termin einfach zu kurzfristig war. Aber beide zeigten große Begeisterung, was vor allem Diana mit viel Freude erfüllt hatte. Auch Herr Hartmann war gekommen, um seine Glückwünsche zu überbringen.

»Herr Mitterndörfer«, hatte er Leo in einer ruhigen Minute beiseite genommen, »ich bin Ihnen ja so dankbar. Sie können sich gar nicht vorstellen, wie ich darunter gelitten habe, als ich hörte, dass die Kinder ins Waisenhaus müssten. Mein Problem kennen Sie ja. Ihr Angebot, dass ich die Kinder jederzeit besuchen kann, freut mich sehr und ich werde es ganz bestimmt reichlich annehmen. Ich möchte die beiden nämlich nicht verlieren und weiß sie jetzt bei Ihnen in guten Händen.«

›Ja, und jetzt sind sie tatsächlich in meinen Händen‹, überlegt er, während er automatisch Kakao kocht und Brote schmiert.

Bereits am Vorabend waren die Schmerzen immer stärker geworden und Diana hatte sich entschlossen, oben in ihrem Bett alleine zu schlafen. Gegen morgen aber konnte sie die Schmerzen nicht mehr ertragen. Sie schickte Moritz, der zu ihr ins Bett geschlüpft war, hinunter, damit Leo den Krankenwagen rufen würde.

Unter starken Weinkrämpfen verabschiedete sie sich von den Kindern und ihrem Mann. Die Angst, dass sie diesmal nicht mehr nach Hause kommen würde, raubte ihr die Worte und nur die Augen konnten noch ihre Liebe ausdrücken. Schwach und unter Krämpfen leidend erwartete sie den Rettungswagen.

Lustlos und schweigend knabbern die Kinder an ihrem Frühstück herum. Leo grübelt darüber nach, wie es jetzt weitergehen soll. Die Adoption ist noch nicht genehmigt, aber wer weiß schon, wie lange noch Zeit dafür bleibt. Die Sorge, dass zum Schluss doch noch etwas schiefgeht, treibt ihn um und er geht unruhig in der Küche auf und ab.

Für einen Anruf beim Jugendamt ist es noch zu früh, aber er kennt ja auch die Privatnummer von der Sachbearbeiterin.

»Ich kümmere mich sofort darum«, verspricht diese gleich am Telefon, »und werde nochmal mit dem Richter persönlich reden. Sie hören von mir, sobald ich mehr weiß.«

Leicht beruhigt geht Leo zu den Kleinen an den Tisch im Esszimmer zurück.

»Dürfen wir jetzt doch nicht bei dir bleiben?« Sabine blickt ihn mit verweinten Augen an.

»Doch Sabine, natürlich dürft ihr bei mir bleiben. Wir müssen nur noch schnell ein Papier unterschreiben, damit alles in Ordnung geht.«

Zwar kann er damit das Kind momentan trösten, aber ihn drückt dabei ein schlechtes Gewissen. Schließlich weiß er genau, dass es möglicherweise doch noch Probleme geben kann. Aber vielleicht geht ja auch alles gut!

Nachdem Kindergarten und Schule Bescheid wissen, räumen sie zusammen den Frühstückstisch ab. Gerne würde er die Kinder jetzt für irgendetwas begeistern, um sie abzulenken, aber es fällt ihm einfach nichts Geeignetes ein.

»Was machen wir denn bloß, bis wir in das Krankenhaus können«, brummelt er sinnierend vor sich hin.

»Wir könnten uns doch einfach einmal darüber unterhalten, wie es werden wird, wenn Mama nicht mehr bei uns ist«, schlägt Sabine trocken vor.

Überrascht und betroffen von der Bitte des Kindes, setzt er sich zu den beiden und legt seine Arme um sie. Diesem Thema wäre er lieber aus dem Weg gegangen, aber Sabines nüchterne Aussage schockiert und erstaunt ihn gleichzeitig, sodass er gar nicht anders kann, als zuzustimmen. Moritz verzieht sein Gesicht und deutet damit an, dass er sich lieber nicht beteiligen möchte.

Leo nimmt den Buben auf seinen Schoß und das Mädchen rückt ganz nah an ihn heran.

»Wenn eure Mama nicht mehr bei uns ist, wird sie uns allen sehr fehlen und wir werden sehr traurig sein. Aber denkt daran, dass sie uns dennoch immer begleiten wird, auch wenn wir sie nicht sehen können. Wir werden ein schönes Foto von ihr aufstellen. Daneben stellen wir eine Kerze, die ständig brennen soll. So kann sie sehen, dass wir immer an sie denken.«

Das Mädchen nickt eifrig mit dem Kopf. »Und auf dem Friedhof werden wir sie jeden Tag besuchen und ihr erzählen, was uns bedrückt!«

»G-ge-genau, d-das ma-machen wir«, stimmt jetzt auch Moritz mit schmerzverzerrtem Gesicht zu.

»Euer Papa hat mir auch versprochen, dass er uns oft besuchen kommen wird. Viel öfter, als in der Vergangenheit. Ihr werdet sehen, wir kommen schon zurecht. Aber jetzt hoffen wir einfach, dass es noch nicht so weit ist und eure Mama wieder heimkommen darf.«

Damit aber die Unterhaltung nicht einschläft und die Kinder wieder nur weinen, holt Leo die Fotoalben, die ihm, zusammen mit Diana, in letzter Zeit so viel Freude bereiten konnten.

Sofort leben die Kinder auf und können wieder etwas lachen. Gemeinsam freuen sie sich über die Bilder und die Erinnerungen an die Ausflüge, die sie miteinander unternommen hatten.

Ein Bild zeigt Moritz`s erstes Bad im Starnberger See, wo er mit Taucherbrille und einer viel zu großen Badehose auf dem Steg posiert. Oder bei Sabines letztem Geburtstag, wie sie als Elfe verkleidet ihre Gäste bedient. Viele Fotos von ihrer Mutter wecken Erinnerungen an schöne Zeiten. Dabei vergehen die Stunden und die Kinder können sich etwas entspannen und ruhiger werden.

Das schrille Läuten des Telefons weckt sie aus ihren Träumen. Frau Lerchenauer meldet sich mit einer guten Nachricht.

»Der Richter möchte sich persönlich ein Bild von der Situation machen. Dazu wird er schon heute Nachmittag, so gegen 15:00 Uhr, zu ihrer Frau ins Krankenhaus kommen. Wäre es Ihnen und den Kindern um diese Zeit möglich ebenfalls anwesend zu sein? Er ist jedenfalls recht positiv unserem Ansinnen gegenüber eingestellt und es wird vermutlich keine Probleme geben. Hoffentlich geht es bis dahin Ihrer Frau wieder besser!«

Leo bedankt sich und verspricht, dass sie kommen werden. Anschließend erklärt er den Kindern, worum es dabei geht.

»So, und jetzt rufe ich einfach im Krankenhaus an und frage nach, bis wann wir kommen dürfen.«

Er erreicht zunächst die Telefonzentrale des Krankenhauses und wird zur Station weiterverbunden, wo sich Schwester Hildegard meldet.

»Ja sicher, Sie können Ihre Frau schon besuchen. Momentan schläft sie und erholt sich. Aber sobald sie wach wird, ist sie bestimmt auch ansprechbar. Zwar ist sie noch etwas schwach, aber sie bekommt eine Infusion, die sie wieder aufrichten soll. Gut, dann bis später!«

»Auf geht`s!« Die Anspannung fällt von ihm ab und Leo schreit es beinahe hinaus, so erleichtert fühlt er sich. »Anziehen und dann Abmarsch!«

»Juhu«, ruft Moritz eines der wenigen Worte, die er immer ohne zu stottern aussprechen kann.

Sabine schnappt sich ihren Bruder bei der Hand und zieht ihn regelrecht mit nach oben, damit keinerlei Zeit verloren geht. »Komm schon, wir müssen uns beeilen.«

Leo zieht sich an, packt das ganz neue Familienstammbuch und seinen Ausweis ein. Für alle Fälle, denn es soll auf keinen Fall an ihm liegen, wenn etwas fehlen sollte.

Es wird bereits Mittag, als sie am Krankenhaus ankommen und den Lift in den zweiten Stock nehmen. Essensgeruch liegt in der Luft und bestürzt fällt Leo ein, dass die Kinder ja außer einem Minimalfrühstück noch gar nichts gegessen haben. Sie werden später nach unten in die Cafeteria gehen, um ihren Hunger zu stillen, überlegt er.

An den Händen haltend und mit ernsten Gesichtern gehen sie den Gang entlang. Ein Arzt und eine Krankenschwester kommen aus einem Zimmer und die Schwester geht eilig auf sie zu.

»Herr Mitterndörfer?«

»Ja, wir wollen zu meiner Frau«, antwortet Leo und drückt die Hände der Kinder etwas fester.

»Bitte warten Sie einen Moment, der Arzt möchte gerne mit Ihnen sprechen«, erklärt die Schwester und blickt dabei zu dem Mediziner, der vor einer Krankenzimmertür auf sie wartet.

»Herr Dr. Schuster, Herr Mitterndörfer und die beiden Kinder sind da. Vielleicht könnten Sie das Gespräch vorziehen, damit die Kinder nicht zu warten brauchen?«

»Ja, natürlich!«

Mit ausgestreckter Hand kommt der Arzt auf die drei zu und begrüßt Leo mit Handschlag und die Kinder mit einem Nicken des Kopfes. Leo schätzt ihn um die Fünfzig und findet ihn auf Anhieb sympathisch. Einen knappen Kopf größer als Leo und breitschultrig, erweckt er eher den Eindruck eines Bodybuilders, als den eines Mediziners. Kurz geschnittene und stark angegraute Haare sowie ein fester Händedruck verstärken diesen Eindruck zusätzlich.

»Schwester Hildegard, könnten Sie bitte kurz mit den Kindern nach etwas Süßem Ausschau halten?«

Eigentlich mehr eine Anweisung als eine Frage und die Schwester versteht auch sogleich. Augenscheinlich möchte der Arzt mit Leo allein sprechen.

»Die Kinder wissen über alles Bescheid und dürfen alles hören. Sie sind stark genug, auch mit dem Schlimmsten fertig zu werden«, setzt Leo der ärztlichen Anweisung entgegen.

»Ja gut, wenn ihr schon so groß seid«, dabei beugt sich der Arzt zu den Kindern hinunter, »dann dürft ihr natürlich hier bleiben.«

Die weiche Stimme will gar nicht so recht zu dem Aussehen des Mannes passen.

Er richtet sich wieder auf und sieht Leo ernst ins Gesicht.

»Wir haben Ihre Frau soweit stabilisieren können. Allerdings steht sie unter starken Drogen und wird ihnen möglicherweise etwas verändert vorkommen. Im Moment bleibt einfach nichts anderes übrig, als ihr wirksame Medikamente gegen die Schmerzen zu geben. Das wird sich wohl auch nicht mehr ändern.«

Mit einem bedauernden Blick nach unten zu den Kindern, meint er noch etwas leiser: «Noch zwei oder drei Tage, mehr wird nicht mehr gehen! Stellen Sie sich bitte darauf ein. Sie muss aber hierbleiben, denn zu Hause kann diese Betreuung nicht erfolgen.«

Behutsam streicht er dabei erst Moritz und dann Sabine über den Kopf und Leo erkennt echtes Bedauern und Mitleid in den Augen des Arztes.

Dianas Augen beginnen zu leuchten, als sie die Kinder und Leo zur Türe hereinkommen sieht. Sie liegt flach im Bett. Ein dünner Infusionsschlauch ist am Arm angeschlossen und die Nase ist mit einem Sauerstoffgerät verbunden.

Die Kinder stürmen sofort auf das Bett zu und drücken ihre Gesichter an Dianas Brust. Leo kommt heran, ergreift die entgegengestreckte Hand und gibt seiner Frau einen liebevollen Kuss auf die Lippen.

Grau und eingefallen wirkt das Gesicht und Leo fühlt sich unweigerlich an die Zeit mit Mathilde erinnert. Verzweifelt versucht er diese Gedanken zu verdrängen.

Auf den fragenden Blick Dianas antwortet er gefasst. »Ja, mein Schatz, wir wissen Bescheid. Dr. Schuster hat gerade mit uns gesprochen.«

Traurig und mit wässerigen Augen beugt er sich wieder über sie und drückt sie ganz fest an sich. Mitfühlend rückt Sabine etwas zur Seite, während sich Moritz zwischen die beiden Erwachsenen drängt.

»Keine Angst Moritz, ich will dich nicht wegdrängen. Es ist doch schließlich deine Mama!« Schmerzhaft lächelnd richtet sich Leo wieder auf und gibt den Platz für die Kleinen frei.

Der Junge liegt jetzt direkt auf dem Bauch seiner Mutter und drückt sein Gesicht an ihre Brust. Leises Wimmern und Schluchzen lassen den kleinen Körper immer wieder erzittern. Seine Schwester sitzt auf der Bettkante und bemüht sich hingebungsvoll um ihren kleinen Bruder. Sie streichelt ihm liebevoll den Rücken. Zum Zeichen der Verbundenheit drückt sie auch noch den Kopf an ihn, während ihr die Tränen ununterbrochen über die Wangen rollen.

Mit leisen Worten bittet Diana, das Kopfteil etwas steiler zu stellen, was Leo auch sofort erledigt. So, beinahe sitzend, bedeutet sie mit schwachen Händen den Kindern, sich neben sie zu platzieren. Sofort befolgen sie den Wunsch und drücken sich ganz fest an ihre Seite. Langsam und mühsam schlingt sie die Arme um ihre Lieblinge und hält sie fest.

»Ach, meine zwei Lieben. Ich bin ja so froh, dass ihr hier seid«, bringt sie mit leiser und abgehackter Stimme hervor.

Leo hat sich inzwischen einen Besucherstuhl herangezogen und betrachtet die Szene mit stillem Schmerz. Bisher war alles immer noch in der Zukunft gelegen und jetzt, wo sich das Ende unmittelbar abzeichnet, schmerzt es wieder genauso wie damals. Nur dieses mal muss er anschließend noch die beiden Kinder trösten und den Schmerz mit ihnen teilen. Langsam wird ihm immer bewusster, welche Last er sich da freiwillig auferlegt hat.

In Gedanken versunken bemerkt er gar nicht, dass Diana ihm mit einer Hand leicht und kraftlos winkt.

»Leo«, spricht sie ihn deshalb mit angestrengter Stimme an, »komm bitte näher.«

Erschrocken erwacht er aus seinen Gedanken und ergreift instinktiv die schwach winkende Hand. Vorsichtig beugt er sich zu seiner Frau vor und ihre Hand streicht liebevoll über seine Wange. Voller sehnsüchtiger Wehmut blickt sie ihm in die Augen und versucht stark zu wirken. Dennoch kann sie den steten Lauf kleiner Tränen nicht verhindern.

Er küsst sie zärtlich auf den Mund und breitet seine Arme um die Kinder mit der Mutter in der Mitte. Vorsichtig legt er seinen Kopf auf Dianas Brust, damit sie seine Tränen nicht sieht.

Während ihm seine Frau sanft über den Kopf streicht, spürt er noch eine weitere Hand, die sich von Sabines Seite her einen Weg durch seine Haare bahnt. Eine unbändige, kaum auszuhaltende Freude breitet sich neben dem Schmerz in seinem Herzen aus. Diese Zuneigung bestätigt ihm zum wiederholten Male, dass sein Handeln richtig ist.

Vorsichtig hebt er seinen Kopf und richtet sich auf. Er blickt die beiden Kinder an. »Glaubt mir, wir werden es schaffen, ganz bestimmt!«

Sabine streckt ihm ihre Hand entgegen und Moritz folgt dem Vorgehen der Schwester. Diana erhebt ebenfalls ihre Hand und so halten sich alle vier fest an den Händen.

»Meine Allerliebsten«, beginnt Diana leise, »ich weiß, dass es nicht mehr lange dauern wird. Vielleicht kann ich euch auch in den letzten Stunden gar nicht mehr erkennen und nichts mehr sagen. Aber glaubt mir, ich sehe und spüre euch und ich werde immer mit meiner Liebe an eurer Seite stehen. Leo«, wendet sie sich jetzt an ihren Mann, »bitte sei stark und sorge dafür, dass aus den Kindern gute Menschen werden. Auch wenn sie dich hin und wieder ärgern werden, bleibe fair und lieb zu ihnen. Denk dabei an mich, dann verraucht der Ärger bestimmt bald wieder. Du glaubst ja gar nicht, wie dankbar ich dir für deine Liebe zu uns bin. So fällt es mir wirklich leichter, hier loszulassen, weil ich weiß, dass ihr drei fest zusammenhalten werdet. Danke Leo, mein Schatz!«

Erschöpft lehnt sie sich in das Kopfkissen und schließt kurz die Augen. Moritz, der an ihrer Seite hängt, verbirgt sein Gesicht im Kissen. Sabine dagegen hat sich aufgerichtet und blickt Leo jetzt mit großen verweinten Augen an.

»Ja, wir werden ganz fest zusammenhalten und wir werden dich nicht ärgern! Versprochen!«

Liebevoll legt sie sich wieder an die Seite ihrer Mutter und wühlt ihren Kopf unter die Decke.

»V-ver-spr-sprochen!«, kommt jetzt auch von der anderen Seite her eine verweinte Stimme.

Voll Schmerz und Dankbarkeit streicht er den beiden über den Rücken und fühlt sich dabei irgendwie sogar glücklich, obwohl es ihm beim Anblick des Dramas schier das Herz zu zerreißen droht.

»Diana«, kommt Leo langsam auf das anstehende Thema zu sprechen, »du weißt, dass die Adoption noch nicht rechtskräftig ist. Deshalb kommt anschließend jemand vom Gericht, um sich selber zu überzeugen. Sicherlich wird man auch mit dir reden wollen. Meinst du, dass du das schaffst?«

Aufgeregt blickt sie in seine Augen.

»Das hatte ich ganz vergessen! Aber das schaffe ich. Ganz bestimmt! Hoffentlich geht dann alles in Ordnung.« Sichtlich beunruhigt zieht sie ihre beiden Kinder näher zu sich heran und versucht sie zu drücken.

»Die Frau Lerchenauer ist auch dabei und sie ist überzeugt, dass der Richter keine Einwände vorbringen wird. Sie hat ihm schon alles genau erklärt und er will sich wohl bloß noch selber überzeugen. Du kannst dich beruhigen. Es wird alles gut werden.«

Erleichtert schließt Diana wieder die Augen. Ganz offensichtlich wird ihr die Anstrengung langsam zu viel.

»So, wir gehen jetzt in die Cafeteria und essen etwas. In der Zwischenzeit kann eure Mama etwas schlafen und sich erholen.« Verbissen versucht er Zuversicht in seine Worte zu legen, um die Kinder etwas aufzumuntern.

»Ich w-will ab-aber nich-ts ess-en«, antwortet Moritz, »w-will b-bei Ma-Mama bl-blei-ben.«

Bevor Leo antworten kann, kommt ihm Sabine schon zuvor: »Jetzt komm schon. Mama muss ausruhen und wir haben doch noch fast nichts gegessen. Wenn wir verhungern, hilft das der Mama auch nicht.« Damit nimmt sie ihren Bruder an die Hand und zieht ihn vom Bett herunter.

Die Ruhe und das sachliche Verhalten des Mädchens erstaunt Leo immer wieder und nötigt ihm Bewunderung ab. Aber er weiß auch, dass der Zusammenbruch kommen und er dann doppelt gefordert sein wird.

Ohne jeden Appetit kauen die beiden Kinder auf ihrem Apfelkuchen herum während Leo gelegentlich an seiner großen Tasse Kaffee nippt.

Eindringlich blickt ihn Sabine mit angstvollen Augen an. »Mama wird nicht mehr gesund! Stimmt doch!«

Leo holt tief Luft und nimmt einen Schluck von seinem Kaffee. Mit weit aufgerissenen und angstvollen Augen blickt jetzt auch Moritz zu ihm auf. Er weiß genau, dass das Kind sofort losheulen wird, wenn er dem Mädchen zustimmt. Aber was soll er denn sonst sagen? Es ist doch offenkundig und im Grunde wissen es die Kinder genauso gut wie er. Aber sie scheinen immer noch auf ein Wunder zu hoffen. Hin- und hergerissen überlegt er kurz, ob er vielleicht doch nochmal eine Ausrede suchen soll. Doch er entscheidet sich lieber für die Wahrheit.

»Sabine du hast recht! Eure Mama wird nicht mehr gesund werden, sondern, wie der Arzt ja auch gesagt hat, sehr bald schon sterben. Ihr müsst das auch so sehen, dass sie jetzt sehr viel leiden muss. Das kann man nur eine kurze Zeit aushalten. Es wird ihr bestimmt besser gehen, wenn sie woanders ist und mit ihrer Seele bei uns sein kann.«

Tränen beginnen ihm dabei über das Gesicht zu laufen. Der Junge ist zu ihm auf den Schoß geklettert und klammert sich ganz fest an ihn. Auch Sabine hat ihren Stuhl herangezogen und kaum, dass ihre Arme dazu ausreichen, umarmt sie ihren Bruder und Leo gleichzeitig. Der erwartete Aufschrei ist zwar ausgeblieben, aber alle weinen still vor sich hin und der kleine Körper des Buben wird immer wieder von einem starken Schluchzen geschüttelt.

Wieder einmal schlingt er seine Arme um die Kleinen und versucht ihnen dabei Liebe und Trost spüren zu lassen.

»Aber hier zu sitzen und nur zu weinen, hilft doch auch nicht.«

Das Mädchen hat sich aus der Umarmung gelöst und schaut Leo mit roten Augen an.

»Wir müssen doch etwas unternehmen, wir können doch nicht einfach zuschauen, wie unsere Mama stirbt!«

Ein neuer Schmerz sticht Leo in sein leidgeprüftes Herz. Offensichtlich schafft er es nicht, den Kindern Trost zu spenden. Wie soll das nur weitergehen?

Verzweifelt zieht er Sabine wieder zu sich heran und blickt ihr fest in die Augen. »Weißt du Sabine, wenn ich wüsste, was ich machen könnte, würde ich es selbstverständlich tun. Aber ich weiß es eben nicht! Auch die Ärzte, die ja eigens dafür da sind, wissen nicht mehr weiter. Wir können einfach nichts mehr daran ändern!«

Sabine nickt und drückt sich wieder an ihn.

Ein Blick auf die Wanduhr über der Verkaufstheke zeigt ihm, dass es bereits auf drei Uhr zu geht.

»So, jetzt trinkt bitte noch euren Kakao aus und dann gehen wir wieder zu eurer Mama hoch. Schließlich soll der Herr vom Gericht nicht warten müssen.«

Tatsächlich steht bereits Frau Lerchenauer und ein vornehm wirkender Herr im dunklen Anzug am Kranken-bett. Bei der Begrüßung stellt sich der Mann als Herr Baumann, Richter am Vormundschaftsgericht, vor.

»Herr Mitterndörfer, schön, dass Sie kommen konnten. Ich habe mich schon mit Ihrer Frau kurz unterhalten und außerdem bin ich von Frau Lerchenauer bestens mit dem Fall vertraut gemacht worden. Im Grunde genom-men, wollte ich nur Sie persönlich in der jetzigen Situati-on sprechen. Die Zustimmung von allen maßgeblichen Seiten liegt ja schon längere Zeit vor, sodass wir den Voll-zug gleich hier und heute endgültig erledigen können. Eine sehr persönliche Frage möchte ich Ihnen aber noch stellen: Jetzt können Sie die zukünftige Situation bereits ziemlich genau einschätzen. Sind Sie wirklich überzeugt davon, dass Sie es schaffen werden, den Kindern ein voll-wertiger Ersatz für ihre Mutter zu sein und sie liebevoll und sorgsam auf dem Weg zum Erwachsenwerden beglei-ten zu können? Es wird weder für Sie noch für die Kinder besonders leicht werden. «

Angespannt blicken alle auf Leo, der kurz überlegt und dann seinen Kopf schüttelt.

Erschrocken und voller Angst sinkt Diana auf ihr Kissen zurück. Was ist passiert? Will er die Kinder nicht mehr? Ist es ihm jetzt schon zuviel geworden? Angst und Panik machen sich in ihr breit.

»Nein«, antwortet Leo bedauernd. Betroffen blicken sich der Richter und die Sachbearbeiterin an, während die Kinder sich an ihre Mutter klammern.

»Nein«, wiederholt Leo langsam, »ihre Mutter werde ich nie vollwertig ersetzen können, aber ich werde alles in meiner Macht stehende geben, um den Kindern ein liebevoller und sorgsamer Begleiter, Freund und Erzieher zu sein. Ihre Mutter wird uns dabei ständig mit ihrer Anwesenheit helfend zur Seite stehen.«

Ein Aufatmen geht durch die Runde. Dianas Gesicht strahlt wieder mit letzter zusammengeraufter Kraft. Schwach vor Erschöpfung und Anspannung winkt sie ihn zu sich heran.

Mit einer entschuldigenden Geste wendet sich Leo von dem Richter ab, der gerade das Wort ergreifen wollte. Liebevoll beugt er sich über seine Frau und küsst sie innig und lange auf den Mund. Erst als sie nach Luft schnappt, lässt er los und wendet sich wieder dem Besuch zu.

»Ja, also, mit dem Mutterersatz, das war natürlich nicht so gemeint. Das ist doch klar, eine Mutter kann niemand voll ersetzen. Aber alles, was Sie sonst noch gesagt haben, überzeugt mich. Ja, wir handeln hier tatsächlich richtig, wenn wir die Kinder Ihnen anvertrauen. Schauen Sie, es ist alles vorbereitet, lediglich Ihre Unterschrift fehlt noch, dann soll es so sein.«

Ungeduldig unterschreibt Leo das Schriftstück und reicht es dem Richter zurück.

»Sie bekommen dann auch noch ein amtliches Schreiben zugeschickt. Aber keine Angst, das wird nur eine beglaubigte Kopie mit ein paar netten Worten dazu sein. Ab sofort sind Sie vollumfänglich sorgeberechtigt für Sabine und Moritz. Als Adoptivkinder sind sie praktisch leiblichen Kindern gleichgestellt. Ich wünsche Ihnen wirklich viel Glück, gute Nerven und vor allem Gesundheit, sodass Sie Ihre Aufgabe auch erfüllen können. Übrigens stehen wir Ihnen jederzeit zur Seite, falls es Probleme geben sollte. Meinen Glückwunsch und meinen aufrichtigen Dank, nicht zuletzt im Namen der beiden Kleinen!«

Auch Frau Lerchenauer gratuliert und wünscht gutes Gelingen.

Nachdem die beiden Behördenvertreter das Zimmer verlassen haben, setzt sich Leo zu seiner Frau und den Kindern an den Bettrand. Er strahlt sie an und legt seine Arme um sie. Diana will etwas sagen, aber sie kann ihn nur anschauen und die Lippen leicht bewegen. Ein ganz leises »Danke, Leo!« versteht er, bevor sich Augen und Mund erschöpft wieder schließen.

Plötzlich durchläuft ein starkes Zucken ihren Körper, dem ein verhaltenes Stöhnen folgt. Sie öffnet wieder die Augen und deutet mit einer schwachen Handbewegung auf die Klingel, die am Bettrand liegt.

Eilig drückt Leo den Knopf und läutet der Schwester, die auch sofort ins Zimmer gelaufen kommt.

»Ich werde Ihnen noch ein Schmerzmittel geben. Davon werden Sie aber noch müder werden. Am besten Sie schlafen jetzt erst mal.«

Diana nickt sanft und entspannt sich.

Im Hinausgehen bemerkt die Schwester noch beiläufig, dass es besser wäre, den Besuch zu beenden.

Leo versteht und versucht Moritz auf seinen Arm zu nehmen.

Aber Diana hält ihn zurück: »Bitte warte noch einen Moment. Ich weiß nicht, ob ich morgen noch in der Lage sein werde mich von euch zu verabschieden. Deshalb möchte ich es jetzt gleich tun, bevor ich von den Medikamenten überwältigt werde. Könnte ich bitte ein paar Minuten mit den Kindern alleine reden?«

Langsam und immer wieder von Hustenanfällen unterbrochen bringt sie die Bitte vor.

Schmerzerfüllt, aber mitfühlend und verstehend, verlässt Leo das Zimmer und setzt sich auf einen Stuhl vor der Tür.

>Wie soll das jetzt bloß weitergehen? Was unternehme ich mit den Kindern, wenn wir zu Hause sind?< Gedanken daran, dass er es doch nicht schaffen könnte, quälen ihn erneut. Dazu kommt eine Hilflosigkeit, wie er sie noch nie gekannt hat. Tränen laufen ihm über die Wangen, während er wartet. Eine Krankenschwester bringt ihm eine Tasse Tee vorbei, die er dankbar annimmt.

Was werden die Kinder von ihm erwarten? Er merkt plötzlich, dass er sich gar keine ernsthaften Gedanken darüber gemacht hat, wie es tatsächlich zukünftig werden soll. Still und heimlich ergreift eine altbekannte Panik von ihm besitz. Ausgehend von der Magengegend über das Herz und den Hals, in dem sich ein furchtbar dicker Knoten bildet, bis hinauf zu seinem Gehirn.

»Ist Ihnen nicht gut?«, will eine Besucherin, die bei ihm stehen geblieben ist und sich zu ihm hinunterbeugt, wissen. »Soll ich jemanden holen?«

Erschrocken blickt er auf und sieht, dass der Tee verschüttet ist und sich eine kleine Lache auf dem Boden gebildet hat.

»Nein, nein, es geht schon wieder«, erklärt er der Frau eilig und steht von dem Stuhl auf, um nach einem Wischlappen Ausschau zu halten.

Weinend kommt Sabine aus dem Zimmer und bittet Leo zu kommen.

Diana blickt ihm wehmütig entgegen und er setzt sich neben Moritz auf das Bett. Der Bub kuschelt sich nach wie vor eng an die Mutter. Sein Gesicht hat er im Kissen versteckt. Fragend blickt Sabine zu ihrer Mutter.

»Natürlich kannst du bleiben.«

Leo nickt ihr zu und winkt mit der Hand, doch auch auf dem Bett Platz zu nehmen. Dann fasst er die Hand seiner Frau und drückt sie leicht an ihre Wange, die nass von den vergossenen Tränen ist. Sorgsam versucht er sie abzuwischen, einfach, um seine Hilflosigkeit zu verdecken.

Mühsam richtet sich die Kranke etwas auf, um aber gleich wieder in das Kissen zurückzusinken. Schockiert über den rasch fortschreitenden Verfall, blickt Leo sie an. Ihr Gesicht ist aschfahl und eingefallen, beinahe so, als wäre sie schon tot. Behutsam beugt er sich zu ihr hinab und drückt ihr voller Liebe und Zärtlichkeit einen sanften und langen Kuss auf die Lippen.

Leise und immer wieder unterbrochen beginnt Diana zu sprechen.

»Liebster Leo, ich möchte dir ja noch so viel sagen, aber mir bleibt keine Zeit mehr.« Die Stimme ist mittlerweile so leise geworden, dass er sich ganz nah an ihr Gesicht beugen muss, um sie zu verstehen.

»Ich bin dir ja so unendlich dankbar, für deine Liebe und du wirst die meine immer besitzen. Wir werden uns bestimmt wieder begegnen, weil unsere Liebe so stark ist. Weißt du, ich hatte einen Traum, indem wir beide ....«

Ein starker Hustenanfall unterbricht ihre Worte. Nachdem der Anfall nicht zum Stillstand kommen will, drückt Leo besorgt die Alarmklingel. Mittlerweile beginnt ein Rinnsal von Blut aus ihrem Mundwinkel zu laufen. Sanft zieht er die beiden Kinder von dem Bett herunter. Mit angstvoll aufgerissenen Augen blickt Sabine auf das Blut und Moritz dreht sich einfach um, um es nicht sehen zu müssen. Vor lauter Schreck haben die beiden ganz das Weinen vergessen.

Als die Schwester ins Zimmer kommt, nimmt Leo die Kleinen in die Hand und zieht sie Richtung Tür.

Die Schwester erkennt die Situation sofort und bittet die Besucher darum, den Raum zu verlassen. Sie würde anrufen, sobald es Neuigkeiten gäbe.

Nickend nimmt er die Kinder mit hinaus. Jetzt rechnet er mit dem Allerschlimmsten. Dabei hat er sich gar nicht mehr richtig verabschieden können!

Geistig vollkommen abgeschaltet schlürft Moritz lethargisch an seiner Hand neben ihm her und sagt kein Wort. Seine Schwester dagegen blickt ihn mit ihrem verweinten und von Schmerzen gezeichnetem Gesicht an. »Ich glaube, sie stirbt jetzt«, bringt sie stockend heraus.

»Ja, mein Schatz, es sieht ganz so aus. Wahrscheinlich noch nicht gleich, aber es dauert bestimmt nur noch wenige Tage. Es schmerzt mich ja so, dass ich nichts dagegen unternehmen und ihr helfen kann.«

Seine ganze Verzweiflung steckt in den Worten und dennoch klingen sie nur oberflächlich und allgemein.

Wie in Trance schlürfen sie den Gang entlang, sehen nicht die mitleidsvollen Blicke der Menschen, die ihnen dabei begegnen. Ja, sie sehen nicht einmal die Menschen. Tief in ihre schwermütigen Gedanken versunken, erreichen sie den Parkplatz.

Auf der Heimfahrt spricht niemand ein Wort. Fieberhaft überlegt Leo, wie es daheim weitergehen soll. Er muss die Kinder unbedingt irgendwie beschäftigen und versuchen sie abzulenken.

22 Tristesse vs. Hoffnung

»I-ich g-geh in m-mein Z-Zi-Zimmer«, erklärt Moritz und begibt sich auf den Weg nach oben.

»Warte, ich komme mit.«

Seine Schwester läuft ihm eilig hinterher.

Betroffen steht Leo da und blickt den beiden nach, wie sie die Treppe hinaufgehen. Er fühlt sich schlecht und allein gelassen. Denkt denn an ihn niemand?

Während er nachdenklich in die jetzt so leere Küche geht, bemerkt er, dass Schwermut und Depression sich versuchen bei ihm einzunisten. Angst vor einem seelischen Zusammenbruch presst ihm sein Herz noch mehr zusammen.

>Die Kinder!<, schießt es ihm durch den Kopf, >sie brauchen dich! Du kannst jetzt nicht schlapp machen. Reiß dich gefälligst zusammen!<

Sofort eilt er die Treppe nach oben und sieht zuerst in Sabines Zimmer nach. Da sitzen die beiden in dem Elfenbett und starren gebannt auf ein Foto von ihrer Mutter. Tränen laufen ihnen über die Wangen und das Mädchen hat ihren Arm um die Schultern ihres kleinen Bruders gelegt. Zitternd streicht der Junge mit seiner Hand immer wieder über das Bild und lehnt sich dann weinend gegen seine Schwester.

Leo, der die beiden eine Weile beobachtet, droht schier das Herz zu zerspringen. Schweigend schiebt er das Moskitonetz zur Seite und setzt sich zu den beiden auf das

Bett. Als auch er mit seiner Hand über das Bild streicht, fasst Sabine seinen Arm und blickt ihn mit geröteten Augen an.

»Können wir denn wirklich nichts machen?«, schleicht sich die verzweifelte Frage aus ihrem Mund, obwohl sie die Antwort bereits kennt.

Traurig und hilflos schüttelt er nur den Kopf.

»Aber, wisst ihr was, wir gehen jetzt hinunter und schauen einfach nochmal die Fotoalben an. Dabei können wir an eure Mama denken, wie sie noch gesund und glücklich war. Was meint ihr?«

Froh darüber, eine kleine Ablenkung zu bekommen, gehen die beiden mit ihm hinunter in sein Wohnzimmer. Während sie die Alben durchsehen und die Bilder betrachten, versucht Leo, sie mit den dazu gehörenden Geschichten ein klein wenig aufzumuntern. Tatsächlich kommt sogar dem Buben gelegentlich ein kleines Lächeln über die Lippen.

»D-darf ich h-heute b-bei dir sch-schlafen?« Moritz hat sich ganz eng an Leo gekuschelt und blickt ihn mit müden Augen bittend an.

Überrascht von der Bitte des Kindes überlegt Leo kurz, stimmt dann aber zu.

»Wir könnten hier die Couch aufklappen, dann finden wir alle drei darauf Platz. Was meinst du dazu, Sabine?«

»Wenn meine Puppe auch noch einen Platz bekommt, dann komme ich auch zu dir.«

Leo nickt, wobei er ein leichtes Lächeln nicht unterdrücken kann. »Natürlich findet die Puppe noch Platz und Moritz darf sein Kuscheltier selbstverständlich auch mitbringen.«

Während die beiden ihre Schmuselieblinge holen und sich für das Bett fertigmachen, ist Leo damit beschäftigt die Couch umzubauen. Beim Ausbreiten des Bettlakens denkt er zurück an die Zeit, als seine Kinder noch klein waren und, zumindest am Sonntagmorgen, noch kurz zu ihm und seiner Frau ins Bett schlüpften. Eine schöne Zeit, die aber schon sehr lange vorbei ist. Plötzlich freut er sich über den Vorschlag des Buben. Das enge Zusammensein wird sie bestimmt etwas trösten und sie alle noch enger verbinden. Schließlich müssen sie in Zukunft zusammenhalten und eine echte Familie bilden!

Sabine legt ihre Puppe auf das vorbereitete Bett und blickt Leo an. Moritz hat einen großen Teddy mitgebracht und bettet ihn vorsichtig neben die Puppe.

»Ich habe noch Hunger.«

»Ja, natürlich. Beinahe hätte ich vergessen, dass ihr ja etwas zu essen braucht. Ich bereite gleich einen Kakao und ein paar Rühreier zu.« Damit verschwindet er in der Küche und beginnt Eier aufzuschlagen.

»D-darf ich d-dir he-helfen?« Fragend kommt der Junge aus dem Wohnzimmer und hängt sich an sein Hosenbein.

»Ich helfe dir auch. Wir wollen ja jetzt alles miteinander machen, damit wir dich nicht ärgern!«

Sabine war ebenfalls in die Küche gekommen und hatte sich neben ihren Bruder gestellt.

»Gerne dürft ihr helfen. Sabine möchtest du schon mal die Milch für den Kakao herrichten?«

Er freut sich richtig darüber, dass die Kinder zu ihm gekommen sind. Weiß er doch, dass sie damit auch etwas Ablenkung erfahren.

Bald ist das Essen zubereitet und sie sitzen gemeinsam am Tisch, an dem heute ein Platz frei bleibt.

Während die Kinder ihren Kakao schlürfen, gehen immer wieder verstohlene Blicke zu dem Stuhl, auf dem eigentlich ihre Mutter sitzen müsste. Aber der wird auch in Zukunft frei bleiben!

»Darf ich mich auf Mama`s Platz setzen, dann ist der nicht so leer?«, bittet Sabine und deutet auf den Stuhl neben Leo.

Tief ergriffen von dem Wunsch, nickt Leo nur und ergreift Sabines Teller, um ihn neben sich auf den freien Platz zu stellen. Sein Hals schnürt sich vor Rührung zusammen und er kann kaum sprechen.

»Da wird sich deine Mama aber freuen«, antwortet er leise lächelnd. >Und Moritz wird nicht immer den leeren Stuhl gegenüber anblicken müssen<, denkt er bei sich.

Nur kurze Momente bleiben zum Schlafen. Immer wieder wacht Leo auf, weil er Diana im Traum sterben sieht, oder weil eines der Kinder Trost benötigt. Schutz und Hilfe suchend, drängt sich Moritz ganz eng an ihn. Das

Mädchen schläft zunächst ganz ruhig ein. Irgendwann aber scheint es schlecht zu träumen und beginnt zu weinen. Unruhig wälzt es sich dabei hin und her und erst als Leo ihm den Kopf streichelt, beruhigt es sich wieder.

Es beginnt bereits hell zu werden als die Kinder endlich tief und fest schlafen. Leo dagegen fühlt sich gerädert und steht auf. Nach der Dusche fühlt er sich etwas besser und als er die beiden Schlafenden betrachtet, erfüllt ihn eine stille Freude. Offensichtlich hat sie die Müdigkeit nach der unruhigen Nacht doch noch übermannt.

In kurzen Abständen sieht er immer wieder nach den beiden, während er in der Küche das Frühstück zubereitet.

Leise öffnet er die Terrassentür und geht in den Garten. Die Sonne zeigt einen ersten Schimmer hinter der Häuserfront und es wird nicht mehr lange dauern, bis sie zum Vorschein kommt. Was wird der heutige Tag bringen? Nachdenklich setzt er sich auf die Terrasse und genießt die frische Morgenluft. In der Nachbarschaft starten Autos, um ihre Fahrer zur Arbeit zu bringen. Die Straßenlaternen erlöschen und die ersten Vögel beginnen ihren Morgengesang. Gerne hat er zusammen mit Diana diese morgendliche Stimmung genossen! Jetzt sitzt er wieder allein hier, wie vor ein paar Jahren auch. Dass sich doch alles immer wiederholen muss!

Bevor aber die negativen Gedanken die Oberhand gewinnen, geht er leicht tröstelnd wieder hinein.

Froh darüber, dass die Kinder noch so fest schlafen, schenkt er sich eine Tasse Kaffee ein und setzt sich an den Tisch. Doch so allein, kommt er sofort wieder ins

Grübeln. Was soll er bloß heute mit den Kindern treiben. Schule und Kindergarten kommen nicht infrage. Gleich nach dem Frühstück will er im Krankenhaus anrufen und sich erkundigen, ob und wann sie Diana noch einmal besuchen können. Einen Anblick wie gestern möchte er den Kindern aber um jeden Preis ersparen. Ob sich Dianas Zustand tatsächlich noch einmal bessern wird? Die Zweifel daran überwiegen und insgeheim hofft er, dass es schnell vorbeigeht. Schließlich kann er nachfühlen, welche Qualen Diana durchstehen muss und es trotzdem keine Hoffnung mehr gibt. Auch für sie würde es bestimmt eine Gnade sein, wenn sie nicht mehr leiden müsste.

»Guten Morgen Leo«, begrüßt ihn Sabine leise und reißt ihn damit aus seiner Grübelei. »Psst, der Moritz schläft noch.«

Liebevoll nimmt er das Mädchen auf seinen Schoß und drückt es ganz fest an sich. »Guten Morgen Sabine, ich hoffe, du konntest ein wenig schlafen!«

»Naja, du weißt ja selber«, antwortet das Mädchen tapfer. »Glaubst du, dass wir sie heute noch einmal sehen können?«

Leo nickt und drückt das Kind noch fester. »Gleich nach dem Frühstück, werde ich mich erkundigen«, verspricht er.

Jetzt hebt sie ihr kleines Gesicht und blickt ihm fest in die Augen. »Weißt du, die Mama hat uns gesagt, dass wir immer lieb und brav zu dir sein sollen, weil du dir mit uns soviel aufbürden würdest. Ich weiß nicht, ob wir das immer schaffen werden, aber glaube mir, wir wollen es jedenfalls versuchen. Außerdem hoffen wir, dass du uns auch immer wieder verzeihen kannst und uns dann trotzdem noch lieb hast, auch wenn wir einmal richtig Ärger machen sollten.«

»Aber mein Schatz, was redest du da. Das hört sich ja schon richtig erwachsen an. Mir ist doch klar, dass es auch mal Ärger geben wird. Ich verspreche dir aber ganz fest, dass ich euch immer verzeihen werde, und lieb habe ich euch doch sowieso. Aber weißt du, ich bin schon ein ziemlich alter Mann. Es kann leicht passieren, dass ich einmal die Nerven verliere und schimpfe oder herumtobe. Da müsst ihr mir aber dann auch wieder verzeihen und wenn wir uns gegenseitig immer wieder verzeihen, geht mit uns bestimmt alles gut. Versprochen!«

»Versprochen!«, flüstert Sabine und drückt ihm einen Kuss auf die Wange.

Trotz der desaströsen Situation, empfindet er eine unbändige Wärme und Freude, sodass er den ganzen Kummer momentan nahezu abschalten kann.

»So, und jetzt gehst du nach oben und ziehst dich an. Ich kümmere mich einstweilen um das Frühstück und den Moritz lassen wir einfach noch schlafen. Der kann ja auch später frühstücken. Du kommst doch allein zurecht?«

»Klar«, antwortet das Mädchen eifrig und rutscht von seinem Schoß

Während er in der Küche hantiert, kommt der Junge mit verschlafenem Blick und verwirbelten Haaren aus dem Wohnzimmer und lehnt sich gegen Leos Bein.

»Guten Morgen Moritz«, begrüßt er mit aufmunternder Stimme das Kind. »Ich hoffe, du hast gut geschlafen?«

Ein trauriger Blick zu ihm nach oben ist die einzige Antwort. Liebevoll und voller Mitleid bückt er sich, um das Kind hochzuheben und auf die Arbeitsplatte zu setzen.

»W-was i-ist mit d-der M-mama?«, will der Bub mit wehmütigem Blick wissen.

Wie ein Messerstich trifft Leo die Frage und bringt ihn in die Realität zurück. Sofort rollen ihm wieder Tränen die Wangen herunter, sodass der Bub regelrecht erschrickt.

»I-ist sie t-t-tot?« Mit ängstlichen und wässerigen Augen blickt ihn Moritz an.

»Nein, sie lebt noch und ich werde nach dem Frühstück gleich anrufen und nachfragen. Vielleicht können wir sie ja heute noch einmal besuchen. Aber«, bevor er weiter redet, nimmt er das Kind fest in seine Arme, »es wird nicht mehr lange dauern. Weißt du, es wird für deine Mama auch besser sein, wenn sie keine Schmerzen mehr ertragen muss. Sie ist ja trotzdem immer bei uns!«

Leidend lehnt der Bub seinen Kopf an Leos Brust und beginnt leise zu wimmern. Das sanfte und liebevolle Streicheln bemerkt er dabei nicht.

»Hallo Moritz«, begrüßt die große Schwester ihren Bruder und umarmt ihn kurz. »Du musst nicht so traurig sein. Der Mama geht es bestimmt gut und sie schläft jetzt sicher noch. Später werden wir sie besuchen. Ich muss sie nämlich unbedingt noch etwas fragen.«

Neugierig blickt Leo zu dem Mädchen hinunter und wundert sich wieder einmal, wie beherrscht es mit der Situation umgeht. Eine silberne Kette mit einem Medaillon, das man öffnen kann, ziert ihren Hals.

»Ich muss sie noch fragen, ob ich diese Kette dann einmal bekomme und behalten darf. Jetzt befindet sich noch ein Bild von unserer Oma drinnen und ich möchte es dann aber durch eines von der Mama ersetzen.«

»Ganz bestimmt darfst du die Kette behalten, wer denn sonst! Sie wird sich bestimmt riesig darüber freuen, wenn sie weiß, dass du sie dann trägst. Jetzt wird aber erst gefrühstückt.«

Er setzt Moritz auf seinen Stuhl im Esszimmer und Sabine hilft beim Tischdecken.

Während der Bub lustlos vor sich hin kaut und kaum einen Bissen hinunterbringt, isst seine Schwester offensichtlich mit Appetit.

Nachdenklich betrachtet Leo das Mädchen und überlegt, was in dem Kind wohl vorgeht. Ignoriert es die Fakten und verdrängt sie einfach? Er wagt es nicht, anzunehmen, dass Sabine tatsächlich so stark ist, wie sie sich gibt. Im Moment will er sie aber diesbezüglich einfach in Ruhe lassen. Überzeugt davon, dass sie irgendwann Hilfe benötigen wird, will er in nächster Zeit ein besonderes Augenmerk auf sie werfen.

»Ihrer Frau geht es im Moment ganz gut. Nach einer sehr unruhigen Nacht schläft sie jetzt. Sie können sie natürlich besuchen kommen, aber Sie werden sie wohl nicht bei Bewusstsein antreffen. Wissen Sie, sie erhält sehr starke Schmerzmittel und wahrscheinlich wird sie die nächste Nacht nicht mehr überstehen. Tut mir leid, aber ich kann Ihnen leider auch keine Hoffnung mehr machen«, bedauert die Schwester am Telefon.

Leo bedankt sich für die Auskunft und legt betroffen das Telefon zur Seite. Seine Gedanken kreisen um den heutigen Tag. Wie sollen sie ihn verbringen, sich von dem Desaster ablenken? Zunächst hatte er vor, dass sie den Zoo besuchen könnten, aber leider ist das Wetter auch noch schlecht geworden, sodass große Aktivitäten im Freien ausscheiden. Dianas Eltern haben ihren Besuch angekündigt und wollen gegen Mittag im Krankenhaus ankommen. Anschließend möchten sie ein oder zwei Tage bleiben. So richtig freuen über deren Besuch kann sich Leo allerdings auch nicht. Für die Kinder könnte es aber durchaus eine kleine Abwechslung darstellen.

»Also ihr beiden, wir räumen jetzt noch auf und dann fahren wir in die Klinik.«

Leo versucht eine Andeutung von Freude in seine Stimme zu bringen, um die Kinder etwas zu beleben. Ein durchschlagender Erfolg stellt sich jedoch nicht ein. Anscheinend haben beiden Angst vor dem, was sie dort erwartet.

Auch weiß er nicht, wie sie auf den Anblick und den Zustand ihrer Mutter reagieren werden. Es dürfte auf jeden Fall ein sehr schwieriger Tag werden!

Kurz vor zehn Uhr erreichen sie das Krankenhaus und eine Schwester erwartet sie bereits auf dem Gang.

»Herr Mitterndörfer, kann ich Sie kurz sprechen? Die Kinder könnten einstweilen hier auf den Stühlen Platz nehmen.« Dabei deutet sie auf ein paar Stühle, die für Besucher an der Wand entlang aufgereiht sind.

»Ja sicher«, antwortet Leo überrascht und befürchtet schon das Allerschlimmste.

Die Schwester nimmt ihn mit in das Stationszimmer, wo sie ihm einen Stuhl anbietet.

»Bitte setzen Sie sich doch. Ich soll auf ärztliche Anweisung hin mit Ihnen über den Zustand Ihrer Frau sprechen, bevor sie mit den Kindern zu ihr gehen. Sie sieht nicht gut aus und befindet sich auch nicht bei Bewusstsein. Letzte Nacht hat sie immer wieder Blut erbrochen und wir hatten sie schon aufgegeben. Im Moment schläft sie zwar ruhig, aber wir wissen nicht, ob die Kinder den Anblick verkraften. Das sollte ich Ihnen sagen, entscheiden müssen Sie aber selber. Ich denke, es wird das letzte Mal sein, dass sie ihre Mutter überhaupt noch lebend sehen. Es tut mir sehr leid! Ich habe selber zwei Kinder und wenn ich mir vorstelle ... !« Damit bricht die Schwester das Gespräch ab und wendet sich der Tür zu. Leo erhebt sich und geht nachdenklich zu den Kindern zurück auf den Gang.

»Eure Mutter schläft und es geht ihr auch nicht gut. Wir wollen aber trotzdem hineingehen und noch einmal ihre Hand drücken, damit sie weiß, dass wir bei ihr sind. Aber wir werden nur kurz bleiben.«

Sabine blickt ihn mit traurigen Augen an und er meint an ihrem Blick zu erkennen, dass sie den wahren Zustand der Mutter durchaus richtig einschätzt. Wieder einmal kann er sich über die Gelassenheit, die das kleine Kind zur Schau trägt, nur wundern.

Moritz sagt gar nichts. Er hängt lethargisch an Leos Hand und sieht aus, als ob er selber jeden Moment sterben müsste.

Leise öffnen sie die Tür und betreten das Krankenzimmer. Diana liegt regungslos mit geschlossenen Augen und leichenblassem Gesicht vor ihnen im Bett. Erschrocken und gehemmt von dem Anblick, ergreifen die Kinder nur zögernd die Hände ihrer Mutter, statt sofort auf das Bett zu klettern. Leo drückt seiner Frau einen Kuss auf die Wange und ein paar Tränen machen sich dabei aus den Augenwinkeln nach unten auf den Weg.

Sabine hat die Kette abgenommen und legt sie der Mutter liebevoll in die Hand: »Ich werde sie für dich aufbewahren und immer bei mir tragen. Versprochen!« Kaum hat das Kind die Worte ausgesprochen, brechen auch bei ihm die Tränen hervor. Rasch nimmt Leo sie in den Arm und setzt sich mit ihr auf die Bettkante. Auch Moritz will auf Leos Schoß und so sitzen sie da und weinen vor sich hin. Ganz besonders das Mädchen beginnt hemmungslos zu weinen und zu schluchzen, während Moritz, wie gewohnt, leise vor sich hin wimmert.

›Endlich‹, denkt Leo, ›kann auch Sabine richtig weinen‹, und er drückt sie ganz besonders fest an sich.

Eine Schwester sieht kurz zur Tür herein und nickt nur leicht zu Leo hin, bevor sie dem Chefarzt mit Gefolge Platz macht.

Nach einer knappen Begrüßung bittet der Arzt den Besuch, kurz vor der Tür zu warten.

Leo behält die beiden Kinder im Arm und erhebt sich, um das Zimmer zu verlassen.

»Hallo Kinder, hallo Herr Mitterndörfer«, werden sie vor der Tür von Herrn Hartmann begrüßt, der soeben den Gang entlang gekommen war.

»Ha-Hallo Pa-pa«, freut sich Moritz mit roten Augen, während ihn sein Vater in die Arme schließt.

»Die Mama stirbt«, meldet sich Sabine wieder ganz sachlich zu Wort. »Im Moment ist der Arzt dort, aber er wird ihr bestimmt nicht helfen!« Vorwurfsvoll dreht sie den Kopf Richtung Zimmertür.

»Ich weiß«, nickt ihr Vater leise und umarmt seine Tochter. Auch er kann die Tränen nicht mehr zurückhalten und, auf dem Boden kniend, umarmt und küsst er seine Kinder immer wieder.

»Herr Mitterndörfer«, spricht die Schwester Leo leise an, »der Arzt würde Sie gerne sprechen.« Dabei dreht sie sich um und deutet Richtung Zimmertür, vor der der Chefarzt auf ihn wartet.

»Na gut, Sie wissen ja bereits Bescheid. Ihre Frau wird kommende Nacht sehr wahrscheinlich sterben. Ich wollte Ihnen nur sagen, dass es mir persönlich unendlich leid tut, dass ich ihr nicht helfen konnte. Aber es gibt eben Dinge, die nicht in der Hand der Menschen liegen. Jedenfalls wünsche ich Ihnen mit den Kindern viel Glück und dass Sie es schaffen, die beiden zu trösten und ihnen ein guter Vater zu sein.«

Leo bedankt sich mit belegter Stimme und geht zu den Kindern zurück.

Herr Hartmann richtet sich auf. »Dürfte ich vielleicht nur einen kurzen Augenblick alleine zu ihr? Wissen Sie ... «, bittet er mit vor Wehmut vibrierender Stimme.

»Ja, natürlich, selbstverständlich! Gehen Sie nur.«

Mit den Kindern an der Hand geht er wieder zu den Stühlen zurück.

Schweigend und in Gedanken versunken setzen sie sich.

Plötzlich drückt Sabine Leos Hand ganz fest. »Leo, bist du wirklich ganz sicher, dass wir nichts mehr tun können?«

Betroffen nickt er mit dem Kopf. »Ja mein Schatz, wir können wirklich nichts mehr machen. Du siehst ja, selbst die Ärzte sind machtlos.«

»Aber Leo, das gibt es doch gar nicht. Es muss doch etwas geben, das wir noch unternehmen können. Ich werde einfach mal überlegen. Versprichst du mir, dass du es dann versuchen wirst, wenn mir etwas einfällt?«

Das Mädchen hat ihren Schock offensichtlich bereits überstanden und ist wieder ganz ruhig. Die intensive Beschäftigung mit der Suche nach einer Hilfsmöglichkeit für ihre Mutter scheint sie tatsächlich von der aussichtslosen Situation abzulenken.

Doch was wird geschehen, wenn sie erkennen muss, dass auch sie keine Lösung finden konnte? Wird sie dann die Schuld am Tod ihrer Mutter bei sich selber suchen, weil sie versagt hat?

»Aber natürlich werde ich alles unternehmen, wenn dir etwas einfällt und ich es ausführen kann«, verspricht Leo auf den fragenden Blick Sabines.

Schweren Herzens denkt er darüber nach, dass er das Versprechen sicherlich nicht einzulösen braucht. Woher sollte ein Kind eine Lösung für solch ein Problem finden? Am Ende wird bestimmt große Enttäuschung vorherrschen.

Mit tränennassen Augen kommt Herr Hartmann aus dem Zimmer und wendet sich an die Kinder. »Ach ihr Lieben, gerne würde ich mit euch noch etwas unternehmen, aber ich weiß überhaupt nicht was wir machen könnten. Außerdem muss ich schleunigst wieder zu meiner Arbeit zurück, sonst bekomme ich Ärger. Aber ich verspreche, dass ich euch in den nächsten Tagen besuchen komme. Jetzt muss ich erst einmal mit mir selber klar kommen.«

Den letzten Satz hat er an Leo gewendet, leise und stotternd, hervorgestoßen. Eilig versucht er sich zu verabschieden, doch Leo hält in noch zurück.

»Herr Hartmann, Sie können selbstverständlich jederzeit zu uns kommen. Wir würden uns alle darüber freuen und ich denke, den Kindern würde es die Sache erheblich erleichtern, wenn Sie öfter mal bei uns vorbeischauen könnten.«

»Danke, ich werde ihr Angebot bestimmt annehmen!«

Eilig reicht er Leo die Hand und drückt jedem der Kinder noch einen Kuss auf die Wange. Mit einem kurzen Winken dreht er sich um und verschwindet Richtung Ausgang.

»Wollen wir noch einmal reingehen?« Fragend blickt Leo die Kleinen an.

»Aber natürlich, wir können sie doch jetzt nicht so einfach allein lassen«, meint Sabine und blickt Leo geradezu anklagend an.

Ihr Bruder dagegen klammert sich an Leos Oberschenkel und beginnt wieder leise zu wimmern. Er fürchtet sich vor dem Anblick seiner leidenden Mutter.

»M-M_Moritz w-will heim«, stottert er schluchzend vor sich hin.

Leo nickt und will gerade Sabine allein in das Zimmer schicken, als ihnen vom Eingang her Dianas Mutter zuwinkt.

Tief durchatmend erwartet er seine neuen Schwiegereltern. Das Mädchen läuft ihnen bereits entgegen und umarmt Oma und Opa heftig.

»Na Moritz, willst du deine Oma nicht begrüßen?« Auffordernd steht die Frau vor dem Kind. Der Bub bringt nur ein verweintes »G-G-Guten T-Tag« heraus und hält sich weiter an Leos Hosenbein fest.

»Herr Mitterndörfer, vielen Dank, dass Sie uns verständigt haben. Leider sind wir unter Zeitdruck, aber vorbeischauen wollten wir dann doch. Geht es ihr denn wirklich so schlecht?«

»Gehen Sie einfach rein und sehen Sie selbst«, antwortet er leicht genervt.

Mittlerweile ist auch der Opa, der Sabine auf dem Arm trägt, herangekommen. Die beiden Männer verstehen sich besser und so fällt die Begrüßung auch herzlicher aus.

Die Schwiegermutter, die schon voraus ist, steht an der geöffneten Zimmertür und winkt ungeduldig ihrem Mann, endlich zu kommen.

Sabine läuft hin und drängt sich an ihrer Oma vorbei in das Zimmer. Selbstbewusst stellt sie sich auf Kopfhöhe neben das Bett. Moritz dagegen will den Raum nicht mehr betreten und so nimmt ihn Leo auf den Arm. Das Gesicht des Jungen ist dabei über die Schulter nach hinten gerichtet und Leo achtet darauf, dass Moritz der Anblick der sterbenden Mutter erspart bleibt.

Der alte Mann ergreift die Hand seiner Tochter und seine Augen füllen sich mit Tränen. Ungläubig schüttelt er nur immer wieder seinen Kopf.

»Aber da muss doch etwas geschehen! Man kann das Kind doch nicht so einfach da liegen und sterben lassen«, ereifert sich die Mutter. »Wahrscheinlich handelt es sich hier nur um ein recht billiges Krankenhaus, wo man nicht helfen kann. Hier in München muss es doch etwas

Besseres geben!« Vorwurfsvoll blickt sie dabei Leo an. »Aber Ihnen ist das ja wohl egal!«

Anstatt zu antworten, bewegt sich der Gescholtene langsam rückwärts zur Tür und verlässt mit Moritz das Zimmer. Selbst durch die geschlossene Tür kann er das Gezeter weiterhin hören, weshalb er mit dem Kind langsam ein Stück Richtung Ausgang geht.

»D-Das st-stimmt d-doch g-gar n-nicht«, protestiert Moritz leise. »Es i-ist dir d-doch g-gar n-nicht eg-egal, ob d-die Mama st-stirbt! O-Oder?«

»Natürlich nicht. Du musst verstehen, deine Oma ist sehr aufgeregt. Schließlich ist eure Mama auch ihr Kind! Da kann man schon einmal etwas böse werden. Sie meint es aber ganz bestimmt nicht so!« Tröstend streicht er Moritz über den Kopf.

Mit ihrem Opa an der Hand kommt Sabine auf die beiden zu.

»Schlimm, sehr schlimm«, brummt der alte Mann unter Tränen, während er Leo die Hand reicht. »Bitte nehmen Sie die Worte meiner Frau nicht so ernst. Sie ist nervlich eben auch total erledigt. Dass unsere Tochter im Krankenhaus liegt, wussten wir ja schon, und wir wollten ursprünglich auch schon früher einmal kommen. Aber meine Frau hat immer so viele Pläne, dass wir uns jetzt gerade mit Müh und Not für ein paar Tage frei machen konnten. Wir bleiben jetzt jedenfalls, bis alles vorüber ist. Aber keine Angst, wir wohnen in einem Hotel.«

Erleichtert nimmt Leo die Worte zur Kenntnis.

»Das geht schon in Ordnung. Ich kann ja gut verstehen, wie schwer es für eine Mutter sein muss, wenn sie ihr einziges Kind verliert.«

»Wir müssen aber auch noch etwas unternehmen. Ich überlege schon die ganze Zeit, aber mir fällt nichts ein. Weißt du vielleicht etwas, was unserer Mama helfen könnte?« Sabine hat jetzt Opas Hand mit beiden Händen umfasst und drückt sie fest zusammen.

Langsam und offensichtlich unter Rückenschmerzen leidend, bückt sich der alte Mann zu dem Kind hinunter. »Ach Sabine, da weiß ich leider auch keinen Rat. Wahrscheinlich müsste man zaubern können! Wenn die Ärzte nicht mehr weiter wissen, können wir leider auch nicht helfen.«

Voller Liebe und Schmerz zieht er das Mädchen an sich heran und versucht seine Tränen in den Haaren des Kindes zu verstecken.

Leise und wieder etwas beruhigt kommt Dianas Mutter aus dem Krankenzimmer.

»Warum nur muss es gerade sie treffen. Was wird jetzt aus ihren Kindern? Ach so, entschuldigen Sie, es sind ja jetzt ihre Kinder. Sie haben sie doch adoptiert, oder?«

»Ja, es sind jetzt auch meine Kinder und ich werde dafür sorgen, dass es ihnen gut gehen wird. Glauben Sie mir!«

»Wir können Ihnen nur dankbar sein, dass Sie sich der Kinder annehmen. Wir hatten schon befürchtet, dass sie in ein Heim müssten. Aber so ist es schon besser!« Kläglich klingen die Worte des Schwiegervaters, aber Leo freut sich dennoch darüber.

Zum Abschied reichen die Großeltern Leo noch einmal die Hand und umarmen die Kinder. Dabei fällt Omas Blick auf die Kette, die Sabine stolz um ihren Hals trägt.

»Was soll denn das? Das ist doch die Kette von meiner Mutter. Also, die nehme ich auf jeden Fall wieder mit. Schließlich gehört sie mir!«

Aufgebracht will sie die Kette von Sabines Hals nehmen, aber das Mädchen wehrt sich dagegen und ruft Leo zu Hilfe.

»Das ist jetzt meine Kette, ich habe sie schließlich von meiner Mama bekommen und ich werde immer auf sie aufpassen. Hör auf, ich gebe sie nicht her.«

»Bitte Frau, lass doch dem Kind die Kette. Du hast doch genug davon.« Verlegen mischt sich der Großvater in den Streit ein.

»Jetzt ist aber Schluss!« Lautstark ergreift Leo das Wort und ein paar Besucher bleiben neugierig auf dem Gang stehen.

»Die Kette gehört meiner Tochter und Sie lassen das Kind sofort in Ruhe, sonst werde ich gar noch handgreiflich. Schämen Sie sich, dem Kind die Erinnerung an ihre Mutter wegnehmen zu wollen.«

Energisch geht Leo auf die Frau zu, die erschrocken von dem Kind ablässt und sich ihrem Mann zuwendet.

»Meine Tochter! Bloß, weil er ein paar Tage mit unserem Kind verheiratet war. Das soll wohl ein Witz sein!«

Sie nimmt ihren Mann an die Hand und zieht ihn, immer weiter vor sich hin belfernd, Richtung Ausgang.

Die Halskette festhaltend, drückt sich Sabine eng an Leo und blickt den beiden hinterher.

»Kommt, wir unternehmen einen kleinen Spaziergang«, fordert Leo die Kinder auf, nachdem sie nur mühsam etwas Suppe als Mittagessen zu sich nehmen wollten. »Der Regen hat aufgehört und wir wollen ein Stück in den Park gehen.«

Seit sie sich mit einem, vermutlich letzten, Händedruck von Diana verabschiedet haben, wird kaum noch gesprochen. Moritz verhält sich vollkommen teilnahmslos und wimmert die ganze Zeit leise vor sich hin. Hilflos versucht Leo immer wieder ihn aufzumuntern, hat aber kaum Erfolg dabei. Auch Sabine ist sehr schweigsam geworden. Ihr Gesicht ist blass und den Schmerz kann man aus ihren Augen sowie aus allen ihren Bewegungen erkennen.

Schweigend und funktionierend wie Roboter ziehen sie sich an. Leo nimmt noch einen großen Regenschirm und dann marschieren sie los.

Es ist der gleiche Weg, auf dem sie so oft alle zusammen gegangen waren. Jeder hängt seinen Gedanken nach und als sie zu der Bank kommen, an der alles seinen Anfang nahm, bleiben sie stehen.

»Wisst ihr noch, damals, als wir uns kennengelernt haben?« Leo lächelt wehmütig und streicht den Kindern sanft über ihre Haare.

»W-wir ha-haben d-dann Fu-Fussball ge-spielt. St-stimmts?« Endlich meldet sich auch der Junge wieder zu Wort und Leo fällt ein Stein vom Herzen.

»Genau«, antwortet er erleichtert, »und am nächsten Tag haben wir Eis gegessen. Ja, das war eine sehr schöne Zeit.«

»Kriegen wir jetzt auch ein Eis?« Sabine erhebt sich von der Bank und blickt ihn fragend an.

»Aber natürlich, kommt, gehen wir rüber zu der Wirtschaft.«

Erfreut, dass die Kinder die Ablenkung anzunehmen scheinen, steht er auf und nimmt Moritz an die Hand. Im Moment könnte er den Kindern sowieso keinen Wunsch abschlagen und wäre er noch so verrückt.

Als die Wirtschaft im Blickfeld auftaucht, fordert er die beiden zu einem Wettlauf auf. »Kommt, wer zuerst beim Haus ankommt.«

Sofort laufen die Kleinen los und er hält sich immer knapp hinten dran. Sabine gewinnt zwar das Rennen, aber auch Moritz ist ein Sieger. Er hat ja schließlich Leo geschlagen. Zufrieden über den Rennausgang betreten sie die Gastwirtschaft.

Lediglich ein paar Kaffeetrinker sitzen an einem Fenstertisch und unterhalten sich.

Gleich neben der Eingangstür setzen sie sich an einen kleinen runden Tisch. Leo bestellt sich Kaffee und für die Kinder gibt es jeweils einen Eisbecher.

Während sich die Geschwister über das Eis hermachen, grübelt Leo darüber nach, wie sie den Rest des Tages verbringen könnten. Ja, und dann erst Morgen früh! Wie wird er es den Kindern sagen können und wie werden sie damit zurechtkommen? Dann die Beerdigung und das ganze Drumherum! Panik beginnt sich in ihm wieder einmal auszubreiten und Zweifel darüber, ob er schon richtig entschieden hat, verstärken sich. Was soll er bloß tun, wenn die Kinder in einen Trauerschock fallen oder ihn nicht mehr mögen, weil er ihre Mutter nicht retten konnte? Die ganze Tristesse wird ihm immer mehr bewusst. Frau Lerchenauer fällt ihm ein. Ja, diese Frau wird er wohl um Unterstützung bitten müssen!

»Du Leo«, reißt ihn Sabine aus seinen Gedanken, »du hast doch gesagt, dass du es versuchen würdest, wenn ich dir eine Lösung sagen könnte.«

Überrascht blickt er zu dem Kind hinüber.

»Weißt du, der Opa hat gemeint, man müsste zaubern können, um die Mama wieder gesund zu machen. Kannst du zaubern? Du kannst doch sonst auch immer alles!«

Mit wachen Augen blickt jetzt auch Moritz auf und meint voller Tatendrang: »G-g-genau, wir m-m-müssen z-zau-zauben! D-Das ist e-es!«

»Ach Kinder«, antwortet er bedrückt, »das mit dem Zaubern ist so eine Sache. Es gibt keine echten Zauberer. Es handelt sich dabei immer nur um versteckte Tricks. Niemand kann eine Taube aus einem Hut zaubern, wenn sie nicht vorher dort versteckt war. Zauberei gibt es nicht, sonst hätten die Ärzte im Krankenhaus bestimmt schon lange einen Zauberer geholt. Das ist alles einfach nur geschickt vorgeführte Illusion und Täuschung.«

»Aber ich habe einmal im Fernsehen einen Zauberer gesehen, der hat seine Assistentin einfach weggezaubert. Hernach war sie dann ganz plötzlich mitten unter den Zuschauern, obwohl sie niemand hat dahin gehen sehen. Das muss Zauberei gewesen sein.«

»Aber Mädchen, das war einfach nur ein geschickt gemachter Trick. Tatsächlich gibt es das aber nicht!«

»W-wir mü-ssen a-aber zau-zaubern«, verlangt Moritz hartnäckig.

»Ach Kinder, es gibt wirklich keine Zauberei, die tatsächlich etwas bewegen könnte. Das sind alles nur ausgebuffte Tricks, mit denen die Zuschauer getäuscht werden. Glaubt mir, es gibt einfach keine echte Zauberei!«

Insgeheim hofft er, dass damit das Thema abgeschlossen ist und sie machen sich wieder auf den Heimweg. Ein leichter Nieselregen hat eingesetzt und die Kinder halten sich eng bei Leo, um auch unter dem Schirm Platz zu finden.

Still und gedankenverloren erreichen sie die Abzweigung an der Straße, die zu ihrem zuhause führt.

»Lasst uns noch ein wenig durch die Straßen laufen, bevor wir heimgehen«, schlägt Leo vor.

Plötzlich fürchtet er sich davor, mit den Kindern allein daheim herumzusitzen. Kurz überlegt er, ob sie nicht doch noch einmal ins Krankenhaus fahren sollten, als einfach nur zu warten, bis der bittere Anruf kommt. Aber überzeugt davon, dass es nichts Neues geben würde und die Situation für die Kinder sich möglicherweise nur noch verschlimmern könnte, verwirft er diese Idee auch gleich wieder.

Die beiden nicken nur stumm und Sabine hakt sich bei Leo ein. Ihr Bruder ergreift die andere Hand und sie gehen langsam und still weiter.

Als sie nach einer Weile an ihrer Stadtteilkirche vorbeikommen, geht Leo gewohnheitsmäßig zu der Anschlagtafel vor der großen Eingangstüre, um die aktuellen Sterbefälle und andere kirchliche Nachrichten zu lesen.

Die Kinder sind zwar, wie ihre Mutter auch, bisher ohne Religion aufgewachsen, wissen aber, dass Leo regelmäßig zur Kirche geht. So sind sie nicht überrascht und warten einfach unter dem Schirm, bis Leo wieder weitergehen wird.

Während er die Todesanzeigen studiert, denkt er wehmütig an Diana. Hier wird ihr Name nicht stehen! Zwar hält er das nicht für so besonders wichtig, aber irgendwie schmerzt es ihn doch. Damals, bei Mathildes Anzeige war auch noch ein Bild mit abgedruckt gewesen, das sie gesund und voller Lebensfreude zeigte.

Gerade will er sich von der Tafel abwenden, als ihm der Hinweis auf einen Vortrag ins Auge springt.

»Wahrlich, wahrlich, ich sage euch: Was ihr den Vater bitten werdet in meinem Namen, wird er euch geben. Joh. 16,23«

Wie elektrisiert liest er den Titel noch einmal und ein verrückt wirkender Gedanke ergreift ihn. Einen Versuch wäre es doch wert, wenn sie „zaubern" würden!

23 Der Versuch

»Kommt, drehen wir um und gehen nach Hause«, dirigiert er die Kinder energisch in die andere Richtung.

»Werden wir dann zaubern?« Sabine blickt überrascht hoch und sieht ihm fragend in die Augen.

»Ja, g-ge-genau«, bringt Moritz aufgeregt hervor, »wir m-m-müssen z-zau-bern!«

Sichtlich betroffen nimmt Leo zur Kenntnis, dass das Thema die beiden Kinder offensichtlich immer noch beschäftigt.

Aber jetzt hat er ja eine Idee!

»Hm, mal schauen, vielleicht lässt sich ja doch etwas unternehmen.«

Eine plötzliche innere Freude gibt seiner Stimme einen Klang, der die Kinder aufhorchen lässt. »Ob es aber tatsächlich funktioniert, weiß ich wirklich nicht. Geht ruhig mal davon aus, dass es nicht klappt. Versuchen wollen wir es aber auf jeden Fall!«

Voller Begeisterung laufen die Kinder voraus und rufen und winken, dass Leo auch laufen soll. Schließlich haben sie es eilig und keine Zeit zu verschenken.

Hastig ziehen sie ihre Regenkleidung aus und setzen sich im Esszimmer an den Tisch.

»Also Leo, was wollen wir denn nun unternehmen, erzähl schon«, drängt das Mädchen und auch ihr Bruder blickt ihn mit neugierigen Augen erwartungsvoll an. Die ganze Trauer und der Schmerz scheinen urplötzlich aus den Gesichtern der Kinder verschwunden und einer gewaltigen Spannung und Hoffnung gewichen zu sein.

Nachdenklich blickt er die Kinder an und die Angst, bei ihnen eine Hoffnung zu wecken, die er gar nicht erfüllen kann, nimmt ihm erst einmal die Stimme. Der Ausdruck in ihren Gesichtern zeigt ihm, dass sie einen absoluten Erfolg erwarten! Voller Freude und Tatendrang warten die beiden darauf, endlich mit der Rettung ihrer Mutter beginnen zu können.

»Wisst ihr, ich bin kein Zauberer und ich kenne auch keinen, weil es eben keinen echten Zauberer gibt.«

Sofort zeigt sich Enttäuschung auf den Gesichtern.

»Aber«, fährt er schnell fort, damit die Kinder nicht wieder in Lethargie zurückfallen, »ich kenne jemanden, der viel stärker und größer ist, als jeder Zauberer überhaupt sein könnte.«

Mit jedem seiner Worte beginnen die Augen der Kleinen mehr zu leuchten und ein lautes »Juhu« zum Abschluss, bringt ihre ganze Hoffnung und das in ihn gesetzte Vertrauen zum Ausdruck.

Leo zieht sich das Herz zusammen, als er diese Freude sieht und selber nicht recht an einen Erfolg glauben kann. Was werden die Kinder morgen früh sagen? Er muss unbedingt versuchen, ihre Euphorie zu bändigen und sie auf ein realistischeres Ergebnis einzustellen.

»Wer ist das und wo wohnt er?«, will Sabine wissen.

Bevor er antworten kann, meldet sich auch Moritz voller Begeisterung: »Wir müss-müssen ihn h-ho-holen. Sch-Schnell!«

»Ja, da gibt es eben so einen Haken an der ganzen Geschichte!«, beginnt Leo grübelnd. »Der ist so stark und mächtig, dass wir ihn nicht sehen können und auch niemand weiß, wo er genau wohnt. Es handelt sich bei ihm um so etwas wie einen Geist, der im Himmel wohnt. Aber niemand kann sagen, wo sich der genau befindet. Man kann mit ihm nur in Kontakt treten, indem man ihn anruft. Aber nicht über das Telefon, sondern man spricht einfach zu ihm, geradeso, als wenn er da wäre. Er gibt auch keine Antwort in irgendeiner Sprache, sondern wenn er dich gehört hat, dann kann man das an Zeichen erkennen.«

Stille breitet sich unter den Zuhörern aus und sie blicken ihn mit neugierigen Augen an.

»Ihr habt bisher nicht viel von Religion und Gott gehört, aber das stört dabei gar nicht. Es ist einfach so, dass es ein Wesen gibt, das allgemein als Gott bezeichnet wird und uns Menschen, die ganzen Tiere und auch unsere Erde erschaffen hat. So mächtig und stark ist dieses Wesen. Niemand kennt es oder weiß, wie es aussieht und dennoch glauben sehr viele Menschen daran. Wenn man bloß ein wenig nachdenkt, kommt man von selber darauf, dass es diesen Gott geben muss. Und weil dieser Gott so stark und mächtig ist, könnte er auch eure Mama wieder gesund machen. Wir müssten einfach versuchen, unsere Bitte an ihn heranzubringen. Beten sagt man üblicherweise dazu.«

Neugierig die beiden Kinder betrachtend, lehnt er sich zurück. Diese blicken sich fragend an. Sie verstehen nicht so recht, was Leo damit meint.

»Wir wollen das einfach probieren. Aber ich kann nicht garantieren, dass es gelingt und dieser Gott uns hört. Dennoch werden wir uns alle Mühe geben und miteinander zu ihm sprechen.«

»Ja, dann fangen wir doch gleich an«, verlangt das Mädchen.

»Einen Moment noch, erst wollen wir eine Kleinigkeit essen. Es ist schon spät. Anschließend wollen wir uns ganz auf das Gespräch mit Gott konzentrieren.«

Hastig springen die Kinder auf und decken den Tisch, um ja keine Zeit zu verlieren.

Um die Kleinen schon etwas auf das anschließende Vorhaben einzustellen, bittet er sie, vor dem Essen mit ihm zusammen ein paar Dankesworte zu sagen.

»Seht ihr hier dieses Essen? Auch das hat uns dieser Gott gegeben. Denn nichts wächst einfach so, sondern damit die Tiere und Pflanzen leben, muss er sie erst erschaffen und ihnen das Leben geben. Deshalb wollen wir ihm jetzt auch danken, dass wir leben dürfen und dass er uns dieses Essen gibt. Kommt wir fassen uns an den Händen und ihr sprecht mir einfach nach.«

Leo ergreift die hingehaltenen Hände und lächelt in die neugierigen Gesichter.

»Lieber Gott, sieh herab auf uns. Wir danken Dir für dieses Essen und wir danken Dir dafür, dass wir hier sein dürfen.

Bitte hilf uns auch, damit wir wieder glücklich werden können und mache unsere Mama gesund. Danke, dass Du uns zugehört hast!«

Laut und voller Andacht sprechen die Kinder die einzelnen Worte nach und mit jedem Wort wird die Verbundenheit in der Familie enger und vertrauter.

»W-Wir m-m-müssen m-mehr z-zau-zaubern«, verlangt Moritz und legt sein Besteck zur Seite. »D-Dein G-Gott mu-muss uns hör-hören!«

»Das ist nicht nur mein Gott, lieber Moritz, sondern auch deiner. Schließlich hat er auch euch geschaffen und glaubt mir, egal wie das mit euerer Mama ausgeht, er hat euch beide auch sehr lieb.«

»Aber, wenn das so ist, dann muss er doch erst recht helfen!« Das Mädchen blickt ihn mit herausforderndem Blick an. »Wenn er wirklich so mächtig und stark ist, wie du sagst, dann braucht er uns doch die Mama nicht wegzunehmen, er kann sich doch einfach eine eigene machen! Oder?«

»Ach Sabine, das verhält sich alles viel zu kompliziert. Wir Menschen sind nicht klug genug, um zu verstehen, warum das Eine oder Andere passiert. Oder warum Gott etwas zulässt oder gar selbst verursacht. Es kann ja auch sein, dass er eure Mama zu sich ruft, weil er sie auch ganz lieb hat.«

»N-Nein, d-das da-darf er n-nicht! E-Er s-soll sich ei-eine a-an-andere Mama su-su-chen!« Aufgebracht protestiert Moritz.

»Also, ihr Männer! Ihr vergesst ganz darauf, was wir tun wollen. Kommt, lasst uns endlich anfangen mit dem Zauber oder Gebet oder wie immer das heißt!«

Energisch steht Sabine auf und nimmt ihren Bruder an die Hand. Leicht gequält muss Leo lächeln und ergreift ebenfalls die von dem Mädchen ausgestreckte Hand.

»Kommt, gehen wir in mein Wohnzimmer und setzen uns auf die Couch.«

Hände haltend nehmen die Kinder Leo in die Mitte und warten gespannt darauf, was passieren wird.

»Gut, ihr sprecht mir einfach nach.«

Konzentriert sucht Leo nach geeigneten Worten und beginnt: »Lieber Gott, du hast uns erschaffen, damit wir hier auf dieser Erde ein Leben führen, das Dir gefällt. Du hast uns aber auch so geschaffen, dass wir auch ein schönes Leben für uns haben wollen. Dafür können wir doch nichts! Wir waren bis vor Kurzem so glücklich miteinander und haben bestimmt nichts getan, was Dich hat stören können. Jetzt willst Du uns die Mutter dieser lieben Kinder wegnehmen, die sie aber noch dringend brauchen. Wir fragen nicht, warum Du das tun willst, sondern wir bitten Dich einfach darum, es nicht zu tun. Bitte mache unsere Mutter wieder gesund und gib sie uns zurück! Wir leiden jetzt schon große Schmerzen und wissen nicht, wie es hernach weitergehen soll. Wir Kinder brauchen doch unsere Mama noch!«

Langsam und andächtig sprechen die beiden die Worte nach, wobei sie sich fest an den Händen halten und warten, bis auch Moritz fertig ist.

»Wir bitten dich im Namen Deines, von den Toten auferstandenen Sohnes Jesus darum, Diana zu heilen. Er hat zu seinen Jüngern gesagt, dass, wenn sie Dich in seinem Namen um etwas bitten, Du es ihnen auch geben wirst. Wir glauben ganz fest daran, dass dem auch so ist und bitten Dich deshalb, diese Worte auch für uns gelten zu lassen! Bitte nimm die Schmerzen und die ganze Krankheit von unserer Mutter und gib sie uns zurück.«

In einer kurzen Pause erklärt Leo den Kindern, was es mit Jesus und dem Versprechen an die Jünger auf sich hat. Wissbegierig saugen sie seine Worte regelrecht auf und langsam haben die beiden das Gefühl, in ihrem Herzen eine Verbindung zu diesem seltsamen und für sie völlig neuen Wesen zu bekommen.

Die Zeit ist fortgeschritten und eigentlich müssten die Kinder längst im Bett liegen, als Leo sich erhebt, um Getränke zu holen. Er will die Kinder noch nicht schlafen schicken, denn er weiß ganz genau, dass sie nicht einschlafen könnten, so aufgewühlt wie sie sind.

Überrascht sieht er die beiden, sich fest an den Händen haltend, vor dem Tisch knien. Still bleibt er in der Tür stehen und lauscht den Worten, die Sabine laut und voller Inbrunst ausspricht: »Du lieber Gott, mein Bruder Moritz und ich wussten gestern noch gar nichts von Dir, sonst hätten wir Dich bestimmt schon früher einmal gefragt, ob Du helfen kannst. So müssen wir eben jetzt alles nachholen. Glaube uns, wir haben unsere Mama ganz besonders gern und wir möchten, dass sie bei uns bleiben darf. Du kannst sie gar nicht so lieb haben wie wir. Glaub mir, das geht gar nicht! Lass sie deshalb einfach bei uns. Wir versprechen Dir dafür, dass wir immer ganz brav sein und auch oft mit Dir sprechen werden, jetzt wo wir Dich kennen! Weißt Du, wir sind in großer Not und haben Angst, wenn unsere Mama nicht mehr hier ist. Bitte hilf ihr! Du kannst das doch ganz einfach! Wenn Du so mächtig bist, dass Du die ganze Welt und alle Tiere darauf und auch uns Menschen machen kannst, dann ist doch unsere Mama nur eine ganz kleine Sache für Dich. Bitte höre auf uns und mache sie gesund. Du musst wissen, wir Kinder wollten eigentlich einen Zauberer holen, der die Mama heilen sollte, aber der Leo hat gesagt, dass es so etwas gar nicht gibt. Außerdem hat er gesagt, dass Du viel stärker und mächtiger sein würdest als es der größte Zauberer überhaupt sein könnte. Das erscheint mir auch logisch. Denn wenn Du ja den Zauberer gemacht hättest, müsstest Du ja auch stärker sein als er!

Also hilf uns mit Deiner Kraft und Deiner Macht, dass wir bald wieder eine glückliche Familie mit unserer gesunden Mama sein können. Wir werden Dir dafür immer dankbar sein und ich möchte doch so gerne auch meiner Mama von Dir und Deinem Sohn erzählen. Sie muss das doch auch wissen! Wir beide sind ja nur kleine Kinder, haben aber ganz große Herzen, in denen Du immer Platz haben wirst. Versprochen!«

Ergriffen stellt Leo die drei Gläser auf dem Tisch ab und umarmt die Kinder liebevoll.

»Da hast du aber ganz toll gebetet, Sabine. Es war ein richtig ergreifendes Gebet. Mit der Unterstützung von deinem Bruder ist es bestimmt sehr weit vorgedrungen und ich hoffe, dass unser lieber Gott es gehört hat.«

Das Mädchen ist von seinen Worten selber wie verzaubert. Rote Backen leuchten plötzlich wieder in ihrem Gesicht und wache Augen blicken Leo stolz und dankbar an.

»Aber wir müssen noch weitermachen«, erklärt sie ganz aufgeregt. »Wir müssen ihm noch viel besser erklären, warum wir unsere Mama behalten wollen. Komm, machen wir weiter!«

»Woher wusstest du das mit dem Hinknien?«

»Das haben wir mal im Fernsehen gesehen. Manche Menschen legen sich zum Beten sogar auf den Boden.«

»Da hast du schon recht. Das soll vor allem von Demut und Ehrfurcht vor Gott zeugen. Aber glaube mir, es ist nicht unbedingt erforderlich. Wir können unsere Demut und unsere Ehrfurcht auch mit Worten und Gefühlen zeigen, und so wie du es gerade getan hast, war das wirklich ganz super!«

Kaum, dass jeder an seinem Glas genippt hat, fassen sie sich wieder an den Händen, schließen die Augen und Leo beginnt erneut mit dem Gebet.

Ein kurzes Zucken an seiner linken Hand zeigt ihm an, dass Moritz gerade einzuschlafen droht. Behutsam fängt er den Buben auf und legt ihn auf ein Kissen. Die Augen sind fest geschlossen und auch während eine Decke über ihn gebreitet wird, schläft er ruhig weiter. Leo drückt ihm noch einen Kuss auf die Wange und wendet sich an das Mädchen.

»Möchtest du nicht auch eine kleine Pause einlegen? Es ist schon spät.«

»Nein, auf keinen Fall! Wir müssen durchhalten. Schlafen können wir morgen auch noch.«

Voller Bewunderung blickt Leo das Kind an und drückt es zum wiederholten Male ganz fest an sich. Doch Sabine hat keine Zeit für solche Sachen, sondern will sofort weiter beten.

Um nicht ständig die gleichen Worte wiederholen zu müssen, erzählt Leo zwischendurch wieder Geschichten aus der Bibel, die zu dem Anlass passen. Sabine saugt seine Worte gierig auf. Gelegentlich bohrt sie sogar mit Fragen nach.

Als er die Geschichte von der Auferweckung des Lazarus erzählt, unterbricht sie ihn.

»Aber dann brauchen wir doch diesen Jesus! Der kann sogar Tote wieder lebendig machen. Dann kann er doch bestimmt auch Kranke, die noch nicht gestorben sind, wieder gesund werden lassen.«

Lächelnd ob ihres Eifers, erklärt er ihr, dass dahinter ja auch der Vater, also Gott selbst, stand. »Nur er kann solche Wunder bewirken und er tat dies eben auf die Bitte von Jesus hin. So wie wir jetzt Gott bitten, so hat damals auch Jesus ihn gebeten.«

»Wir sind also schon richtig?«, will sie sich schnell noch vergewissern, bevor sie Leos Hand ergreift, um das Gebet wieder aufzunehmen.

»... m-mußt h-helfen! M-Mama m-muss g-ge-sund w-wer-den!« stößt Moritz hektisch im Traum hervor.

Leo unterbricht das Gebet und streichelt den Jungen sanft, bis dieser wieder ruhig weiter schläft.

Kurz vor Mitternacht wacht der Bub auf und besteht darauf, auch wieder mitmachen zu dürfen. Seine Schwester zeigt nach wie vor kaum Anzeichen von Müdigkeit, obwohl sie ja bereits seit mehreren Stunden da sitzen und beten. Mittlerweile wird das Kind von einer solchen Euphorie erfasst, dass es keinen Zweifel mehr an einem Erfolg aufkommen lässt. Es geht fest davon aus, dass die Mama am Morgen gesund aufwacht!

Auch Leo, der inzwischen wie in Trance betet und sich um neue Formulierungen und Worte bemüht, beschleicht ein ganz besonderes Gefühl. Er kann es nicht so richtig deuten, aber er spürt eine gewisse Freude in ihm immer größer werden. So wie ein ganz kleiner Funke in ein

Flämmchen übergeht, um dann zu einer Flamme und einem richtigen Feuer zu werden, so spürt er, dass sich diese Freude in seinem Herzen immer mehr ausbreitet und größer und stärker wird. Ein solch intensives Gefühl kannte er bisher nicht. Er genießt es und kein Gedanke an die mit dem Tode ringende Ehefrau kann ihm diese Freude nehmen.

Voller Elan und Wärme fasst er erneut die Kinderhände und beginnt zu beten:

»Lieber Gott, Du schenkst uns eine innere Freude, wie wir sie noch nie erlebten. Bitte lass sie nicht in ein paar Stunden zusammenbrechen und in Leid übergehen. Hilf uns und vor allem dieser Frau und Mutter der beiden liebsten Kinder, die Du uns geschenkt hast. Lass unser Gebet nicht im Raum verhallen! Sieh Dir die beiden Kleinen an, wie sie mit sich kämpfen, um nicht einzuschlafen. Sie wollen mit Dir reden und Dich bitten, ihnen zu helfen. Bitte höre sie und zeige ihnen Deine Macht und Deine Liebe, die kaum größer sein kann, als die Liebe dieser Kinder zu ihrer Mutter.«

Immer wieder unterbricht Leo das Gebet, um sich nach den beiden Kindern umzusehen. Sabines Tonfall ist immer leiser geworden und zum Schluss ganz versiegt. Vorsichtig, um sie nicht zu wecken, legt er sie auf die Couch und deckt sie zu.

Moritz blickt Leo fragend an: »A-Aber w-wir ma-machen sch-schon w-wei-ter?«

Leo nickt, streicht dem Kind kurz über den Kopf und ergreift seine Hand.

Jetzt will auch der Junge einige eigene und ganz persönliche Worte an den großen *Überzauberer* richten.

»Klar mein Schatz, das wird er ganz besonders gerne hören«, verstärkt Leo noch seinen Mut.

»Du lie-ie-ber G-Gott«, beginnt das Kind mit fester Stimme zu beten. »Ich w-weiß n-ni-cht ob d-du m-mich ke-nnst. I-ich b-bin der M-Mo-ritz und i-ich h-ha-be meine Mama g-ganz f-f-fest l-lieb. D-du d-da-rfst sie m-mir n-icht w-weg-n-nehm-en. Sch-au d-doch, w-wie k-klein ich b-bin. I-Ich h-habe d-doch g-ge-gen d-dich g-gar k-kei-ne Ch-Chan-ce. D-der Leo h-hat m-mir g-ge-sagt, dass du e-ein l-lie-ber G-Gott bist, d-der K-Ki-n-der g-ganz b-be-son-d-ders l-lieb h-hat. I-ich m-mö-chte g-gern d-dein F-Fr-eund s-sein, a-aber d-dann m-mu-sst du m-mir au-ch h-hel-fen! M-Mach m-meine Mama ei-einfach w-wie-der g-ge-sund u-und l-lass sie b-bei u-uns. Da-nn w-wir-st du m-mein al-ler-b-bester F-Freund w-wer-den. V-Ver-sproch-en!«

Voller Hingabe und mit einer Intensität, die Leo an dem Buben bisher noch nicht erlebt hatte, trägt das Kind seine Bitte vor.

Tränen der Zuneigung und Rührung sammeln sich in seinen Augen, als er die Worte des Kleinen hört. Voller Liebe beugt er sich hinüber, um den Buben in seine Arme zu nehmen.

Kurz aber heftig schießt Leo ein Gedanke durch den Kopf. ›Was wird in ein paar Stunden sein? Wie werden die Kinder die große Enttäuschung wegstecken? Werden sie ihm Vorwürfe machen?<

Wie Blitze schlagen die Fragen ein und bringen Leos Zuversicht beinahe ins Wanken. Doch bevor Schwermut oder gar Zweifel aufkommen können, versucht er die Gedanken zu verdrängen und sagt sich, dass jetzt ganz allein nur der Augenblick entscheidet. Alles andere soll zu seiner Zeit kommen. Er beginnt sich wieder zu sammeln und mit Moritz weiter zu beten.

Kurz nach vier Uhr, Moritz ist soeben wieder eingeschlafen, reißt ihn das schrille Klingeln des Telefons aus
seiner Trance. Laut und bedrohlich dröhnt der Klingelton
durch den stillen Raum.

Aufgeschreckt und mit klammem Herzen schleicht Leo
langsam zu dem Apparat, um sich zu melden.

»Guten Morgen Herr Mitterndörfer, Schwester Hildegard
vom Krankenhaus. Der Arzt hat mich beauftragt, Sie
trotz der frühen Uhrzeit anzurufen. Ihre Frau ist aufgewacht und möchte Sie und die Kinder gerne sehen. Wir
können nicht sagen, wie lange dieser Zustand anhalten
wird, deshalb wäre es vielleicht gut, wenn ...»

»Ja, natürlich kommen wir sofort. Vielen Dank für die
Nachricht.«

Mit einem innerlichen Freudenschrei will er schon wieder auflegen, als ihm noch eine dringende Frage einfällt.

»Wie geht es ihr denn? Wenn sie plötzlich aufgewacht
ist und sprechen kann, was ist da passiert?«

»Keine Ahnung, was passiert ist, aber darüber wird
dann der Arzt mit Ihnen selber sprechen. Ihre Frau hat
sich erstaunlich gut erholt, ist aber immer noch recht
schwach und kann nur leise sprechen! Ansonsten geht es
ihr im Grunde genommen sehr gut. Wir sind hier alle gewaltig überrascht Aber bitte, kommen sie einfach her!«

Sabine ist von dem Klingeln aufgewacht und hat die
letzten Worte nur verschwommen mitbekommen. Mit ver-

schlafenen Augen sieht sie Leo gespannt an: »War es das Krankenhaus? Ist sie jetzt tot?« Tränen beginnen die Wangen herunterzurollen und ihr Gesicht verzerrt sich vor Schmerz.

»Aber nein, mein Schatz! Wir sollen kommen, weil sie wach ist und uns sehen will. Außerdem soll es ihr auch ganz gut gehen, in Grenzen natürlich. Aber komm, zieh dir schnell den Bademantel über, dann fahren wir gleich los.«

Ungläubig und mit staunenden Augen fragt sie leise: »Was, die Mama ist wach und redet? Glaubst du, dass wir ... ?« Den Rest der Frage behält sie für sich und springt voll Freude auf, um sich ihren Bademantel zu holen.

Vorsichtig hebt Leo den tief schlafenden Buben hoch, wickelt ihn in die Decke ein und bringt ihn behutsam zum Auto. Nur ganz kurz öffnet das Kind seine Augen, aber nur um gleich wieder in seinem Sitz weiterzuschlafen.

Sabine dagegen wirkt hellwach. Ihre Gedanken überschlagen sich und immer mehr Freude kommt in ihr auf und eine starke Hoffnung, dass ihre Gebete doch nicht umsonst gewesen sind, verbreitet sich in ihr.

Während der Fahrt blickt sie immer wieder voller Stolz und mit leuchtenden Augen zu Leo hinüber.

»Glaubst du, dass wir das getan haben?«

»Ich weiß es nicht und wir müssen jetzt erst einmal warten, wie es tatsächlich aussieht. Weißt du, es kann ja auch nur eine kurze Erholung sein, aber ich möchte dir die Hoffnung nicht nehmen. Ein bisschen mitgewirkt haben wir ganz bestimmt!«

Stolz und zufrieden lächelt das Mädchen still vor sich hin.

»Ach, guten Morgen zusammen«, werden sie freudig von Schwester Hildegard auf dem schummrig beleuchteten Gang begrüßt. »Sie werden schon sehnsüchtig erwartet!«

Gespannt klopft Leo an die Zimmertür und bedient dann den Drücker. Grelles Neonlicht blendet seine Augen. Ein Arzt, der mit dem Rücken zur Tür vor dem Bett steht, verdeckt die Sicht auf seine Frau.

Während der Mediziner sich umdreht, um die Ankömmlinge zu begrüßen, stürmt Sabine schon voraus.

»Mama!« Ein lauter Schrei tönt durch das Zimmer, sodass auch Moritz wach wird und sich neugierig und verschlafen umsieht.

»Ja, bitte gehen Sie erst zu Ihrer Frau. Sprechen können wir ja anschließend auch noch«, bringt der Arzt hastig hervor, als er bemerkt, dass er momentan von allen nur ignoriert wird.

Freudestrahlend sieht Leo seine Frau im Bett liegen und lächeln. Das Kopfteil des Bettes ist etwas hochgestellt, sodass Diana in leicht sitzender Position die Liebkosungen entgegennehmen kann. Auch Moritz ist jetzt nicht mehr zu halten und will von Leos Armen herunter. Eilig springt er auf das Bett und umarmt seine Mama. Sabine liegt schon seitlich, fest an ihre Mutter gedrückt, im Bett, als endlich auch Leo einen Kuss anbringen kann. Voll ungläubiger Freude setzt er sich auf die Bettkante und greift nach Dianas Hand. Sie fühlt sich warm und lebendig an.

»Schön, dass ihr gekommen seid.« Leise und schwach kommen die Worte über die Lippen, aber die Augen leuchten.

Leo meint, einen leicht rosa Schimmer auf Dianas Wangen zu erkennen. Oder bildet er es sich nur ein? Bei dem grellen Licht und seinen verschlafenen Augen scheinen Zweifel angebracht. Die extreme Leichenblässe von gestern ist jedenfalls nicht mehr vorhanden. Auch kann er Leben und ein Strahlen aus den Augen erkennen, das in keinster Weise mehr zu dem Menschen vom Vortag passt. Still und heimlich breitet sich eine Hoffnung in ihm aus, die er aber sofort wieder zu unterdrücken versucht. Schließlich weiß man im Moment noch nichts Genaues. Es kann möglicherweise nur ein letztes Aufbäumen sein, hatte die Schwester gemeint.

Mit einem Räuspern macht sich der Arzt wieder bemerkbar.

»Dr. Berger, ich bin der Bereitschaftsarzt für diese Nacht«, stellt er sich, Leo zugewandt, vor. Er scheint Mitte der Dreißig zu sein und erweckt einen sehr freundlichen Eindruck. »Der Chefarzt ist auch schon verständigt und wird demnächst hier auftauchen. Es ist heute Nacht etwas recht Seltsames geschehen. Gegen zwei Uhr rief mich die Stationsschwester zu Ihrer Frau, weil diese plötzlich recht unruhig sei. Hier berichtete sie mir dann, dass die Patientin aus dem Koma aufzuwachen drohe, obwohl man fest mit deren Ableben gerechnet hatte. Der Schwester jedenfalls war nicht ganz wohl bei der Sache. Eine erste, kurze Untersuchung der Kranken ergab einen stabilen Puls und einen langsam steigenden Blutdruck. Die Atemfrequenz zeigte sich nahezu normal. Alles deutete tatsächlich darauf hin, dass ein Erwachen unmittelbar bevor stand. Die Patientin bewegte ständig, wenn auch nur leicht, den Kopf hin und her. Wissen Sie, es sah gerade so aus, als wolle sie, so wie eine Puppe, aus dem sie umgebenden Kokon schlüpfen. Der Atem stabilisierte sich mehr und mehr und der Blutdruck stieg langsam aber stetig weiter. Mittlerweile hatte er ein Niveau erreicht, das man für diesen Zustand, bereits als normal bezeichnen konnte.«

Während der Arzt sprach, nahm er wieder Dianas Arm, um den Puls zu fühlen.

»Kräftig und regelmäßig«, verkündete er. »Ja, es dauerte dann auch nicht mehr lange und die Patientin öffnete die Augen. Ich meinte einen ungläubigen Ausdruck in den Augen zu erkennen und ganz plötzlich verzogen sich die Lippen zu einem leichten Lächeln. Ich war, ja, ich möchte beinahe sagen, positiv schockiert. So etwas erlebt man auch als Arzt nicht alle Tage. Die Patientin war urplötzlich wie ausgewechselt. Mit leisen und schwachen Worten bat sie darum, Mann und Kinder zu verständigen. Sie fühle sich außerdem stark und würde gerne etwas essen!«

Der Arzt schüttelt langsam seinen Kopf. »Unglaublich! Aus dem Todeskoma erwachen und nach Essen verlangen! Das glaube ich, hat es noch nie gegeben!«

Voller Stolz blickt Leo seine Frau und die beiden Kinder an, die eng an ihre Mutter geschmiegt wieder glücklich eingeschlafen sind.

»Na ja, ein Becher Tee und ein kleiner Pudding musste vorerst reichen, denn mehr hatten wir auch gar nicht vorrätig. Aber den Pudding aß sie mit großem Appetit und sobald hier die Küche öffnet, werden wir ein richtiges Frühstück kommen lassen.«

Ungläubig lächelnd, schüttelt er immer wieder seinen Kopf dabei.

»Eine Blutuntersuchung ist auch bereits veranlasst. Es werden bestimmt noch weitere Untersuchungen erfolgen müssen, bevor wir Näheres sagen können. Aber mich persönlich würde es nicht wundern, wenn es eine ausgesprochene Überraschung geben würde. Ich will aber niemandem vorgreifen. Dennoch, die Krankengeschichte lässt einfach keinen Platz für eine derartige Erholung und erscheint mir so ungewöhnlich, wie sie auch einmalig sein dürfte. Also kurz, ich habe so etwas noch nicht erlebt! Sehen Sie nur, sie erholt sich immer mehr.«

Diana hatte selbstständig die Bettdecke hoch gehoben, um Sabine besser zudecken zu können.

»Erstaunlich wie viel Kraft sie schon wieder besitzt. Wenn man bedenkt, dass sie noch vor ein paar Stunden vollkommen unbeweglich dagelegen hat.« Freudig blickt er die Patientin an.

»Wie sieht es aus, Frau Mitterndörfer«, wendet er sich seiner Patientin zu, »verspüren Sie noch immer keine Schmerzen?«

Diana schüttelt lächelnd den Kopf. »Nein«, antwortet sie überraschend kräftig. »Überhaupt keine Schmerzen, nur Hunger!«

»Wissen Sie«, wendet der Arzt sich wieder an Leo, »wir haben die Schmerzmittel abgesetzt, nachdem sich zeigte, dass sie nicht mehr erforderlich waren. Aber wir beobachten sorgfältig weiter, um sie im Notfall sofort wieder verabreichen zu können.«

Behutsam horcht er Dianas Brust ab und nickt immer wieder anerkennend. »Das Herz schlägt ruhig und gleichmäßig. Da bin ich wirklich gespannt, wie die Entwicklung weiter geht.«

Mittlerweile geht es auf sechs Uhr zu und der Chefarzt ist eingetroffen. Nach einer kurzen Begrüßung bittet er Dr. Berger auf ein fachliches Gespräch vor die Tür.

»Also, jetzt berichten Sie mal, was Ihnen gar so eilig und wichtig erschienen ist, dass Sie mich verständigen ließen.«

Dr. Berger erzählt die Geschehnisse der Nacht und meint zum Abschluss: »Ich bin fest der Meinung, dass es sich hier tatsächlich um eine Spontanregression handelt, obwohl ich selbst so etwas noch nie erleben durfte.«

Neugierig und interessiert hört der Chefarzt zu und blickt dabei seinen Kollegen erfreut an.

»Hört sich gut an. Das wäre auch eine fantastische Sache, wenn es bei uns auch einmal so etwas geben würde. Haben Sie alles sorgfältig dokumentiert? Einfach für alle Fälle.«

»Selbstverständlich! Jede Kleinigkeit steht in der Dokumentation. Gut, ich gehe dann mal wieder. Es würde mich aber freuen, wenn Sie mich auf dem Laufenden halten könnten. Einfach aus medizinischer Neugierde.«

»Mache ich gerne«, meint der Chefarzt und verabschiedet sich von seinem Kollegen.

Wieder im Krankenzimmer, trifft der nüchtern denkende Mediziner auf eine überaus positive Stimmung. Zwar hatte er vorhin auch schon einen kurzen Blick auf die Patientin werfen können und war überrascht von dem positiven Zustand gewesen, will sich jetzt aber ein umfassendes Bild verschaffen.

Zwar kann er Leo vom Bett wegkomplimentieren, aber auch die beiden schlafenden Kinder stören ihn bei der Untersuchung.

»Herr Mitterndörfer«, spricht er ihn deshalb an, »könnten Sie bitte der Schwester Bescheid geben, dass sie noch ein Bett für die beiden Kinder hereinstellt. Ich denke, die werden so schnell nicht wieder nach Hause wollen.« Lächelnd wirft er einen liebevollen Blick auf die beiden Schlafenden.

Diana nickt ihm dankbar zu und reicht dem Arzt ihren Arm.

Erstaunt kann dieser nur die Feststellungen von Dr. Berger, bezüglich Puls und Blutdruck, bestätigen. Von dem optischen Allgemeinzustand der Patientin, die gestern noch im Sterben lag, ist er regelrecht überwältigt.

»Jetzt erzählen Sie doch mal, was bei Ihnen letzte Nacht los war? Können Sie sich an irgendetwas Besonderes erinnern? Das ist ja alles sehr erstaunlich und kaum zu erklären. Ich will Sie aber nicht überfordern. Legen Sie ruhig eine Pause ein, wenn Sie müde werden.«

Diana richtet sich etwas auf und beginnt mit ständig kräftiger werdender Stimme zu berichten.

»Ach, ich weiß nur, dass um mich herum nur tiefe Ruhe und Dunkelheit herrschte. Irgendwann und weit entfernt in dieser Finsternis, schien plötzlich ein winziger Lichtpunkt auf, der dann mit der Zeit ganz langsam immer näher auf mich zu kam.«

Nach einer kurzen Atempause fährt sie fort:

»Weder Gedanken noch irgendwelche Empfindungen spielten dabei eine Rolle. Es geschah eben ohne jegliches Zutun von mir. Klar, ich war ja eigentlich tot. Doch bevor das Lichtlein überhaupt in meine engere Nähe kommen konnte, verschwand es ins Nichts. Wieder herrschte absolute Finsternis. Ich habe keinerlei Vorstellung davon, wie lange dies so angedauert hat. Das Licht war eben einfach weg. Dabei spürte ich weder Angst noch Schmerz, sondern war total unbeteiligt und es schien alles von außen gesteuert zu sein. Ganz plötzlich funkte und blitzte es vor mir und ein riesiger hektischer Lichterwirbel umgab mich. Wieder konnte ich nichts tun und war nur Zuschauer des Spektakels. Aber die Lichter schienen mich auf ganz eigenartige Weise zu wärmen. In meiner Vorstellung glaubte ich in meinen Füßen zu spüren, wie langsam eine warme Flüssigkeit in mir hochsteigt. Diese Wärme kam stetig weiter nach oben. Als sie meinen Bauch erreicht hatte, blieb sie stehen, geradeso, als wäre sie an einem Widerstand hängen geblieben.«

Diana legt erneut eine Pause in ihrem Bericht ein und blickt zu den beiden Kindern hinunter. Die Schwester war gerade mit einem frisch bezogenen Bett gekommen und Leo bemüht sich, die Kleinen sanft in das Bett hinüber zu transportieren. Der Bub erwacht dabei und zieht seine Augenlider vorsichtig nach oben. Als Leo ihn zudeckt, ist er aber schon wieder eingeschlafen. Auch Sabine wacht kurz auf und will nicht von der Mama weggebracht werden. Leise erklärt ihr Leo, dass sie nach der Untersuchung durch den Arzt ja gleich wieder zu ihrer Mutter zurückkommen darf. Dann setzt er sich neben die Kinder auf das Bett, damit er nahe bei ihnen ist und den Arzt nicht stört.

Langsam berichtet Diana weiter und sowohl der Arzt, wie auch Leo hören erstaunt und gespannt zu.

»Die Lichterwirbel wurden immer heftiger und die Wärme kletterte langsam wieder weiter. Ich fühlte mich richtig wohl dabei und mir war, als ob ich irgendwo im Paradies ankommen würde. So, stellte ich mir vor, könnte es bleiben. Das alles erscheint mir komisch. Schließlich war ich ja ohne Bewusstsein und habe dennoch dies alles so intensiv erlebt. Mit kurzen Unterbrechungen kletterte diese Wärme immer weiter, bis zum Herzen und dann bis zu meinem Kopf. Schlagartig waren die Lichter genauso schnell wieder weg, wie sie gekommen waren. Ich kann dies alles ja zeitlich überhaupt nicht einordnen, aber irgendwann danach habe ich meine Augen geöffnet. Zunächst war ich sehr enttäuscht, dass ich, statt in einem Paradies, nur in diesem Zimmer lag. Doch bald darauf setzte auch mein Verstand wieder ein und ich versuchte nach der Schwester zu klingeln, konnte aber meinen Arm nicht bewegen. Zufälligerweise kam sie aber gerade in das Zimmer, um nach mir zu sehen. Hm, und das restliche wissen Sie ja.«

Leicht erschöpft lehnt sich Diana zurück und schließt kurz die Augen.

»Das war aber ein ausführlicher Bericht. Respekt, dass Sie schon so lange durchhalten. Ich muss schon sagen, das hatte ich jetzt so nicht erwartet.«

Der Arzt legt die Schreibkladde, auf der er alles mitgeschrieben hat, zur Seite und nimmt das Stethoskop zur Hand, um Diana abzuhorchen. Wieder kann er den Befund von Dr. Berger nur bestätigen. Inzwischen ist auch der rosa Farbton in Dianas Gesicht deutlich zu erkennen.

Nachdenklich nickend, studiert der Mediziner die Dokumentation.

»Seit über vier Stunden bekommen Sie keine Medikamente mehr und verspüren keinerlei Schmerzen?«

Diana nickt nur glücklich.

»Wir werden später noch eine Ultraschalluntersuchung durchführen. Aber so wie ich das sehe, werden wir dabei wohl nicht viel anderes feststellen können. Momentan kann ich Ihnen keinerlei Diagnose abgeben. Ich weiß einfach nicht, was passiert ist. Beinahe könnte man an ....« Er spricht nicht aus, was er denkt. Zu ungeheuerlich kommt ihm seine Vorstellung vor.

»So, Frau Mitterndörfer, jetzt gibt es erst einmal Frühstück!«

Unbemerkt war die Schwester eingetreten und stellt jetzt ein Tablett mit Tee, Joghurt und einem frischen Brötchen auf den Nachttisch.

»Moment mal«, unterbricht der Arzt, »meinen Sie wirklich, dass Sie schon festes Essen zu sich nehmen können? Fühlen Sie sich tatsächlich schon so gut? Aber was rede ich, sie sind ja praktisch gesund!«

Lachend deutet er auf das Essen. »Nur vielleicht etwas langsam und nicht zu viel auf einmal. Ihr Magen ... «

Diana winkt lachend ab: »Keine Sorge, ich habe einfach einen riesigen Appetit. Ich werde aber vorsichtig sein.«

»Wirklich unglaublich diese ganze Geschichte.«

Der Mediziner schüttelt immer wieder den Kopf und kann es einfach nicht fassen, dass diese, gestern noch im Sterben liegende Frau, jetzt ein Frühstück verzehren will.

»Also, mich würde ja wirklich interessieren, wer oder was da konkret dahinter steckt«, brummelt er vor sich hin.

»Zauberei! Wir haben nämlich gezaubert. Mit dem größten aller Zauberer haben wir die ganze Nacht gezaubert, damit die Mama wieder gesund wird!«

Moritz reckt seinen kleinen Kopf aus der Decke und blickt herausfordernd zu dem Arzt herüber.

Verstört sieht dieser erst das Kind und dann Leo an.

»Was redest du da, Kind? Herr Mitterndörfer, was erzählt der Junge da, das ist doch wohl Unsinn?«

Leo bekommt einen leicht roten Kopf und etwas verlegen will er gerade antworten, als ihn Diana lautstark unterbricht.

»Moritz, du stotterst ja gar nicht! Schnell komm her zu mir und sag noch einmal etwas.«

Erst jetzt fällt es auch Leo auf und voller Freude hebt er den Jungen aus dem Bett.

»Ja Mama, weißt du, der Opa hat zu uns gesagt, dass da nur noch zaubern helfen könnte. Der Leo hat nicht an Zauberei geglaubt und wollte erst gar nicht, aber wir haben ihn dann schon so weit gebracht. Ja, und dann hat er plötzlich den allergrößten Zauberer überhaupt gekannt.«

Überglücklich, gleichzeitig ungläubig und verständnislos dreinblickend, schließt die Mutter ihr Kind in die Arme. »Tatsächlich, du stotterst nicht mehr. Seit wann ist das denn so?«

»Ich weiß nicht. Heute Nacht habe ich noch gestottert.«

Erst jetzt wird ihm selber bewusst, was geschehen ist. Voll Freude lacht er los und jubelt: »Ich stottere nicht mehr und meine Mama wird wieder gesund! Juchhu!!«

Plötzlich sind alle wie aus dem Häuschen und alles dreht sich nur noch um Moritz. Von dem Lärm erwacht auch Sabine und der Arzt steht sofort bei ihr.

»So, und jetzt erzählst du einmal die Geschichte. Was habt ihr letzte Nacht veranstaltet?«

Völlig verständnislos blickt das Kind Leo an.

»Bitte lassen Sie das Kind. Ich will Ihnen ja alles erzählen.«

Während Sabine ebenfalls im Bett ihrer Mutter verschwindet, beginnt er mit seinem Bericht.

Er erzählt von der Trübsal, die zu Hause geherrscht hat, von ihrem Spaziergang und von dem Titel des Vortrags, der an der Kirche angepriesen worden war.

»Was ihr den Vater bitten werdet in meinem Namen, wird er euch geben. Dieser Satz elektrisierte mich und in meinem Kopf breitete sich immer mehr die Idee aus, es einfach zu versuchen. Wir hatten doch nichts zu verlieren dabei. Die Kinder wollten unbedingt, dass gezaubert wird. Meine Einwände, dass es keine echte Zauberei gäbe, akzeptierten sie einfach nicht und sie wollten um jeden Preis etwas unternehmen, um ihre Mutter zu retten.«

Mit großen Augen und über die Wangen rollenden Tränen hört Diana zu. Sie drückt dabei die beiden Kinder so eng an sich, dass Moritz sich mit beiden Händen etwas Luft verschaffen muss.

»Aber Herr Mitterndörfer, sie wollen mir doch nicht allen Ernstes erzählen ….«

Ein Blick zu Diana und ein Blick zurück zu Leo lässt den Arzt verstummen. Er hebt nur seinen Kopf und schüttelt ihn ganz heftig, als müsste er sein Gehirn wieder in die richtige Lage bringen. Er kann es einfach nicht glauben.

»Nachdem diese Kinder aber bisher ohne christlichen Hintergrund aufgewachsen sind, begann ich eben damit, dass ich jemanden kenne, der wesentlich größer und stärker als jeder Zauberer wäre. Natürlich waren sie sofort begeistert. Weiter erzählte ich ihnen ein paar passende Geschichten aus der Bibel und dann begannen wir, diesen überirdisch Starken anzurufen und zu ihm zu beten. Bald schon fanden die Kinder ihre eigenen Worte und brachten sie mit einer solchen Inbrunst vor, dass es selbst mir beinahe das Herz abschnürte. Ja, und der Erfolg scheint uns recht zu geben. Auch wenn noch nicht feststeht ….«

Ganz bewusst hält er inne, um jetzt keinerlei Zweifel zu schüren. Einfach den Augenblick genießen, denkt er und hofft, dass dieser Augenblick sehr lange anhalten wird.

»Nein, nein, nein! Das kann ich nicht glauben! Eine andere Erklärung kann ich Ihnen allerdings auch nicht liefern! Ich bin schlichtweg ratlos!«

Sorgfältig schreibt der Arzt die letzten Worte Leos auf und wendet sich zum Gehen.

»Ich muss das jetzt erst einmal verdauen und komme wieder, sobald der Laborbefund vorliegt. Dürfte so etwa eine Stunde dauern. Bis dann.«

Nachdenklich und immer noch kopfschüttelnd verlässt er den Raum.

Voller Glück und Stolz blickt Diana ihren Ehemann Leo an.

»Sag mal, du hast doch dem Arzt jetzt nicht irgendein Märchen erzählt?«

»Aber Mama«, meldet sich jetzt auch Sabine zu Wort, »genauso haben wir es gemacht. Bloß sind wir zwischendurch mal eingeschlafen«, hängt sie noch etwas verschämt an.

»Ich weiß nicht, was ich sagen soll! Ich bin einfach glücklich wie noch nie, egal, wie die Zukunft aussehen mag. Diesen Moment werde ich nie vergessen. Ja, was soll ich nur sagen? Ich liebe euch alle von ganzem Herzen. Aber das reicht ja eigentlich gar nicht.«

Hilflos, voller Glück und Ergriffenheit weint sie darauf los. Leo legt seine Hand an ihre Wange und drückt ihr einen langen Kuss auf den Mund.

»So, ausgeweint, jetzt wird gefrühstückt, du hast doch Hunger, dachte ich.«

Er erhebt sich lachend und rückt das Nachttischen so zurecht, dass seine Frau leicht zugreifen kann.

»Was möchtest du denn gerne?«

Immer noch ungläubig staunend, glücklich und mit nassen Augen, die Hände an ihre Wangen gelegt, blickt sie Leo an.

»Nein Leo, ich kann das nicht glauben! Das gibt es doch gar nicht wirklich!«

»Doch, natürlich gibt es das. Und der liebe Gott ist jetzt mein allerbester Freund«, meldet sich Moritz wieder zu Wort.

Sie schüttelt nur lächelnd ihren Kopf. Es wird eine Zeit lang dauern, bis sie das alles verstehen kann.

»Mama, schau, es ist doch egal, wer oder was dahinter steckt. Hauptsache ist, dass du wieder gesund wirst«, erklärt Sabine sachlich und mit müden Augen.

»Aber natürlich, mein Schatz, weißt du, mir kommt das alles so unwirklich vor, beinahe wie ein Traum. Wie ihr bloß auf die Idee kommen konntet, klüger als die Ärzte sein zu wollen. Aber irgendwie scheint es geklappt zu haben.«

Zum wiederholten Male zieht sie ihre Kinder an sich heran und streicht ihnen liebevoll über die Köpfe. Ihr Blick geht dabei voll Dankbarkeit und Liebe zu ihrem Mann, der sich jetzt über das Bett beugt und seine Arme ausbreitet, um alle miteinander zu umarmen. Dabei durchströmt ihn ein Glücksgefühl, wie er es schon seit Langem nicht mehr erleben durfte. Im Moment könnte er einfach die ganze Welt umarmen.

Erschöpft lehnt sich Diana in das Kissen zurück und wartet, bis ihr Leo die Tasse reicht. Der Tee ist mittlerweile nur noch lauwarm und sie trinkt in kleinen Schlucken. Bröckchenweise schiebt er ihr die mit Butter bestrichene Semmel in den Mund. Als Dank bekommt er dafür bei jedem Bissen einen sanften Kuss auf seine Finger.

Sabine, die das ganze Spiel beobachtet, kann das Kichern nicht mehr halten. »Ihr beiden seid beinahe wie kleine Kinder«, lacht sie freudig und mit strahlenden Augen.

Es klopft an der Tür und der Chefarzt mit einem Gefolge von mehreren Personen in weißen Kitteln kommt herein.

Rasch schnappt sich Leo den Buben und trägt ihn wieder auf das freie Bett hinüber. Sabine ist von sich aus bereits aus dem Weg gegangen.

Mit einem kurzen Nicken zu Leo hin tritt der Chefarzt an das Bett.

»Wie ich sehe, haben Sie ja schon gefrühstückt und, wenn ich das so sagen darf: Sie sehen blendend aus!«

Routiniert ergreift der Arzt den Arm seiner Patientin, um den Puls zu fühlen.

»Ja, alles in Ordnung. Schmerzen gibt es nach wie vor nicht?«

Schnell wird ihm dabei klar, dass sich diese Frage erübrigt, so wie das Gesicht der Frau strahlt.

»Blutdruck ist auch hervorragend«, brummelt er vor sich hin, während er die Manschette wieder von dem Arm entfernt.

»Ich würde jetzt noch ganz gerne mit Ihnen und Ihrem Mann etwas besprechen.«

Er dreht sich zu dem Bett hinüber, auf dem die drei auf dem Bettrand sitzen. Leo zieht seine Augenbrauen hoch und blickt den Mediziner fragend an.

»Hier liegt uns zweifellos ein einmaliger Fall vor und wir würden uns gerne damit etwas näher beschäftigen«, wendet er sich wieder an Diana. »Sie brauchen sich aber keinerlei Sorgen zu machen. Sie können jederzeit und alles ablehnen, wenn Sie meinen, dass es Ihnen zu viel wird. Es geht nur darum, den Fall sauber zu untersuchen und zu dokumentieren. Wir hoffen dabei, damit etwas Neues zu erfahren und zu lernen. Ich habe dazu hoch qualifizierte Ärzte aus unserer Klinik und auch noch Herrn Dr. Prof. Burghart von der Uni-Klinik mitgebracht. Aber keine Angst, meine Kollegen werden nur beobachten. Behandelt und untersucht werden Sie nach wie vor, nur von mir allein. Außerdem werden wir ausschließlich Untersuchungen durchführen, die sowieso erforderlich wären. Zudem werden Sie vor jeder Untersuchung um Ihr Einverständnis gebeten.«

Der Arzt blickt erst Diana und dann Leo an. Beide nicken und Diana meint: »Ich erkläre mich gerne dazu bereit. Schließlich verstehe ich sehr gut, dass Sie die Sache aufklären möchten. Mir geht es ja dabei auch nicht anders.« Lachend blickt sie schelmisch zu Leo und den Kindern hinüber.

»Also gut, dann werden wir jetzt nach und nach die ganze Apparatur abbauen.«

Er deutet dabei auf die Infusionsflaschen und den Überwachungsmonitor. »Sauerstoff ist eh schon weg«, brummelt er geschäftig und wirft einen kurzen Blick zu einem jungen Weißkittel, der offensichtlich die Dokumentation führt.

»Schmerzmittel sind ebenfalls abgesetzt. Die Flüssigkeitsinfusion denke ich, benötigen wir auch nicht mehr. Schließlich trinken Sie ja wieder selber. Die Sonde werden wir dann später auch entfernen. Also gut Frau Mitterndörfer, dann würden wir gerne eine Ultraschalluntersuchung durchführen, um zu sehen, was innerhalb Ihres Körpers passiert. Anschließend können wir Ihnen sicher auch eine bessere Diagnose stellen.«

»Klar, beginnen Sie ruhig«, erklärt die Patientin. Sie fühlt sich schließlich sicher, dass alles gut sein wird.

»Herr Mitterndörfer könnten Sie in der Zwischenzeit ...«, wendet sich der Mediziner mit einem Blick auf die Kinder, an Leo.

Leo versteht sofort und nickt.

»Klar, wir gehen jetzt in die Cafeteria und holen uns ein Frühstück. Ihr habt bestimmt einen riesigen Hunger.«

Die beiden Kinder nicken und Moritz richtet sich sofort auf.

»Oh«, sagt Leo lachend, »wir sind ja gar nicht richtig eingekleidet. Ob die uns im Schlafanzug reinlassen?«

Rasch zieht Sabine den Bademantel über und Leo nimmt ihren Bruder auf den Arm. Mit einem Kuss verabschieden sie sich von Diana.

Zwar weiß er noch immer nicht, ob Dianas Zustand tatsächlich von Dauer sein wird, aber ihm ist jetzt regelrecht zum Feiern zumute. Mit großem Appetit verdrücken die drei das Frühstück und kein Mensch stört sich an den Schlafanzügen der Kinder.

»Was meinst du Leo, haben wir jetzt ein Wunder geschaffen? Die soll es doch geben, oder?« Sabine lächelt Leo stolz zu.

»Aber natürlich haben wir ein Wunder gemacht«, wirft Moritz mit vollem Mund dazwischen. »Zusammen mit meinem neuen Freund!«

»Ja, wollen wir hoffen, dass es wirklich so bleibt und eure Mama auch wieder ganz gesund wird. Wisst ihr, so ganz sicher kann man leider noch nicht sein. Aber wir wollen den Augenblick genießen und uns einfach freuen!«

»Wieso stotterst du eigentlich nicht mehr«, wird jetzt Sabine neugierig. »Was hast du da getan?«

»Ich weiß nicht. Wahrscheinlich hat meinem Freund das Gestottere nicht gefallen und da hat er es einfach weggenommen. So einfach ist das, wenn du einen guten Freund hast,« erklärt er recht altklug.

Freudig lächelnd überlegt Leo, ob an den Worten nicht tatsächlich etwas dran sein könnte. Besonders unwahrscheinlich erscheint ihm das gar nicht. Aber egal, schön ist es auf jeden Fall. Er schickt ein kurzes Stoßgebet voll Dankbarkeit zum Himmel, mit dem Versprechen, dass am Abend, zusammen mit den Kindern ein weiteres Gebet folgen wird. Während er über die vergangene Nacht nachsinniert, fühlt er sich seinem Schöpfer so nahe, wie noch nie. Ein ganz eigenartiges Gefühl überkommt ihn und ein paar Tränen der Dankbarkeit will er gar nicht unterdrücken.

»Bist du traurig«, will Moritz wissen, »Warum?«

»Aber Moritz, der weint doch vor Glück. Das sieht man doch!«

Das Mädchen schüttelt nur seinen Kopf über soviel Unverständnis.

Leo ist so gerührt, dass er aufsteht und die beiden in seine Arme schließt. Vor überbordendem Glück weint er jetzt ohne jede Zurückhaltung los. Endlich fällt eine riesige Last von ihm ab. Er setzt sich wieder und nimmt die Kinder auf seinen Schoß. Sie haben es geschafft! Gemeinsam haben sie die Krankheit besiegt! Unglaublich!

»Wir haben es geschafft«, sagt er weinend zu den Kindern, »ja, wir haben es geschafft!«

»Genau, wir haben es geschafft!«, schreit Moritz vor Freude und Sabine nickt immer wieder mit ihrem Kopf und dann ballt sie ihre die Faust. »Uns kann niemand besiegen. Niemand!«

Dann beginnen alle drei wieder hemmungslos zu weinen.

Ein paar Nachbarn blicken neugierig herüber, aber niemand fühlt sich dadurch gestört. Mancher denkt für sich, dass es dafür bestimmt einen guten Grund geben wird, und freut sich mit ihnen.

Zurück im Zimmer berichtet Diana von der Untersuchung.

»Also der Ultraschall zeigt, dass immer noch Tumore vorhanden sind, sich aber unerwartet kleiner darstellen. Der Professor von der Uni meinte sogar, dass sie wie abgestorben aussehen würden und sich mit der Zeit selber auflösen könnten. Stell dir das vor! Morgen soll ich in die Röhre kommen, damit sie sich ein noch besseres Bild machen können. Ich habe selbstverständlich zugestimmt. Die Ärzte können sich die Sache zwar nicht erklären, sind aber recht zuversichtlich.«

»Aber das ist ja fantastisch. Dies würde ja bedeuten, dass der ganze Spuk vorbei wäre und du wieder vollkommen gesund werden würdest?«

»Ja, das vermuten auch die Ärzte, und wenn die Genesung so weiter geht, kann ich in ein paar Tagen heimgehen! Was sagst du dazu.«

»Super«, johlt Moritz los und seine Schwester klettert auf das Bett, umarmt ihre Mutter, zieht den Kragen ihrer Schlafanzugjacke auf und zeigt ihr die Kette. Leise und bittend fragt sie: »Darf ich die dann trotzdem behalten. Weißt du, die würde mich immer an diese schreckliche Zeit erinnern. Aber wenn du sie mal brauchst, leihe ich sie dir natürlich gerne.«

Ihre Mutter weiß zunächst gar nichts zu sagen. Sie beginnt, wie schon so oft an diesem Tag, vor Glück zu weinen.

»Aber sicher, die Kette stammt von meiner Mutter und jetzt sollst du sie tragen. Schließlich hast du geholfen, deine Mama zu retten!«

Langsam beginnt Diana müde zu werden. Schließlich ist sie schon seit mehreren Stunden wach und seitdem war immer etwas los und sie gefordert gewesen.

»Ich würde gerne ein bisschen schlafen. Vielleicht kommt ihr am Nachmittag wieder, wenn ihr gewaschen und angezogen seid«, setzt sie lächelnd hinzu. »Ich fürchte, ich schaffe es noch nicht, den ganzen Tag durchzuhalten, aber ich will mich bessern!«

Liebevoll hilft ihr Leo das Kopfteil umzulegen und mit einem Kuss und einem sanften Streicheln der Wange verabschieden sie sich für ein paar Stunden.

Im Hinausgehen blickt Leo noch einmal zurück und bemerkt, dass Diana bereits eingeschlafen ist.

»Schlaf dich gesund, wir brauchen dich«, sagt er leise und schließt die Tür.

Quellenagaben:

(Elberfelder Bibel 2006, © 2006 by SCM R.Brockhaus in der SCM Verlagsgruppe GmbH, Witten/Holzgerlingen)